Ein Sommer *am Ufer des Dnjepr*

André Bergelt

Ein Sommer *am Ufer des Dnjepr*

Roman

mitteldeutscher verlag

Dieses Buch wurde gefördert von der Akademie der Künste, Berlin,
Christoph Patzelt, Luca Genchi, Dr. Dietmar Müller,
Marion Brabant-Busch, Dr. Stephan Busch.

1. Auflage

www.mitteldeutscherverlag.de

Gesamtherstellung: Mitteldeutscher Verlag, Halle (Saale)
Umschlagabbildung: © T.Dallas (www.shutterstock.com)

ISBN 978-3-96311-880-7

Printed in the EU

Für meine Familie

• *Schewtschenko Bulvar* •

„Der Schneesturm hat Teile der Landebahn verweht. Es könnte turbulent werden", warnte der Kapitän über die Bordlautsprecher.

Die Maschine begann zu wackeln. Die Stewardess schaltete die Notbeleuchtung ein.

Die Passagiere hielten sich an den Sitzen fest. Einige rückten enger zusammen, andere begannen zu trinken, wieder andere zu beten.

„Herr, mein Gott, auch wenn ich nichts Gutes vor dir getan habe, so lass mich aus deiner Gnade einen neuen Anfang machen", murmelte meine Nachbarin, eine neureiche Kuh in einem Bogner-Ski-Anzug. Sie war über und über mit Geschmeide behangen und bekreuzigte sich ein ums andere Mal.

„Nur gut, dass Gott wieder in der Ukraine lebt, da kann uns nichts passieren. Es sei denn, Ihr Schmuck hat Übergewicht und lässt uns alle abstürzen", merkte ich an.

„Lästern Sie nur, junger Mann. Am Ende werden Sie für all Ihre Sünden bezahlen", zischte meine Nachbarin und küsste ihr mit Edelsteinen besetztes Kreuz.

„Wer möchte? Echte amerikanische! Sind meine letzten, aber ich teile gern", bot der Raucher hinter uns an und hielt mir seine Zigarettenschachtel unter die Nase.

„Hier ist das Rauchen verboten!", ermahnte ihn die Stewardess.

„Wir fliegen in einer Tupolew-154. Wir sterben sowieso alle", sagte der Raucher, steckte die Zigaretten weg und nahm einen Schluck aus seinem Flachmann.

Das Fahrwerk setzte auf. Die Maschine kam ins Schlittern. Die Passagiere stöhnten.

Unkontrolliert schossen wir über die Landebahn. Sekunden vergingen wie Stunden. Mit letzter Kraft gelang es dem Kapitän, die Maschine zurück in die Spur zu zwingen. Die Tupolew kam zum Stehen. Alle atmeten auf. Brandender Applaus für die Crew.

An der Passkontrolle, endlose Schlangen. Die Menschen waren nach Kiew gekommen, um ihren Sieg zu feiern. Am 1. Dezember 1991 hatten 91 Prozent beim Referendum für die Unabhängigkeit der Ukraine gestimmt. Die Flughafen-Administration hatte dem Zoll neue Uniformen spendiert. Nur das Personal im Glaskasten war das alte.

„Sind Sie Deutscher?", fragte der Mann hinter der Scheibe, ohne mich anzusehen.

„Ich habe einen deutschen Pass", antwortete ich auf Englisch.

„Was wollen Sie in der Ukraine?"

„Meine Familie besuchen."

„Ihr Visum gilt nur für Kiew", erklärte der Mann und fixierte mich misstrauisch.

„Gold schürfen im Donbass wollte ich nicht", erwiderte ich.

Der Mann prüfte weiter mein Visum. Endlich fand er sein Arbeitsgerät und stempelte das Dokument ab. Ich nickte und steckte den Pass ein.

Eilig durchquerte ich die Empfangshalle. Viele der sowjetischen Symbole waren über Nacht abgeschraubt worden. Überall sah man kahle Stellen. Wo es sich anbot, hatte das Personal Hydrokulturen davorgestellt. Schmunzelnd verließ ich den Flughafen.

Ich schob mich am Taxistand vorbei. Männer mit blitzenden Goldzähnen und Lammfellmänteln zischten mir ihre Preise zu. Sie alle fuhren schwarze Mercedes.

Ich ignorierte die Abzocker. Etwas abseits stand ein Alter. Ich blieb vor ihm stehen.

„Väterchen, was soll die Fahrt denn kosten?“, fragte ich höflich.

Der Alte zeigte keinerlei Interesse. Seelenruhig stopfe er sich sein Pfeifchen.

„Ich muss ins Zentrum, kannst du mich fahren?“, wiederholte ich meine Frage.

Der Alte winkte ab. Er deute auf seinen Saporoschez und brummte: „Junge, nimm dir einen anderen Wagen. Meiner macht's nicht mehr lange.“

Ich sah dem Alten über die Schulter. Sein Saporoschez sah mitleiderregend aus. Die Kotflügel waren verbeult, Schweller und Unterboden verrostet.

„Ich muss zum Schewtschenko Bulvar. Nenn mir deinen Preis. Ich lege auch noch was obendrauf“, erwiderte ich und rührte mich nicht von der Stelle.

Der Alte packte sein Pfeifchen weg und öffnete mir die Tür. „Meinetwegen, aber beschwer dich nicht im Nachhinein, wenn mein Wagen schlapp macht und wir im Schnee liegen bleiben.“

Ich stellte meine Reisetasche auf die Rückbank und setzte mich auf den Beifahrersitz.

„Schewtschenko Bulvar, aber auf welcher Höhe?“, fragte der Alte.

„Gegenüber der Universität“, antwortete ich.

Kiews Straßen waren schneebedeckt. Meterhohe Verwehungen und Glatteis hatten den Verkehr zum Erliegen gebracht. Wer eine Chance auf unfallfreies Ankommen haben wollte, musste sich hinter einem der Räumfahrzeuge einordnen. Es galt, die Nerven zu behalten. Riskante Überholmanöver endeten im Straßengraben. Ohne Hast steuerte der Alte seinen Saporoschez durch das winterliche Chaos. Nach einer Stunde Fahrt bogen wir auf den Schewtschenko Bulvar ein.

„Haus Nummer 17. Da vorne rechts, kannst du in die Einfahrt einbiegen", erklärte ich ihm.

Ich zahlte den Alten aus und gab ihm ein gutes Trinkgeld.

„Danke dir, Junge. Ach, und ein ukrainisches Sprichwort sagt: ‚Wer viel wissen will, der darf nur wenig schlafen'", verriet mir der Alte zum Abschied.

Ich schulterte meine Tasche auf den Rücken und stapfte durch die verschneite Einfahrt.

Im Hof blieb ich stehen und sah geradeaus. Hinter einer weißen Wand aus tanzenden Schneeflocken erblickte ich das mir vertraute Wohnhaus unserer Familie. Das einstige Gartenhaus war etwa 1890 im Jugendstil erbaut worden. Anfang der 1930er-Jahre hatte es mein Großvater um drei Etagen aufstocken lassen.

„Hier auf dem Schewtschenko hatte alles angefangen. Und hier wird alles enden", murmelte ich und wischte mir den Schnee aus dem Gesicht.

Ich öffnete die schwere Haustür und betrat das Treppenhaus. Stechender Gestank stieg mir in die Nase. Eine Mischung aus Essensresten, Parfüm, Zigarettenrauch und Müll. Die Gittertüren des Fahrstuhls standen offen. Als würde er bereits auf mich warten. Viele Male waren wir als Kinder mit diesem Ungetüm gefahren. Oft blieb es stecken. Wir mussten dann die Türen aufdrücken und auf halber Höhe herausklettern.

„Spring, Anton, spring raus", hörte ich, wie Timur mich anfeuerte. Er winkte mit den Armen und nickte mir aufmunternd zu.

„Er fährt gleich los. Ich hänge mit dem Bein fest", schrie ich panisch.

Ich stieg in den Fahrstuhl und vermied es, in den Schacht unter mir zusehen. Noch immer fühlte es sich an, als würde eine unsichtbare Kraft nach mir greifen, mich hinabziehen. Ich schob die Gittertür zu und drückte auf den Knopf der vierten Etage. Der Fahrstuhl fuhr langsam los. Die Deckenelemente glitten an mir vorbei. Es ruckte, das Ungetüm kam zum Stehen. Ich schob die Türen auf und lief eine halbe Treppe hinunter.

Hier in der dritten Etage, in der Wohnung Nummer 47, hinter einer gepolsterten Tür, die mit dreizehn Schlössern gesichert war, begann das Reich meiner Tante. Ich stellte meine Tasche ab und klingelte. Da nichts passierte, klingelte ich noch mal. Endlich hörte ich Schritte. Jemand schlich den Flur entlang und blieb stehen.

„Wer da?", fragte Nelli unsicher.

„Ich bin es", antwortete ich.

„Wer ist denn bitte ich?"

„Anton, dein Neffe." Für ein paar Sekunden blieb es still.

„Antoscha, bist du das?"

„Jetzt mach endlich auf, mir ist kalt! Ach, und ich habe deine Lieblingspralinen für dich dabei."

Die Schlösser wurden nacheinander aufgeschlossen. Die Tür öffnete sich einen Spalt. Tante Nelli musterte mich skeptisch.

„Nun mach schon, Nelli! Oder soll ich wieder gehen?", fragte ich lachend.

Nellis Augen blitzten auf. Sie hatte mich erkannt. Wieder ging die Tür zu. Meine Tante entfernte die Sicherheitskette und öffnete. Sie strahlte mich freudig an.

„Anton, komm doch herein! Warum hast du denn nicht gleich gesagt, dass du es bist? Hätte ich das gewusst, hätte ich dir doch sofort aufgemacht", behauptete sie.

Ich nahm Nelli in die Arme und küsste sie auf ihre prallen Wangen.

„Es ist schön, dich zu sehen", freute ich mich und fragte: „Wie geht es Oma?"

Nelli schloss die Tür hinter mir. Klack, klack, klack machten die Riegel der Schlösser. Sie schob mich vom Flur in die Küche und flüsterte: „Mina geht es schlecht. Nach ihrem Sturz war sie tagelang bewusstlos. Die Ärzte haben sie zurückholt. Aber seit ihrer Entlassung schläft sie den ganzen Tag."

„Jetzt auch?"

„Ja, ich habe eben nach ihr geschaut. Sie ist gerade eingeschlafen", antwortete Nelli.

Ich schüttelte den Kopf. Mein Magen zog sich zusammen.

„Sie erinnert sich kaum noch an etwas. Nicht mal mich erkennt sie auf Anhieb. Manchmal redet sie mit mir, als wäre ich eine Geheimdienstlerin, eine vom NKWD."

Nelli wischte sich eine Träne aus dem Auge. Ich nahm sie wieder in meine Arme.

„Bitte nicht weinen, Nelli. Jetzt bin ich hier", beruhigte ich meine Tante.

„Gut, dass du gekommen bist", schniefte Nelli.

„Lass uns die Sachen, die ich mitgebracht habe, auspacken", schlug ich vor.

Nelli sah zu mir und fragte: „Du hast Pralinen für mich dabei?"

„Meine Eltern haben darauf bestanden, dass ich die große Tasche mitnehme."

„Wie geht es meiner kleinen Schwester?"

„Sie freut sich auf die Rente."

„Und deinem Vater?"

„Er arbeitet wie ein Bekloppter."

Ich wuchtete meine Tasche auf den Küchentisch und öffnete den Verschluss.

„Tropfen gegen Bluthochdruck, ein Paar Nylonstrümpfe, zwei Päckchen Kaffee, drei ungarische Salami und für dich belgische Pralinen", sagte ich.

„Hm, belgische Pralinen", säuselte Nelli.

Sie strahlte wie ein kleines Mädchen bei der Schuleinführung. Geschickt öffnete sie die Schachtel, spreizte elegant den kleinen Finger ab und nahm eine Praline.

„Himmlisch. Du bist ein Engel, Antoscha", schwärmte meine Tante und griff nach der nächsten Süßigkeit.

Nach einem Teller Schtschi und einem Glas Tee fühlte ich mich stark genug. Ich stellte das Geschirr in die Küchenspüle. Gemeinsam mit Nelli durchschritt ich das Wohnzimmer. Mit Staunen stellte ich fest, dass sich fast nichts verändert hatte. Die Schrankwand mit dem guten Porzellan, das Klavier mit Drehhocker, der Esstisch und die mit grünem Samt bezogene Couch, beinahe alles stand noch an seinem Platz. Vieles stammte aus den 60er-, einiges aus den 70er-Jahren. Nur das schwarze Telefon mit der Wählscheibe war noch älter. Vorsichtig öffnete ich die Tür zum Kinderzimmer. Das Licht war gedimmt.

Mina lag rücklings im Bett und atmete durch den Mund. Ihr faltiges Gesicht war noch blasser als sonst. Die Hände lagen verschränkt auf dem Bauch, wie bei einer Toten.

Ich setzte mich zu meiner Oma aufs Bett und strich ihr über die schneeweißen Haare. Sie drehte den Kopf zu mir und sah mich mit ihren großen, braunen Augen an. Ihr Blick war fragend, beinahe ängstlich.

„Ich bin es, Anton", flüsterte ich und fügte an: „Ich bin zurückgekommen."

„Ich weiß nicht, wo er ist. Isaak und ich haben uns getrennt, schon im März. Noch bevor Sie ihn mitnehmen wollten", erwiderte Mina.

„Jetzt siehst du, was ich meine", flüsterte Nelli.

„Wir haben uns getrennt. Das habe ich schon Ihrer Mitarbeiterin erzählt", sagte Mina und hustete ab. Sie trat mit dem Bein gegen die Bettdecke und sah an mir vorbei.

„Es wird alles wieder gut, Oma", versprach ich, während es mich innerlich zerriss.

Die Frau, die vier Jahrzehnte als Professorin an der Universität geleert hatte, erinnerte sich nicht mal mehr an meinen Namen. Mehr noch, sie hielt mich für einen NKWDler. Nelli deutete zum Nachtschrank, wo ein Stapel mit Zeitschriften und Büchern lag.

„Lies ihr was vor, Anton. So, wie sie dir früher. Oder erzähl ihr eine Geschichte, irgendwas aus der guten Zeit. Mina hört gern zu, das beruhigt sie", bat Nelli.

Ich nickte meiner Tante zu. Nelli schloss die Tür. Ich lehnte mich bei meiner Oma an. Sie roch nach Kernseife, Veilchen, Menthol und Vanille, dem Duft meiner Kindheit. Mein Blick verfing sich im Wandteppich. Als Junge war ich mit ihm davongeflogen. Er bestand aus tausendundeinem Ornament. In der Mitte war eine Raute angeordnet. Sie bildete das Zentrum des Universums ab. Und sie war der Einstieg in ein geheimes Wurmloch, das den Reisenden in eine andere Zeit katapultieren konnte. Ich sah zu meiner Oma, nahm ihre Hand und begann mit meiner Erzählung.

„Woran ich mich oft erinnere, ist unser Sommer am Ufer des Dnjepr. Das muss im Jahr 1979 gewesen sein. Vater hatte mich auf dem Schewtschenko Bulvar abgegeben. ‚Wenn du ein Revolutionär werden willst, musst du von Mina lernen', sagte er und flog nach Berlin zurück. Du nahmst mich unter deine Fittiche, zeigtest mir die Universität, das Lenin-Denkmal, Bulgakows Wohnhaus und die Kiewer Oper. Als es in der Stadt zu heiß wurde, fuhren wir auf die Datsche eines alten Kampfgefährten …"

• *Maja Michailowna* •

Draußen dämmerte es. Durch die offenstehenden Fensterläden wehte ein sommerliches Lüftchen. Irgendwo hörte jemand Jazz. Ich saß, in eine dicke Wolldecke eingemummelt, auf der Couch im Wohnzimmer. Der Duft von frischgebackenen Piroggen kroch mir in die Nase. Oma Mina kam den Flur vorgelaufen. Ihre übergroßen Pantoffeln schlurften über die Dielen. Ich angelte das Thermometer aus der Teetasse und klemmte es unter die Achselhöhle. Oma betrat das Zimmer und stellte den Teller Borschtsch auf den Tisch.

„Du musst den Borschtsch heiß essen. Sonst wirst du nicht gesund", drängte Oma.

„Wenn ich eine Mittelohrentzündung bekomme, werde ich taub", murrte ich.

„Und Tee, willst du denn keinen Tee mehr?"

„Danke, ich habe noch", antwortete ich und deutete auf meine halbvolle Tasse.

Oma Mina setzte sich zu mir auf die Couch.

„Ich werde verarmt sterben, wie Beethoven. Die Karriere als Klarinettist ist beendet, bevor sie begonnen hat", jammerte ich und reichte ihr das Thermometer.

„38,5, noch immer erhöht", murmelte meine Oma.

„Ich werde weder ein Revolutionär noch ein großer Dirigent."

Oma Mina sah mich sorgenvoll an.

„Ich sterbe, ohne gelebt zu haben“, klagte ich.

Kurz darauf saß ich am Tisch und aß genüsslich die Piroggen. Oma Mina hatte es sich auf der Couch bequem gemacht. Sie trank schwarzen Tee und telefonierte mit Maja Michailowna.

„Anton hat noch immer erhöhte Temperatur. Dafür ist sein Appetit wieder da“, beschrieb meine Oma den Status Quo.

Maja war eine ihrer tausend Freundinnen und arbeitete im Kiewer Opernhaus. Ja, meine Oma kannte beinahe jeden in Kiew. Sie war Professorin für Chemie an der Universität. Es war unmöglich, mit ihr die Straße entlangzulaufen oder an der Bushaltestelle zu stehen, ohne dass sie mit anderen ins Gespräch kam.

„Die kenne ich aus der Universität. Der hat bei mir verteidigt. Das ist eine Freundin deiner Mutter. Und die war mit deinem Cousin im Kindergarten“, erzählte Oma Mina und schüttelte zu der Person die passende Biografie aus dem Ärmel.

War der Dialog auf der Straße beendet, ging das Geschnatter am Telefon weiter.

Alle Neuigkeiten, meine Person betreffend, wurden so im Freundeskreis kommuniziert: Größe, Gewicht, Verdauung, sogar die Konsistenz meines Stuhls.

„Hoffen wir, dass er morgen wieder auf Toilette kann und die Temperatur runtergeht. Ja, genauso machen wir es, Maja“, sagte Oma und legte auf.

Sie kam zu mir herüber und strich mir über den Kopf. Nun fühlte sie an meiner Stirn. Mein Täuschungsmanöver drohte aufzufliegen.

„Ist gar nicht heiß“, stellte meine Oma fest und sah mich fragend an.

„Ich will nicht in die Oper. Ich mag kein Ballett. *Schwanensee* ist mir zu langweilig. Insbesondere, wenn dieser Mansurow dirigiert", platzte es aus mir heraus.

Oma Mina zog erstaunt die Augenbrauen hoch. „Wie, du willst die Plissezkaja nicht tanzen sehen? Sie ist eine lebende Legende."

„Die Plissezkaja von mir aus. Aber bei Mansurow klingt alles gleich", erwiderte ich.

„Maja hat alles darangesetzt, Karten für uns zu bekommen. Du willst Maja doch nicht absagen? Sie wäre bestimmt enttäuscht."

„Wenn, dann will ich zu Jewgenij Fjodorowitsch Swetlanow. Er ist der Beste der Welt. Der andere Dirigent interessiert mich nicht im Geringsten."

„Ich wäre auch enttäuscht, sehr sogar", bemerkte Oma Mina traurig.

Ich verschränkte meine Hände vor der Brust und schüttelte weiter stur den Kopf.

„Wusstest du, dass im Opernhaus auf einen russischen Politiker geschossen wurde? Und im Großen Saal hat Lenin seine Kiewer Rede gehalten", behauptete Oma.

„Gut, von mir aus. Ich sage der Plissezkaja Hallo und schaue mir den Großen Saal an. Aber wir bleiben nicht die ganze Vorstellung", antwortete ich.

Wir warteten vor den Kassen im Foyer. Eine Frau im Abendkleid kam auf uns zu.

„Ich heiße Maja Michailowna, genau wie die Plissezkaja", stellte sich die Freundin meiner Oma bei mir vor. Auch Maja hatte bei Mina verteidigt. Nun arbeitete die Rentnerin als Platzanweiserin im Opernhaus und erfüllte sich ihren Kindheitstraum.

„Als kleines Mädchen wollte ich Sängerin werden", behauptete Maja.

„Opernsängerinnen sind von der Gunst ihrer Stimmbänder abhängig. Laut Statistik schafft nur eine von hundert den Durchbruch. Aber das wussten Sie sicher und haben sich für einen leichteren Weg entschieden“, entgegnete ich.

Maja öffnete eine Tür in der Wandverkleidung, winkte uns zu sich heran und flüsterte: „Das ist ein Geheimgang, nur für Mitarbeiter. Vertraut mir, so umgehen wir den Stau im Foyer und ich zeige euch noch etwas Interessantes.“

Maja lotste uns durch ein Labyrinth von dunklen Gängen. Nach zwei scharfen Linkskurven wurde der Raum wieder größer und heller.

„Das ist die Gastgarderobe der Plissezkaja“, verriet Maja und deutete auf eine Holztür. Sie verbeugte sich unmerklich und hielt wie vor einem Schrein inne.

„Sie hat Schreckliches erlitten. Ihre Eltern wurden verschleppt“, flüsterte Mina.

„Später musste sie sogar für ihn tanzen, diesen Verbrecher“, ergänzte Maja.

„Entschuldigt bitte, aber ich bin mitgekommen, um den Großen Saal und den sagenhaften Lüster zu sehen“, intervenierte ich.

Wieder blieb Maja vor einer Tür stehen. Sie drückte die Klinke runter und verkündete: „Meine Damen, meine Herren, sehen Sie nun das Taras-Schewtschenko-Opernhaus.“

Ich trat in den Großen Saal und blieb mit offenem Mund stehen. Die Wucht des Raumes ließ mich auf Mikrobengröße schrumpfen. Überall roter Samt und goldene Beschläge. Alles strahlte vor Schönheit.

„Vier Ränge, 1653 Plätze. Hier wurde 1911 auf den russischen Premier Pjotr Stolypin geschossen. Hier hielt Wladimir Iljitsch seine legendäre Kiewer Rede“, wusste Maja.

„Unglaublich", stammelte ich und fragte: „Tödlich verwundet?"

„Der Schütze traf ihn zweimal in die Brust", antwortete Maja.

„Nach zwei Pistolenschüssen stehen die Wenigsten wieder auf", ergänzte Oma.

„Der Lüster wiegt über eine Tonne und ist aus mehr als 13 000 Kristallen gefertigt. Und alles in allem fast sechs Meter breit", erzählte Maja weiter.

Ich schaute nach oben. Meine Augen krochen aus ihren Höhlen hervor.

„Was für ein Lüster", brabbelte ich verzückt.

Maja schaute auf ihre Armbanduhr und deutete auf den Vorhang.

„Noch fünf Minuten, dann geht es los", sagte sie.

Oma Mina und ich nahmen in einer Loge im dritten Rang Platz. Ich fühlte mich wie ein ukrainischer Fürst, also angemessen gewürdigt.

„Ich bin so aufgeregt", frohlockte ich.

„Gut, dass wir Majas Einladung gefolgt sind", flüsterte Oma Mina, während das Licht des Lüsters langsam ausging.

Der Vorhang öffnete sich. Das Orchester begann zu spielen. Tschaikowskis Musik umhüllte mich, wie eine warme Wolke. Tänzerinnen betraten die Bühne. Sie begannen mit dem Ballett. Plötzlich hielten sie inne. Aus dem Dunkel erschien die Plissezkaja. Ihre Arme und Beine bewegten sich wie Wasserpflanzen. Sie tanzte so anmutig, dass man den Eindruck bekam, sie würde über die Bühne des Opernhauses schweben.

Ich tauchte in eine märchenhafte Welt ein. Es gab einen Prinzen, der ging gern jagen. Es gab eine Prinzessin, die war verzaubert. Sie musste ihr Dasein als Schwan fristen. Als sich ihre Wege am See kreuzen, gibt sich die Prinzessin dem Prinzen zu erkennen.

Der Prinz verliebt sich in die Prinzessin und schwört ihr ewige Treue. Der böse Zauberer Rothbart aber hat alles mitbekommen und schmiedet einen perfiden Plan. Als der Prinz einen Ball gibt und sehnsüchtig seine Prinzessin erwartet, ergreift Rothbart seine Chance. Er tritt als Gast auf, an seiner Seite eine diabolische Schönheit, die der Prinzessin aufs Haar gleicht. Der Prinz fällt auf die Kopie herein. Er wiederholt seinen Liebensschwur vor der Falschen. Die echte Prinzessin ist am Boden zerstört. Als der Prinz sich bei ihr entschuldigen will, lässt Rothbart eine Flutwelle über beide hinwegrollen. Die Prinzessin rettet den Prinzen und stirbt in den Fluten.

Die Plissezkaja war in der Rolle des sterbenden Schwans so überzeugend, dass ich befürchtete, dass sie wirklich stirbt. Auch Mina und Maja schienen das zu empfinden.

„Unglaublich, wie sie Freude und Trauer im Tanz vereint", flüsterte Oma Mina.

„Emotion und Grazie in Perfektion", pflichtete Maja ihr bei.

„Sie tanzt gar nicht schlecht. Aber der Dirigent ist eine Zweitbesetzung. Er hat dreimal den Einsatz verpasst und null Dynamik entwickelt. Sogar mein Bein ist eingeschlafen", maulte ich und rubbelte an meiner Wade.

Im Foyer sammelten sich die Leute vor der Garderobe. Maja gab uns unsere Mäntel.

„Pjotr Iljitsch war auch hochbegabt, hat aber erst spät angefangen, Musik zu studieren. Kaum einer glaubte anfangs an ihn und seine Kompositionen. Heute gehören Tschaikowskis Werke zu den bedeutendsten der Romantik", erzählte Maja.

„Ich mache die Aufnahmeprüfung für die Musikschule im September", sagte ich.

„Auch die Plissezkaja ist erst spät mit Anerkennung bedacht worden", ergänzte Oma Mina.

„Hätten sich die zwei gekannt, wären sie vielleicht ein Paar geworden", erwiderte ich.

„Das ganz bestimmt nicht", sagten Maja und Mina und kicherten wie Schulmädchen.

„Wieso nicht?", fragte ich.

„Seine Ehefrau hat Pjotr Iljitsch das Leben zur Hölle gemacht. Die zwei stritten den ganzen Tag. Das hat ihn womöglich zermürbt", antwortete Maja.

„Er hätte sie gar nicht heiraten dürfen", befand Oma Mina.

„Ohne sie wäre er zufriedener gewesen", glaubte Maja.

„Also hatte Pjotr Iljitsch kein Glück mit den Frauen?", fragte ich.

„So könnte man es auch formulieren", Oma nickte.

„Ach, ich habe noch was für dich", sagte Maja und überreichte mir feierlich eine Tüte.

Ich zog eine Schallplatte hervor. Mein Atem stockte. Mein Herz pochte.

„Die 6. Sinfonie von Tschaikowski, dirigiert und signiert von Jewgenij Fjodorowitsch Swetlanow", ich quietschte vor Begeisterung.

„Tschaikowski betrachtete die 6. als seine wichtigste Sinfonie. Ihr Erfolg stellte sich erst lange nach seinem Tod ein. Ich hoffe, du hast Freude damit", sagte Maja.

„Ich danke Ihnen, Maja Michailowna. Das ist ein großartiges Geschenk. Und ich weiß Ihre Kompetenz zu würdigen", erwiderte ich.

„Aber du hast da noch was übersehen", intervenierte Oma Mina.

„Was meinst du?", fragte ich.

Meine Finger tasteten über den Boden der Tüte. Ich spürte etwas hartes Gerades.

„Ein Dirigentenstab?", flüsterte ich.

„Den Taktstock hat dir Jewgenij Fjodorowitsch gestiftet. Nun kannst du fleißig üben. Damit du genauso gut wirst wie er", bemerkte Maja.

Ich hielt Swetlanows Taktstock vor mir. Er schimmerte goldfarben. Mein Mund öffnete sich leicht, aber ich bekam kein Wort hervor. Ich war sprachlos. Dieses Stück gedrechseltes Ahornholz war für mich eine Art Heiligtum.

• *Wladimir Iljitsch* •

Schon am Morgen brannte die Sonne. Die Temperatur stieg auf über 37 Grad Celsius. Kiew Anfang August erinnerte an eine kaputte Sauna. Die heiße Luft sammelte sich über der Stadt und zog nicht mehr ab. Theater und Museen schlossen bis September. Die Kiewer flohen in Scharen ins Umland. Viele retteten sich auf ihre Datsche unterhalb der Stadt am Ufer des Dnjepr. Wer weiter weg wollte, fuhr an die Ostsee oder ans Schwarze Meer. Die Stadt starb regelrecht aus. Nur noch vereinzelte, meist ausländische Touristengruppen irrten über den Majdan. Sie suchten das neu eingeweihte Lenin-Denkmal auf dem Platz der Revolution.

„Was für eine unerträgliche Hitze", stöhnte Tante Nelli. Sie schloss die Balkontür und zog die Stores im Wohnzimmer zu.

„Wie lange fahren wir auf die Datsche des Generals?", fragte ich.

Ich stand auf einem Stuhl. In der Linken hielt ich Swetlanows goldenen Taktstock, in der Rechten meine Plastikpistole. Oma Mina kniete vor mir. Trotz der anstehenden Reise bestand ich auf der Fertigstellung meiner Garderobe.

„Bis zu Kirill Semjonowitsch braucht ihr zwei Stunden“, antwortete Nelli.

„So lange?“, fragte ich.

Meine Tante nickte. Ich versuchte zum Spiegel zu lunzen. Oma Mina hatte mir aus einem alten Herrenhemd einen Frack genäht. Nun passte sie die Länge an.

„Du musst stillhalten“, zischte Oma durch die Zähne.

„Mach ihn nicht zu kurz“, bat ich.

„Nicht bewegen, sonst stech’ ich dich.“

„Wusstet ihr, dass der Taktstock auch ein Instrument ist? Er animiert andere Musiker, auf ihren Instrumenten Töne zu spielen. Also ist das Orchester so etwas wie der Resonanzkörper des Taktstocks“, erklärte ich.

„Du siehst aus wie ein Viersternerevolutionär“, bemerkte Nelli bewundernd.

„Eigentlich wie ein Generalmusikdirektor“, korrigierte Oma.

„Kann ich denn nicht beides sein?“, fragte ich.

„Natürlich kannst du. Wladimir Iljitsch und Fidel Castro haben Jura studiert. Erst nach ihrem Studium wurden sie Revolutionäre“, antwortete meine Oma.

„Und Che Guevara, was war der vorher?“

„Che war Arzt, bevor er die Rebellen anführte“, wusste Nelli.

„So in etwa würde ich die Länge belassen“, sagte Oma und trat einen Schritt zurück.

Ich stieg vom Stuhl und betrachtete mich im Spiegel. Der Frack saß vorzüglich. Die Schulterstücke aus rotem Samt, verziert mit goldenen Epauletten, glitzerten.

„Ich bin ein Viersternegeneral-Musikdirektor-Revolutionär“, entschied ich.

Im selben Moment fiel mir auf, dass ich keine Hand mehr frei hatte.

„Ich hole euch noch etwas Obst für die Fahrt“, sagte Nelli.

„Und die Länge ist für dich in Ordnung?“, fragte meine Oma.

„Ja, die passt“, antwortete ich und fragte: „Aber wo bitte ist die Innentasche für meinen Taktstock? Und wie kann ich meine Pistole verstauen?“

„Innen, auf der linken Seite, kannst du den Taktstock hineinschieben. Und für die Pistole bräuchtest du ein Halfter“, erklärte Oma Mina.

„Ach hier, perfekt“, sagte ich und klagte: „Ein Königreich für ein Halfter. Oder hast du schon mal einen Revolutionär ohne Pistole gesehen?“

„Vielleicht hat der General ein Halfter für dich übrig“, antwortete Oma Mina.

„Klär das bitte vorher mit ihm“, bat ich und sagte: „Sonst müssen wir nicht rausfahren. Ich mag keine sinnlosen Fahrten ins Grüne. Die Landbevölkerung langweilt mich. Lärmende Kinder sind für meine Ohren nur schwer zu ertragen.“

„Ich bin in einem Dorf geboren und auf dem Land aufgewachsen“, erwiderte Oma.

„Dann weißt du ja, was ich meine.“

„Wenn du Revolutionär werden willst, musst du mit allen Menschen auskommen. Sonst kannst du sie nicht anzuführen“, merkte Oma an.

„Nur wenn ich ein Pistolenhalfter bekomme“, maulte ich.

„Gut, ich rufe Kirill Semjonowitsch an“, versprach Oma und

bat: „Und jetzt zieh den Frack aus. Die Schulterstücke sind nur angeheftet, die muss ich noch annähen."

Ich schlenderte zur Schrankwand. Über dem Porzellan standen die guten Bücher. Zwischen Tschechow und Tolstoi thronte eine zwölfteilige Ausgabe der Schriften von Wladimir Iljitsch.

„Hast du Lenin mal reden hören?", fragte ich.

Oma Mina suchte sich Nadel und Faden aus dem Nähkasten. Sie fädelte ihn durch das Nadelöhr ein und begann, die erste Klappe anzunähen.

„Du meinst nach der Revolution, als er durch die großen Städte fuhr?", fragte Oma.

„Lenin soll auch in Kiew gesprochen haben."

„Zu der Zeit lebte ich im Schtetl in Nowhorod Siwerskyj. Ich ging in die 6. Klasse auf die Dorfschule und wollte in Kiew studieren", erklärte Oma.

„Schade, ich dachte, du hättest Lenin mal gehört."

„Ich war zu klein. Aber dein Opa Isaak hat Wladimir Iljitsch gehört."

„Wirklich?", fragte ich.

„Dein Opa und der General haben zusammen im Bürgerkrieg gekämpft. Damals noch unter Leo Trotzki", erzählte Oma Mina und fügte an: „Später wurde Isaak in der ukrainischen Regierung Volkskommissar für Erdölindustrie."

„Seite an Seite, wie gute Freunde?"

„Ja, Isaak und Kirill waren gut befreundet. Erst haben sie gegen die Weißen gekämpft. Danach gegen die Japaner und die Amerikaner."

„So viele Gegner, klingt schwierig", sagte ich und fragte: „Und was war mit Lenin?"

„Nach dem Bürgerkrieg bereitete sich dein Opa aufs Studium vor. Als Lenin im Opernhaus auftrat, war er dabei. Davon hat uns Isaak oft vorgeschwärmt."

„Mein Opa hat Lenin sprechen hören, unglaublich", rief ich aufgeregt.

„Ja, dein Opa war ein großer Wladimir-Iljitsch-Verehrer. Er hat all seine Bücher gelesen. Und er glühte für Lenins Bildungspolitik."

„Verständlicherweise", bemerkte ich.

„Lenin ließ Fakultäten für Arbeiter und Bauern errichten und ermöglichte so, Kindern aus armen Familien zu studieren", sagte Oma Mina.

„Das wusste ich bereits."

„Und, dein Opa liebte es, Lenin zu zitieren. Das machte er bei jeder Gelegenheit."

„Was zum Beispiel?", fragte ich.

Oma Mina brachte sich in Position. Sie drückte den Rücken durch und räusperte sich.

„Die Ungewissheit ist der Wahrheit näher als das Vorurteil", zitierte sie.

„Interessant", entgegnete ich und fragte: „Fällt dir noch mehr ein?"

„Demokratie ist die Vorstufe zum Sozialismus. Vertrauen ist gut, Kontrolle ist besser", zitierte Oma Mina weiter.

„Die kenne ich alle schon."

„Ja, dein Opa Isaak war so sehr in Wladimir Iljitschs vernarrt, dass er seine erste Tochter nach ihm benannte", verriet Oma.

„Wie das?", fragte ich.

„Deine Tante heißt Nelli. Nelli ist die Koseform von Ninel. Ninel rückwärts gelesen, ergibt Lenin. Ninel ist also das Ananym zu Lenin", erklärte Oma Mina.

„Nein, das ist unglaublich."

„Doch, doch." Mina kicherte.

Sie hatte die erste Schulterklappe fertig angenäht. Nun arretierte sie den Faden mit einem Doppelknoten und biss ihn mit den Zähnen ab.

„Aber weiß Nelli, dass sie nach Lenin benannt wurde?"

„Am besten, du fragst sie selbst."

Die Wohnungstür wurde aufgeschlossen. Tante Nelli kam den Flur vorgelaufen.

„Pfirsiche gab es keine und Birnen auch nicht. Dafür habe ich Äpfel und zwei Kilo Karamellbonbons erstanden", berichtete Nelli stolz.

„Wir haben doch noch Kuchen und Schokolade. Wer soll das denn alles essen?", fragte Oma Mina kopfschüttelnd.

„Na und, die Bonbons werden doch nicht schlecht", erwiderte meine Tante.

„Ja, aber Anton mag keine Bonbons", entgegnete Mina.

„Dann esse ich die Bonbons allein", sagte Nelli beleidigt.

Ich lief zu meiner Tante in den Flur und deutete auf den Einkaufsbeutel.

„Soll ich dir beim Auspacken helfen?"

„Lass alles im Beutel, Antoscha. Das ist euer Proviant, für die Fahrt."

„Kommst du denn nicht mit?"

„Ich komme am Wochenende mit dem Bus nach."

Nelli nahm eine Tüte mit Äpfeln aus ihrer Tragetasche und hielt sie mir entgegen.

„Die sind lecker. Iss ruhig einen, wenn du magst."

„Ich bin noch so satt vom Mittag", erwiderte ich und fügte hinzu: „Aber von den Karamellbonbons nehme ich mir sehr gern ein paar mit."

„Nimm dir so viel, wie du möchtest", sagte Nelli und zog sich ihre Schuhe aus.

Nun betrachtete ich meine Tante aufmerksam. Nelli war klein und korpulent. Sie hatte X-Beine und eine lustige Stupsnase. Ihre rotblonden Haare trug sie kurz. Ihre Augen waren grün und versprühten Lebenslust. So gesehen sah sie gar nicht aus wie Lenin. Der große Führer der Revolution war viel kleiner und viel blasser. Ich zog an ihrer Bluse und fragte meine Tante: „Nelli, wusstest du, dass Opa Isaak dich nach Wladimir Iljitsch benannt hat?"

Nelli setzte sich auf den Stuhl. Sie fing an zu weinen. Noch nie hatte ich meine Tante so traurig gesehen. Ich nahm sie in den Arm und versuchte sie zu trösten.

„Nicht weinen. Ich finde, du siehst viel besser aus als Wladimir Iljitsch", bemerkte ich.

Nun musste meine Tante lachen. Sie nahm mich in den Arm, küsste mich und sagte: „Ach, Antoscha, was mache ich nur, wenn du wieder nach Berlin fliegst."

• *Der Hund des Generals* •

Ich sah in sein Gesicht, es sprach Bände. Ja, es war ihm unangenehm. Mir aber auch.

„Was bist du für ein ungezogener Hund?", fragte Oma Mina.

Sie schüttelte den Kopf und nahm dem Collie meinen Pisspott

weg. Bandit kuckte, wie auf frischer Tat ertappt, hielt den Kopf schräg und quietschte leise. Er leckte sich über die Lippen, legte den Rückwärtsgang ein und machte einen Luftsprung. Als hätte er binnen weniger Sekunden alles vergessen. Ich schüttelte ins Nichts ab, setzte mich auf die Bettkannte und sah fragend zu meiner Oma.

„Wieso hat Bandit das gemacht? Wieso hat er meine Pisse aus dem Pott getrunken?"

Oma hielt inne. Sie überlegte. Gleich würde sie mir alles erklären. Ja, Oma Mina wusste alles. Sie wusste, dass Bandit ein Schottischer Schäferhund war und dass der General ihn von einem britischen Offizier geschenkt bekommen hatte. Sie wusste, dass Kirill Semjonowitsch Bandit gern mit ins Krankenhaus genommen hätte, aber das so was nicht erlaubt war, nicht mal einem General. Sie wusste, dass die Nichte des Generals deshalb auf den Collie aufpassen musste. Und sie wusste, dass der Feind des Collies der sibirische Tiger war. Die größte Raubkatze der Welt kam aber nur selten in die Datschensiedlung, denn sie lebte eigentlich in Sibirien.

Oma Mina räusperte sich. Offensichtlich hatte sie die Antwort gefunden. Ich richtete mich auf, sah zu ihr hoch und spitzte meine Ohren.

„Anton, mein Sonnenschein, ganz ehrlich, ich weiß es nicht. Keinen Schimmer, was Bandit durch den Kopf gegangen ist", sagte Oma schulterzuckend.

Meine Nacht verlief äußerst unruhig. Erst konnte ich nicht einschlafen. Dann wachte ich immer wieder auf. Gedanken und Fragen schwirrten mir durch den Kopf, wie ein Schwarm wilder Bienen: Warum hatte der Hund aus meinem Pisspott getrunken?

Wieso wusste Oma Mina keine Antwort darauf? Wo bitte, war das Pistolenhalfter, das man mir verspochen hatte? Und warum kuckte der General so grimmig? Mochte er seinen Platz über dem Kamin nicht?

Ich stand auf, tippelte zum Kamin hinüber und wandte mich höflich an den General: „Kirill Semjonowitsch, gefällt Ihnen Ihr Platz nicht? Ist es Ihnen über dem Kamin zu warm? Möchten Sie, dass ich Sie woanders aufhänge?"

Der General antwortete mir nicht. Stattdessen schaute er weiter grimmig in den Raum. Ich streckte meine Arme aus, reichte aber nicht an das Porträt des alten Mannes heran. Ein anderer Gegenstand erweckte meine Neugier. Es war der Säbel des Generals. Auch der hing an der Wand, nur deutlich tiefer. Rechts und links des Säbels waren Medaillen und Orden an einem Board angebracht.

„Medaille für die Rückeroberung Kiews, Medaille für die Eroberung Berlins", las ich.

Ach nee, Medaillen sind doof. Ich will den Säbel. Vielleicht ist noch Blut am Schaft, Blut eines Weißgardisten? Ein wohliger Schauer lief mir über den Rücken. Meine Hände bewegten sich auf den Säbel zu. Vorsichtig hob ich das gute Stück aus der Verankerung und begutachtete es. Der Griff war aus Eichenholz, das Ende zu einem Knauf geformt. Griff und Scheide waren mit Messing verziert, die Klinge aus gehärtetem Edelstahl. Alles an dem Säbel funkelte, als wollte er mir etwas mitteilen.

Ich zog den Säbel aus der Scheide heraus und schwang ihn durch die Luft.

„Los, probiere mich aus! Sei kein Feigling!", säuselte der Säbel mir zu.

Ich zögerte. Die Worte der Gastgeberin kamen mir in den Sinn:

Bitte nichts anfassen. Die Sachen gehen schnell kaputt und sie haben einen hohen ideellen Wert.

„Egal, der Feind schläft nicht", sagte ich zu mir und schlich auf Zehenspitzen durch das Zimmer, in dem Oma Mina schlief.

Die Nacht war sternenklar. Die Luft roch nach frischem Flieder. Ich drehte eine Ehrenrunde auf der Veranda und bog in den Garten ab. Bandit gesellte sich zu mir. Seine Augen funkelten, der Schwanz wedelte freudig hin und her. Auch er war bereit, dem Feind ins Auge zu schauen. Seite an Seite zogen wir in die Schlacht.

„Für Opa Isaak und den General", schrie ich und stürzte mich in den Kampf.

Mit meinem ersten Hieb erwischte ich die Rosen des Generals. Mein zweiter traf seine Geranien. Ich kupierte Rittersporn und Silberdistel, Dahlien und Schwertlilien. Ich kannte kein Erbarmen. Die Feinde der Revolution mussten niedergemäht werden. Auch Bandit kämpfte äußerst tapfer. Er hatte sich den Rhododendronbusch vorgenommen. Ein riesiger Apparat mit dichtem Buschwerk. Ohne jede Furcht biss sich Bandit durch. Und siehe da, der zuvor übermächtige Gegner wich zurück, knickte ein und verlor immer mehr an Volumen.

Vom Kampf ermattet, setzte ich mich auf die Verandastufen. Bandit hatte sich ebenso verausgabt. Beseelt schauten wir zwei über das Schlachtfeld. Der Feind war besiegt.

Meine Blase meldete sich in Form einer Erektion. Ich stand auf, ließ die Pyjamahose runter und pullerte auf die Steinplatten. Bandit sah zu mir hoch.

„Trink ruhig, wenn du magst", bot ich an und sagte: „Mir macht das nix aus."

Diesmal zeigte Bandit keinerlei Interesse an meiner Pisse. Er setzte sich neben mich, legte seinen Kopf in meinen Schoß und ließ sich von mir den Nacken kraulen.

Die Sonne entstieg den Moorwiesen. Langsam kroch sie die Anhöhe hinauf. Die Vöglein begrüßten aufgeregt den neuen Tag. Sie hüpften freudig von Zweig zu Zweig. Ein greller Frauenschrei ließ alles und jeden erzittern. Die Nichte des Generals stand kreideweiß auf der Veranda. Ihre Lippen bebten vor Aufregung.

„Um Gottes willen, wer denn hat dieses Massaker angerichtet?", fragte sie.

Oma Mina setzte die Nichte des Generals in den Korbsessel des Onkels. Sie legte ihr ein kaltes Tuch über das Gesicht und redete ihr gut zu: „Das wird alles wieder. Das sind Pflanzen, die erholen sich. Ich bring das in Ordnung."

Der Collie und ich wurden hinauszitiert. Bandit gab alles zu und bekam einen Nachmittag Stubenarrest. Die Blumenerde an seinen Vorderläufen hatte ihn überführt. Auch ich wurde von Oma Mina intensiv befragt. Leugnen war sinnlos, dennoch behauptete ich felsenfest, geschlafen und geträumt zu haben.

„Was hast du denn geträumt?", fragte meine Oma.

„Von Opa Isaak und dem General und wie sie im Bürgerkrieg gegen die Weißen gekämpft haben", flunkerte ich, während mein Gesicht rot anlief.

„Du hättest dich verletzen können", sagte meine Oma und strich mir über den Kopf. Sie hatte mein Manöver längst durchschaut, war mir aber nicht böse.

„Tut mir leid, aber der Säbel hat mit mir gesprochen. Und eigentlich hatte ich nur nach einem Halfter für meine Pistole gesucht", antwortete ich.

„Lass uns aus den Blumen, die noch frisch sind, einen schönen Strauß binden. Und ihn dem General ins Krankenhaus schicken.

Vielleicht wird er so schneller gesund und kommt früher nach Hause", schlug Oma Mina vor.

„Einverstanden. Und ab Morgen gehe ich, wie alle anderen, auf das Toilettenhäuschen. Für den Pisspott bin ich viel zu groß", entschied ich.

• *Neptun aus dem Dnjepr* •

„Aber Neptun ist ein Meeresgott, hast du selbst gesagt", erinnerte ich.

„Ja, Neptun lebt im Meer. Aber das Meer und die Flüsse sind alle miteinander verbunden. Der Dnjepr ist 1 300 Kilometer lang. Er fließt durch das Dnjepr-Becken und mündet westlich von Cherson ins Schwarze Meer", erklärte Oma Mina.

„Also könnte Neptun theoretisch auch bis hierherkommen? Trotz der vielen Staumauern und Schleusen?", fragte ich.

„Ja, das könnte er", antwortete meine Oma ohne zu Zögern.

Ich zupfte an meiner Badehose. Irgendwas an der Geschichte stimmte nicht. Insbesondere da nun klar war, dass selbst Oma Mina nicht alles wusste. Dennoch, die Vorstellung in einen Strudel zu geraten und erst 1 300 Kilometer später im Meer wieder ausgespuckt zu werden, gefiel mir nicht wirklich.

„Ich wollte gerade ins Wasser. Soll ich auf Ihren Kleinen aufpassen?", fragte ein Halbwüchsiger und sah freundlich zu uns herunter.

Oma Mina musterte den Jungen von unten bis oben. Er war schlaksig, hatte rotblonde, zerzauste Haare, Sommersprossen und lustige Grübchen.

„Sie müssen sich keine Sorgen machen. Ich bin Rettungsschwimmer," sagte der Junge und kam so jeder weiteren Nachfrage zuvor.

Mit Anlauf und Geschrei stürzten wir uns in den Dnjepr. Nach ein paar Zügen unter Wasser tauchte ich wieder auf. Meine Füße tasteten den Boden ab: keine Pflanzen, kein Schlamm, perfekt. Ich stellte mich auf und schaute über den glitzernden Fluss. Der Dnjepr machte an dieser Stelle einen Bogen. Die Strömung hatte eine Bucht ins Ufer gefräst und feinen Sand an den Strand gespült. Der Kopf des Jungen tauchte neben mir aus dem Wasser auf. Seine Augen blitzten wie blaugrauer Schiefer.

„Ich heiße Timur", verriet er mir und lächelte.

„Ich bin Anton", entgegnete ich und fragte: „Sind Sie wirklich Rettungsschwimmer?"

„Nein", antwortete Timur zu meiner Überraschung und fügte hinzu: „Aber deine Oma hätte dich sonst nicht allein ins Wasser gelassen. Oder?"

„Sie hat Angst, weil sie selbst nicht schwimmen kann", stimmte ich zu und grinste über beide Ohren. Timurs Cleverness imponierte mir.

„Willst du dich auf meine Schultern stellen und einen Kopfsprung machen?", fragte er.

„Ja, will ich."

Timur tauchte unter mir ab. Seine Hände griffen nach meinen Füßen und führten sie auf seine Schultern. Zeitgleich richteten wir uns auf.

„Spring!", rief Timur mir zu.

Ich drückte mich mit aller Kraft ab und machte einen Bauchklatscher.

„Das ist doch kein Kopfsprung." Timur lachte und bestand auf einer Wiederholung: „Na komm, Anton, gleich noch mal! Du schaffst das!“

Ich gab mir große Mühe. Streckte die Arme ein ums andere Mal aus und stieß mich, so gut ich konnte, ab. Das Ergebnis blieb das gleiche, ich klatschte auf den Bauch.

Nach einer Stunde tat mir der Bauch weh. Wir machten eine Pause. Ich schaute bewundernd zu Timur, da fiel mir etwas Glitzerndes auf.

„Ist das ein Ohrring?“, fragte ich.

„Nein, ein Ohrstecker.“

„Wieso tragen Sie einen Stecker?“

„Ich bin ein Punk“, erwiderte er.

„Ich bin ein Revolutionär.“

„So, so“, sagte Timur und forderte: „Und siez mich nicht, wir sind fast gleichalt.“

„Ich bin neuneinhalb“, sagte ich.

„Ich elf.“

„Na gut, wie Sie möchten“, entgegnete ich und fragte: „Was ist ein Punk?“

„Einer, der seine eigenen Regeln aufstellt. Einer, der sich nicht unterordnet. Einer, der macht, was er will.“

„Aha, verstehe“, sagte ich, ohne etwas verstanden zu haben.

„Wir Punks sind wie Piraten auf hoher See, bloß ohne Schiff“, erklärte Timur.

„Ach, wie Piraten, alles klar.“

„Na gut. Soll ich dich zu deiner Oma bringen?“, fragte Timur.

Er schaute zum Strand hinüber, wo Jugendliche und Erwachsene Fußball spielten. Ein junger Mann rief nach ihm und winkte.

„Du musst mich nicht bringen. Ich weiß ja, wo sie sitzt. Ach, und danke, dass du so lange auf mich aufgepasst hast“, antwortete ich.

„Das ist Fedor, der nervt so lange, bis ich komme“, löste Timur auf und fügte an: „Immer schön dranbleiben, Anton. Das wird schon noch mit deinem Kopfsprung.“

Ich schaute Timur nach. Er rannte die Böschung hoch und trat gegen einen Ball.

Mein Blick schweifte über das Ufer. Unter einer Weide entdeckte ich einen Steg. Vielleicht kann ich vom Steg aus in den Fluss springen? So lange, bis ich diesen verdammten Kopfsprung draufhabe, dachte ich und schwamm auf die Weide zu.

Der Steg ragte über fünf Meter weit in den Fluss. Das Holz war teils vergammelt, einige Bretter fehlten. Vorsichtig tapste ich über das von der Sonne erwärmte Holz. An der Stegkante blieb ich stehen. Voller Respekt schaute ich ins dunkelgrüne Wasser. Braune Schlingpflanzen tanzten unter mir hin und her. Ihre gleichförmigen Bewegungen hypnotisierten mich. „Komm zu uns, Anton, damit wir dich zu Neptun bringen können“, säuselten die Schlingpflanzen.

„Ich kann schon schwimmen. Ihr könnt mir gar nichts. Und Neptun gibt es nicht“, sagte ich mit fester Stimme.

„Anton, der Steg ist morsch“, rief Timur in meinem Rücken.

Ich drehte mich um, verlor das Gleichgewicht und fiel kopfüber ins Wasser.

„Das war ein Kopfsprung! Hast du gesehen?“, rief ich und verschluckte mich.

Das in mich dringende Wasser fühlte sich an wie ein Niederschlag. Als würde mich eine fremde Kraft zu Boden drücken. Immer wieder wurde ich hin und her gewälzt. Irgendwann verlor ich die Orientierung. Als ich wieder in der Flussmitte auftauchte, hatte mich die Strömung erfasst. Vergeblich versuchte ich gegen sie anzuschwimmen.

„Anton, nicht gegen die Strömung schwimmen! Lass dich treiben!“, rief Timur vom Ufer aus zu mir herüber.

„Da ist ein Junge ins Wasser gefallen! Jemand muss ihm helfen!“, schrie eine Frau.

Ich hörte auf zu strampeln, nahm den Kopf in den Nacken und ließ mich von der Strömung treiben. Die Stimmen verstummten. Der Fluss machte eine weitere Biegung. Die Vegetation wurde wilder. Dichtes Buschwerk hatte das Ufer überwuchert.

Abgestorbene Baumkronen ragten über den Fluss. Das Wasser summte, wurde kälter.

Kein schöner Ort, um zu sterben, dachte ich und zwang mich ruhiger zu atmen.

Eine Hand griff nach mir. Ich erschrak bis ins Mark. Ein Mann schaute von oben auf mich herab. Er hatte halblange, braune Haare und trug einen Vollbart.

„Sind Sie Neptun?“, stotterte ich.

Der Mann lachte schallend los. Sein Lachen klang wie ein Donnerschlag. Haare und Vollbart vereinigten sich zu einer wallenden Mähne.

„Ja, natürlich bin ich Neptun. Neptun aus dem Dnjepr“, antwortete der Mann.

Er hob mich aus dem Wasser, setzte mich auf die Rückbank seines Bootes und fragte: „Junge, wo bist du reingefallen? Irgendwer vermisst dich doch sicher?“

Ich nickte stumm. Mein Körper zitterte. Mir war kalt. Der Mann zog sein Shirt aus. Sein Oberkörper war voller Tattoos. Nixen, Totenköpfe und ein riesiger Anker.

„Zieh dir das über, damit du nicht frierst“, sagte der Mann und reichte mir das Shirt.

„Anton!“, rief jemand vom Ufer.

Ich kniff die Augen zusammen. Timur stand winkend auf einer schmalen Landzunge. „Bist du in Ordnung?“, fragte Timur.

„Hier ist alles gut“, antwortete der Mann und fragte seinerseits zurück: „Wohin soll ich den Jungen bringen? An welchem Strand seid ihr?“

„Pesoznij“, entgegnete Timur.

„Vor oder hinter der Anlegestelle?“, fragte der Mann.

„Der kleine davor …“

„Warte, ich lade dich mit ein, dann zeigst du mir, wo ihr liegt“, entschied der Mann und steuerte mit dem Boot auf die Landzunge zu.

„Tut mir leid, Anton. Ich hätte besser auf dich aufpassen sollen“, schniefte Timur schuldbewusst. Er stieg zu uns ins Boot und setzte sich neben mich.

„Halb so wild“, fand ich und fragte: „Hast du meinen Kopfsprung gesehen?“

„Jeder hat deinen Kopfsprung gesehen“, antwortete Timur und fügte hinzu: „Und dank deiner Oma wissen jetzt alle, dass du Anton heißt.“

„Ich habe sie auch gehört“, kicherte ich.

„Festgehalten“, warnte der Mann und zog an der Schnur des Außenborders.

Das Boot beschleunigte wie eine Rakete. Mit so einem Motor stellte die Strömung kein Problem dar. Der warme Wind trocknete mich binnen Sekunden. Nach wenigen Minuten waren wir zurück am Strand. Timur sprang auf den Steg der Anlegestelle und hielt das Boot seitlich fest. Der Mann hob mich heraus und gestand mit tiefer Stimme: „Anton, ich bin tatsächlich Neptun. Aber das bleibt unser Geheimnis. Versprochen?“

„Ja, versprochen", stammelte ich voller Ehrfurcht und gab dem Mann das Shirt zurück. Der Mann stieß sich vom Steg ab und fuhr mit seinem Boot davon.

Ein junges Pärchen kam auf uns zugelaufen. Aufgeregt fragten sie, ob es uns gut gehe.

„Alles bestens", sagte ich und rülpste.

„Lasst mich zu meinem Jungen durch", forderte Oma Mina.

Lautstark bahnte sie sich den Weg durch die Menge. Badegäste und Einheimische standen auf dem Steg und glotzten.

„Mir geht es gut", rief ich ihr entgegen.

„Was machst du nur für Sachen?", fragte Oma und nahm mich in die Arme.

„Tut mir leid, ich wollte dich nicht aufregen", entschuldigte ich mich.

„Sieh mich an! Ich bin vor Sorge um Jahre gealtert!", klagte Oma.

Die Leute lachten los. Das lag daran, dass Oma Mina mit ihren vielen Falten aussah, als sei sie schon weit über die Hundert hinaus. Außerdem trug sie noch immer meine nassen Shorts auf ihrem Kopf.

„Sie haben da noch was", bemerkte Timur verlegen.

„Ach, die hatte ich ganz vergessen. Dafür ist sie jetzt trocken", entgegnete Oma und begann mich auf mögliche Verletzungen hin abzutasten.

„Habt ihr auch meinen Kopfsprung gesehen?", fragte ich in die Runde.

„Jeder hat gesehen, wie du in den Fluss gefallen bist", antwortete meine Oma.

„Na dann, wir sehen uns, Anton", sagte Timur.

„Hier geblieben", intervenierte Oma Mina. Sie sah Timur vorwurfsvoll an und fragte: „Hattest du mir nicht versprochen, auf Anton aufzupassen?"

„Ja, das hatte ich. Tut mir leid", Timur sah schuldbewusst zu Boden.

„Lass ihn bitte gehen, Oma", bat ich.

„Aber er hat sein Versprechen gebrochen", entgegnete Oma Mina.

„Timur ist mir in den Dnjepr nachgesprungen. Er hat mich aus dem tiefen Wasser ans Ufer gezogen. Dann hat uns ein Bärtiger aufgelesen und mit seinem Boot hergefahren. Ohne Timur wäre ich im Fluss ertrunken. Er hat mich gerettet", log ich.

Oma Mina betrachtete Timur prüfend. Sie legte den Kopf zur Seite und befand: „Nun, da hattet ihr Jungs wohl Glück im Unglück."

• *Wobla und Plombir* •

Der Geruch von Fleisch und Fisch mischte sich mit dem Duft von gemahlenem Kaffee. Die Verkäuferin fixierte Oma Mina durch ihre fettigen Brillengläser.

„Was ist das für eine Sorte?", fragte Oma und deutete auf den Fisch.

„Lachs ist es nicht", antwortete die Verkäuferin, legte einen Bogen Zeitungspapier auf die Waage und wuchtete drei Fischleiber darauf.

„Ich wollte nicht wissen, was es nicht ist", erwiderte Oma Mina.

„Irgendwas Einheimisches", nuschelte die Verkäuferin.

„Wenn die Augen glasig sind, ist er zu alt", erklärte mir Oma.

„Kann ich ein Eis haben?", fragte ich.

„Such dir ein Eis aus und bring deinem Freund eins mit."

„Wollen Sie nun vom Fisch oder nicht?", fragte die Verkäuferin.

„Nein, danke. Lieber drei Stück Wobla. Dazu ein Kilo Rindfleisch, ein Dutzend Eier, einen Bund Zwiebeln, zwei Weißbrote und eine Tüte Buchweizen."

Die Verkäuferin packte den Fisch zurück und arbeitete die Bestellung meiner Oma ab.

„Wenn Sie weiter so herummäkeln, stehen wir noch morgen hier", ereiferte sich eine pausbäckige Bäuerin, die hinter uns anstand.

„Sie können den Fisch gern nehmen", entgegnete ihr meine Oma.

„Was ist es denn für eine Sorte?", fragte die Bäuerin.

„Sieht aus wie Kabeljau", mischte sich ein Mann im Trainingsanzug ein.

„Könnte auch Rotauge sein", spekulierte die Bäuerin.

„Eindeutig Kabeljau", wiederholte der Mann.

„Irgendwas Einheimisches", antwortete Oma Mina.

Das sowjetische System war speziell. Erst suchte man sich die Ware aus. Dann erhielt man von der Verkäuferin einen Bon. Damit ging man zur Kasse. Nun stand man erneut in einer Schlange an. Hatte man alle Einkäufe bezahlt, durfte man in die entsprechende Abteilung zurück. Jetzt erst bekam man die Ware ausgehändigt. Es war also wichtig, alles, was man brauchte, vorab auszusuchen. War der Laden dagegen so klein wie dieser hier, gab es nur eine Verkäuferin und alles dauerte noch viel länger.

„Ich warte draußen", erklärte ich und beugte mich über die Kühltruhe.

Timur stand mit dem Rad vor dem Laden. Er trug eine Jeans und ein ärmelloses Shirt. Sein Rad sah aus wie ein Totalschaden. Kein Sattel, keine Schutzbleche, kein Licht. Damit konnte er nur im Stehen fahren. Was ihm nichts ausmachte. Im Gegenteil, mir schien, als finde er das lässig.

„Vanille oder Schoko?", fragte ich Timur durch die Scheibe.

„Schoko", antworteten seine Lippen.

Ich angelte zwei Päckchen Eis der Marke Plombir. Das Eis war weder auf Wasser- noch auf Milchbasis hergestellt. Es bestand ausschließlich aus Sahne und natürlichen Aromen und es schmeckte bombastisch.

„Ich bin gleich bei euch", versprach Oma und zückte ihr Portemonnaie.

Ich stieß die schwere Ladentür auf und trat ins Freie. Die Sonne brannte. Timur ließ sein Fahrrad fallen und kam mir entgegengeschlurft.

„Hier, bitte, dein Schoko", sagte ich.

„Hm, Plombir, das beste Eis der Welt", befand Timur.

„Der Geschmack ist delikat", stimmte ich ein.

Die Ladentür schwang auf. Der Mann im Trainingsanzug kam heraus. Er stellte die Einkäufe meiner Oma auf dem Treppensockel ab und musterte uns.

„Danke Ihnen fürs Raustragen", bedankte sich Oma Mina.

„Nicht dafür", entgegnete der Mann und fragte: „Ab hier übernimmt der Nachwuchs?"

„Ja, ich habe großes Glück mit den Jungs", erwiderte meine Oma.

Wir liefen die staubige Straße hinunter. Die Taschen waren an Timurs Lenkrad fixiert. Oma Mina schlenderte entspannt hinter uns. Auch sie hatte sich ein Plombir gegönnt. Das Dorf Bukowo bestand aus 37 Bauernhöfen, dem Laden, dem Kulturhaus und einer Haltestelle. Die Datschen-Siedlung aus 53 Holzhäusern. Dahinter lag das Wäldchen, das Moor und der Dnjepr. Viele der Häuser stammten noch aus dem 19. Jahrhundert. Hier lebte eine bunte Mischung: Künstlerinnen, Akademiker, Wissenschaftlerinnen, Angehörige des Proletariats und pensionierte Militärs.

„Als die Leibeigenschaft abgeschafft wurde, verloren die Landbesitzer die Arbeitskräfte für ihre Ländereien. Also verkauften sie ihr Land an neureiche Städter. Die bauten sich Datschen, um sich im Sommer an der frischen Luft zu erholen", erzählte uns Oma Mina.

„Und nach der Revolution?", fragte ich.

„Nach 1917 wurde der Besitz neu verteilt. Unter Lenin profitierten alle Menschen vom Reichtum der Gesellschaft. Fabriken, Werften, Minen, alles wurde verstaatlicht. Und landlose Bauern bekamen eine eigene Scholle zum Beackern", antwortete Oma.

„Aber waren die Bauern nicht in Kolchosen organisiert?", fragte Timur.

„Zwölf Jahre später unter Stalin mussten alle ihr Land wieder zurückgeben. Viele sträubten sich gegen die Kollektivierung und bekamen Ärger mit den Behörden. Schlimme Sachen sind da passiert. Es gab Opfer unter den Bauern und eine furchtbare Hungersnot", erzählte Oma Mina.

„Das hat meine Lehrerin im Unterricht so nicht ausgeführt", stellte ich fest.

„Deine Lehrerin weiß bestimmt viel, aber nicht alles. Außerdem ist es immer besser, die Leute zu befragen, die selbst einer Sache dabei waren", entgegnete meine Oma.

„Warum haben Sie keine Datsche in Bukowo?", fragte Timur.

„Sie hat nicht nur keine Datsche", warf ich ein und verriet: „Einmal ist wer bei ihr eingebrochen. Die Diebe stahlen ein verschlossenes Holzkästchen. Als sie dieses im Hof öffneten, waren darin nur Nadel und Faden, sonst nichts."

„Ja, das stimmt", bestätigte meine Oma und merkte an: „Alle waren furchtbar enttäuscht von mir. Die Einbrecher und die Polizei ebenso."

„Aber eine eigene Datsche hat doch viele Vorteile. Man kann Obst und Gemüse anbauen und ist so vom Angebot der Läden unabhängig", entgegnete Timur.

„Ich habe mich nie sehr um Eigentum bemüht. Besitz wird schnell zu Ballast. Einen, der den Menschen einengt, statt ihn atmen zu lassen."

„Das verstehe ich nicht", gestand Timur.

„Dafür kennt Oma Mina viele Leute, die eine Datsche haben", sagte ich.

„Und bei wem wohnt ihr jetzt?", fragte Timur.

Oma Mina blieb stehen und deutete mit dem Kopf auf das zweistöckige Holzhaus mit den geschnitzten Verzierungen. „Wir sind Gäste des Generals", antwortete sie.

„Kirill Semjonowitsch hat den größten Garten und die besten Brombeeren. Die sind gelb und schmecken nach Ananas. Ist seine eigene Züchtung", schwärmte Timur, dem beim Gedanken an die Beeren das Wasser im Mund zusammenlief.

„Woher kennst du seine Beeren?", fragte ich.

„Mein Onkel hat die aromatischsten Stachelbeeren und er die besten Brombeeren. Deswegen haben sie Anbautipps ausgetauscht", behauptete Timur.

„Nun, Anton hat den Garten des Generals neugestaltet. Die Beeren haben gelitten. Aber wenn du magst, kann du zum Essen bleiben", bot ihm Oma an.

„Was gibt es denn? Den Trockenfisch, den Sie gekauft haben?“, fragte Timur.

„Die Wobla ist für Mark Solomonowitsch, unseren Nachbarn. Ich wollte für uns Bouletten mit Kartoffeln und frischem Salat machen“, antwortete Oma.

„Ich würde wirklich gern bleiben. Aber ich glaube, dass Bandit mich nicht aufs Grundstück lässt. Gerade, wenn der General nicht anwesend ist.“

„Bandit ist leider nicht mehr da“, bemerkte ich.

„Seine Nichte hat Bandit zu sich genommen. Sie glaubt wohl nicht mehr daran, dass der General wiederkommt“, erklärte meine Oma.

„Wenn Sie darauf bestehen, esse ich eine Kleinigkeit mit“, stimmte Timur zu.

Oma Mina stand am Verandatisch. Sie schnitt das Rindfleisch in gleichgroße Stücke, legte sie in den Wolf ein und drehte sie durch. Sie gab Ei und Zwiebeln zu, würzte ab, knetete die Masse und begann, aus dem Fleischteig Buletten zu formen.

„Ihr müsst mir nicht helfen“, sagte Oma Mina.

Wir gingen hinein. Ich zeigte Timur mein Zimmer, den Plüschlöwen, die Klarinette, die Noten, das Kompositionsheft, das Swetlanow-Plakat, die Schallplatten und meinen goldenen Taktstock.

„Kannst du richtig spielen?“, fragte Timur.

„Ich wollte auf der Trompete spielen. Das war meinem Vater zu laut. Also haben mir meine Eltern eine Klarinette geschenkt. Und, ja klar, ich kann spielen. Menuette, Präludien und andere Stücke.“

„Sieht aus wie Klassik?“, fragte Timur.

„Schumann und Debussy, Gershwin, das ist Klassik.“

„Ich höre Frank Zappa und die Sex Pistols.“

„Ich höre Tschaikowski, Beethoven und Stravinsky."

„Aber das ist auch Klassik", entgegnete Timur und fragte: „Hörst du keinen Punk?"

Ich schüttelte den Kopf.

„Was ist mit Rock? Nicht mal Pop?"

„Populärmusik langweilt mich", antwortete ich und sagte: „Klassische Musik ist komplexer und vielfältig. Es gibt die Romantik, die Klassik und die Neue Musik."

Timur versuchte sich das Gesagte vorzustellen. Ohne Erfolg.

„Wieso ist das wichtig für dich?", fragte ich.

„Ach egal, nicht so wichtig. Lass uns mal wieder rausgehen. Bei so viel Klassik platzt mir noch der Kopf."

Wir liefen an der Küche vorbei. Auf dem Herd brutzelten Oma Minas Rinderbuletten.

„Es ist nach fünf, zieh dir bitte deine Handschuhe über", bat meine Oma.

Ich folgte ihrer Bitte und zog mir meine fingerlosen Weißen über.

„Warum trägst du weiße Handschuhe im Sommer?", fragte Timur.

„Der Soff schützt, so kühlen meine Fingergelenke am Abend nicht aus. Für einen Klarinettisten sind seine Hände das größte Kapital", erklärte ich.

„Damit sieht du aus wie ein gerupfter Schwan", witzelte Timur.

Stumm spazierten wir durch den Garten des Generals. Timur schien sich bestens auszukennen. Er wusste, welchen Pfad man nehmen musste, um direkt zu den Beeren zu gelangen. Ein Vogel rief krächzend vom Moor zu uns herüber.

„Das ist ein Eichelhäher", wusste Timur.

„Dir ist Klassik nicht spannend genug?", fragte ich.

„Ich dachte, du willst Revolutionär werden? Mit so einem Musikgeschmack wirst du Solist im Altenheim."

„Ach, und wer die Zappas hört, der hat Mumm für zwei?", fragte ich zurück.

„Frank Zappa ist ein Musiker, keine Band", belehrte mich Timur.

„Und wieso hast du Angst vor dem Hund?"

Timur sah mich überrascht an. Mein Konter saß, wie ein verdeckt geschlagener Haken.

„Ich dachte, du bist ein Punk. Einer, der nach seinen Regeln lebt und der nur macht, was er will", äffte ich Timur nach.

„Mag sein, dass ich mit Hunden nicht gut kann", gab er zu.

„Und wogegen hast du die Beeren getauscht? Luft oder Liebe?", fragte ich.

„Ich war schon öfter hier. Und hab' mir Beeren organisiert. Das nennt man Mundraub. Ist das letzte Grundstück in der Siedlung. Darum gibt es zur Wiese hin keinen Zaun. Nur eine Hecke, und die ist überwindbar."

„Hatte ich mir schon gedacht", sagte ich und grinste.

Wieder krächzte es aus dem Moor zu uns herüber. Die Stimme des Vogels klang seltsam verstellt. Als würde er eine Katze imitieren.

„Wenn er ein drittes Mal ruft, holt euch das Moor", hauchte eine Stimme.

Wir sprangen quiekend vor Schreck zur Seite. Hinter uns stand eine blasse Frau.

„Wer zum Teufel sind Sie?", jaulte Timur erschrocken.

„Ihr müsst hier was pflanzen. Die Sichtachse zum Moor muss geschlossen werden. Man darf die Toten nicht stören", antwortete Tante Nelli.

„Mensch, Nelli, ich hätte mir fast in die Hose gemacht", japste ich.

„Gut, dann ist mir die Überraschung gelungen", erwiderte Tante Nelli und fügte an: „Ich soll euch von Mina ausrichten, dass die Buletten fertig sind."

Wir rührten uns nicht von der Stelle. Gebannt sahen wir zum Moor hinüber. Als der Eichelhäher das dritte Mal rief, liefen wir schreiend los.

• *Melodien für Millionen* •

Tante Nelli übernahm die Leitung der Gartenarbeit. Sie pflanzte Setzlinge, säte Blumen aus und versetzte Sträucher. Der von mir verwüstete Bestand begann sich zu erholen. Meine Tante kannte sich gut mit Pflanzen aus. Ebenso mit Heilkräutern, Umschlägen und Tinkturen. Leider wollte Oma Mina nur nie geheilt werden.

„Wieso in aller Welt soll ich mir ein Brombeerblatt auf die Zunge legen? Ich bin doch keine Ziege", meckerte meine Oma.

„Du musst das Blatt zerreiben. Und nicht auf, unter die Zunge", erklärte Nelli.

„Und wofür soll das gut sein?"

„Das hilft gegen deinen Bluthochdruck."

Oma Mina spuckte das Blatt wieder aus.

„Das ist doch Unsinn", erregte sich meine Oma, zog ihr kariertes Taschentuch heraus und putzte sich den Mund ab.

„Es ist immer dasselbe mit dir, Mina. Nur, weil mein Wissen nicht akademisch ist, vertraust du ihm nicht. Machst dich sogar darüber lustig", klagte Nelli.

„Ich glaube weder an Brombeerblätter-Kompressen noch an Huflattich-Aufgüsse. Insbesondere nicht, wenn es um meinen Bluthochruck geht."

„Du weißt genau, dass ich nicht studieren durfte. Dank dir und Isaak waren wir Kinder alle *Feinde des Volkes*. Für uns waren die Unis tabu", zischte Nelli.

„Pass auf, dass dich der Junge nicht hört", flüsterte Mina.

„Eines Tages wirst du ihm erzählen, wie dich die Partei im Stich gelassen hat. Du kannst die Wahrheit nicht ewig unter den Teppich kehren."

„Das hatte ich nicht vor. Nur hilft es wenig, alles immer zur Unzeit breitzutreten. Ohne sich Gedanken über die Konsequenzen zu machen."

„Weißt du was, sieh zu, wie du mit deinem Bluthochdruck fertig wirst. Komm bloß nicht zu mir, wenn dir in der Sonne schlecht wird."

„Mir ist einmal schlecht geworden, im Zug nach Odessa. Bei einer Bahnreise, die über zehn Stunden dauerte. Da war ich unterzuckert, weil ich vergessen hatte, zum Tee ein Stück Gebäck zu essen", erklärte meine Oma.

„Ach, wenn du dich selbst diagnostiziert, geht das in Ordnung? Aber wenn ich das mache, ist es Humbug? Das ist die reine Willkür", konterte Nelli.

Das konnte ewig so weitergehen, denn Mina und Nelli waren wie Feuer und Wasser. Egal, um welches Thema es ging, sie vertraten jeweils die entgegengesetzte Haltung.

Oma Mina verschlang Lyrik von Maria Zwetajewa und Prosa von Michail Bulgakow. Tante Nelli blätterte in Frauen-Zeitschriften. Mina war ein Kinofilm-Fan. Nelli mochte Liebesfilme und Serien.

Mina ging zu Vernissagen von Maria Siniakova und Lesungen von Anna Achmatowa. Sie hatte mit Dimitri Schostakowitsch und Sergei Eisenstein Tee getrunken. Nelli dagegen hasste es, auszugehen. Fremde Menschen waren ihr suspekt. Sie verkroch sich lieber mit ihrer Katze Dusja und einer Flasche Likör in der verdunkelten Wohnung auf dem Schewtschenko Bulvar.

Wenn ich mich nach dem Frühstück ans Pult stellte und mit meinem Taktstock klopfte, ließen Mina und Nelli für einen Moment ihre Streitigkeiten ruhen. Wie in einem Orchester ordneten sie sich mir, dem Maestro, unter. Sie nahmen ihre Instrumente und sahen zu mir auf. Nelli spielte auf einer getunten Gießkanne Tuba. Mina auf einem Waschzuber Pauke.

„Attendo", forderte ich und gab mit Swetlanows Taktstock den Einsatz vor.

Tante Nelli stieß mit Inbrunst in die Tuba. Oma Mina schwang den Kochlöffel. Ich blies in meine Klarinette. Meine Komposition für Tuba, Pauke und Klarinette schallte durch den Garten des Generals. Stundenlang hatte ich mir die 6. Sinfonie von Tschaikowski angehört und sie auf ihr Kernthema extrahiert. Daraus arrangierte ich eine Miniatur für drei Instrumente. Leider war die Miniatur für meine Mitstreiterinnen zu komplex. Die von uns gespielte Musik klang nicht klassisch, sondern atonal.

„Nicht mit D, Nelli! Erst C! C, D, E, A, G", korrigierte ich vergeblich.

Meine Tante hatte das Gedächtnis eines Siebs. Egal, wie oft ich ihr etwas vorspielte, sie vergaß es innerhalb von Sekunden.

„Und du bist zu spät. Du musst früher einsetzen. Nicht auf drei, auf zwei!", schimpfte ich mit Mina.

Sinnlos, auch meine Oma verpasste permanent ihre Einsätze. Hätte uns eine fremde Person zugehört, wäre sie wohl vom Stuhl gefallen. Und so dauerte es nicht lange, bis selbst uns die Ohren schmerzten.

„Ich bin schon völlig taub von dem Krach", klagte Nelli.

„Du bist hochbegabt und hast ein absolutes Gehör, Antoscha. Aber bei Gott, dass hast du nicht von mir", gestand mir meine Oma.

„Klassische Musik bedarf sehr viel an Übung. Aber wenn ihr lieber eine Pause machen wollt …, bitte, macht. Ihr seid schon gut genug", entgegnete ich.

Nelli und Mina überhörten den ironischen Unterton in meiner Bemerkung. Sie atmeten erleichtert durch und legten ihre Instrumente ab.

„Warum spielen wir nicht mal was Populäres?", fragte Oma Mina.

„Klassische Musik kann man doch nicht mit Pop vergleichen", entgegnete ich.

„Populäre Musik macht gute Laune", stimmte Nelli ein.

Sie schlenderte zum Plattenspieler. Die Platte ihrer Wahl lag griffbereit auf der Box. *Azzuro* ertönte. Adriano Celentanos Song war auch in der Ukraine ein Riesen-Hit.

Tante Nelli drehte die Musik voll auf. Ihr Becken begann rhythmisch zu schwingen. Sie nahm Oma Mina in die Arme und zog sie an sich. Die zwei tanzten durch den Garten. Ein dementer Elefant und eine taube Elfe. Immer wenn der Refrain einsetzte, versuchten sie mitzusingen. Traumwandlerisch verpassten sie ihre Einsätze.

Ich hatte genug gehört und trat den Rückzug in mein Zimmer an. Langsam kam ich ins Grübeln. Binnen weniger Tage hatten mir drei verschiedene Parteien vorgehalten, ich sei mit meiner Vorliebe für Klassik stecken geblieben. War ich in meiner Welt gefangen? War mein Wunsch, auf die Musikschule zu gehen, noch zeitgemäß? Konnten klassische Kompositionen nicht mehr mit Populärmusik mithalten? Oder war der fehlende Respekt meinem Können gegenüber einzig meinem Erscheinungsbild geschuldet? Sprich, brauchte es mehr als eine Obstkiste als Dirigentenpult und eines ausgedienten Herrenhemdes als Frack, um seine Umwelt nachhaltig zu beeindrucken?

„Was sagen Sie, Jewgenij? Ist Klassik noch aktuell? Kann ich damit die Welt erobern? Oder ende ich als Solist im Altenheim?", fragte ich mein Vorbild.

Jewgenij Fjodorowitsch schaute von seinem Plakat von oben auf mich herab. Er hatte keine Antworten. Zum ersten Mal fiel mir auf, dass Swetlanow an mir vorbeischaute.

„Gut, ich werde mich selbst bemühen und nach Antworten suchen", brummelte ich.

Behutsam verstaute ich meinen Taktstock. Auch die Klarinette legte ich in ihr Etui. Möglicherweise bedurfte es eines Perspektivwechsels? Einer stimulierenden Inspiration, außerhalb meines gewohnten Umfeldes.

„Das könnte der Weg zur Erkenntnis sein", sagte ich.

Flink zog ich meinen Frack aus, schlüpfte ins Spielshirt und entschied mich spontan, Timur aufzusuchen.

• *Feuchtwiese* •

Wie am Tag zuvor fand ich Timur auf der Feuchtwiese unterhalb des Grundstücks. Diese trennte die Siedlung vom Moor. Hier fing Timur Frösche für seine Schlange. Das Reptil hielt er in einem Terrarium auf der Datsche seines Onkels.

„Na du, Punk“, sagte ich und kauerte mich neben ihn.

„Na du, Revolutionär“, konterte Timur.

Er hatte schon drei Grasfrösche im Eimer. Vergeblich versuchten sie zu entkommen. Die glatte Plastikwand ließ es nicht zu. Immer wieder rutschen die Frösche ab und plumpsten auf dem Eimerboden aufeinander. Um es gleich wieder zu versuchen. Als wüssten sie genau, was ihnen bevorstand.

„Wie viele musst du denn noch fangen?“, fragte ich.

„Noch zwei. Die reichen ihr für eine Woche.“

„Ich habe überlegt. Ich glaube, ich brauche etwas neue Inspiration. Lass mich doch mal deinen Zappa hören.“

Timur grinste, ohne mich anzusehen. Er schaute konzentriert auf das Wasserloch. Kleine Bläschen traten an die Oberfläche. Timur griff blitzschnell zu.

„Nummer vier“, sagte er und legte den Frosch in den Eimer.

„Wieso lässt du die Schlange nicht frei? So könnte sie selbst jagen?“, fragte ich.

„Erstens, ich habe sie aus dem Kellerschacht des Dorfladens gerettet. Sie war halb verhungert und viel zu schwach, um selbst zu jagen. Hätte ich sie ausgesetzt, wäre das ihr Todesurteil gewesen.“

„Das wusste ich nicht“, bemerkte ich und fragte: „Und zweitens?“

„Zweitens, wenn du wirklich glaubst, mutiger zu sein als ich, fordere ich dich heraus. Auf ein Duell Revolutionär kontra Punk.“

„Und was soll das Duell konkret beinhalten?“

„Das sage ich dir, wenn es so weit ist“, antwortete Timur und griff sich den nächsten Frosch aus dem Wasserloch.

„Sag doch einfach, was du von mir willst“, bat ich.

„Die erste Aufgabe, die du erfüllen musst: Füttere meine Schlange. Und denk dran, dass sie nur lebende Beute verspeist. Du musst ihr die Frösche also zappelnd in den Mund legen", erklärte Timur und reichte mir den Eimer.

Ich schaute den Fröschen in die Augen. Sie sahen mich flehend an. Als würde sie mir sagen wollen: Bitte, lass uns am Leben. Doch mein Stolz war stärker.

„Gut, meinetwegen", ich nickte und streckte die Hand aus.

„Abgemacht", entgegnete Timur und schlug ein. Er war begeistert von seiner Idee und bekam sich vor Lachen gar nicht mehr ein. Die Vorstellung, wie ich seine Schlange fütterte, amüsierte ihn außerordentlich.

Wir liefen über die Feuchtwiese. Das Gras durchnässte meine Shorts. Die mit Kletten und Disteln besetzten Sträucher stachen, als würden sie mich angreifen wollen.

„Und was ist die zweite Aufgabe?", fragte ich.

„Die zweite Aufgabe bestimmst du. Die dritte ich. Die vierte wieder du und so weiter. Jeder von uns bekommt drei Aufgaben gestellt. Derjenige, der mehr löst, ist Sieger. Ganz einfach."

„Also stellen wir uns die Aufgaben, wechselseitig?", fragte ich.

„So ist es."

Wir stiegen die Böschung hinauf. Ich stolperte und verlor fast den Eimer. Timur zog mich an der Schulter hoch.

„Na, wer will denn da schummeln? Wenn du die Frösche verlierst, hole ich dir neue", sagte er und lachte wieder los.

Der Weg wurde angenehm sandig und breiter. Wir liefen nebeneinander.

„Noch etwa hundert Meter und wir sind da", erklärte Timur.

„Und was bekomme ich, wenn ich gewinne?", fragte ich.

„Wenn du mutiger bist, bekommst du alles, was ich habe auf Kassette. Frank Zappa, Janis Joplin, Jimi Hendrix und die Sex Pistols."

„Wie auf Kassette?“

„Na, ich stelle dir ein Mixtape zusammen. Eine Auswahl der besten Songs. Das sollte dir reichen, um aus deinem Klassikkopf auszubrechen.“

„Und was bekommst du, wenn ich verliere?“, fragte ich.

„Ich bekomme Swetlanows Dirigentenstab. Hab’ schon wen an der Hand, der will sein Sid-Vicious-Shirt dagegen tauschen.“

„Du bekommst meinen Dirigentenstab und ich eine Songauswahl auf Kassette überspielt, einverstanden. Aber ich möchte mir die Songs selbst aussuchen.“

„Von mir aus. Ich gewinne sowieso“, kicherte Timur.

Er kickte die Tür mit dem Fuß auf und ließ mir den Vortritt.

„So, da wären wir. Bitte treten Sie ein, mein Freund.“

Das Grundstück war zugemüllt. Auf dem Boden lagen alte Verpackungen und leere Konservendosen. Man musste aufpassen, nicht in irgendwas reinzutreten.

„Vorsicht“, warnte Timur und deutete auf einen mit Zeitungsseiten abgedeckten Haufen.

„Was ist das?“, fragte ich und bereute meine Frage umgehend.

„Ist der Kater von nebenan. Scheißt uns zu, wie er will. Wenn ich das Vieh erwische, gibt’s Schaschlik“, antwortete Timur.

Er umkurvte die Haufen wie ein Skifahrer die Slalomstangen. Ich versuchte ihm mit dem Eimer zu folgen. Als ich meinen Kopf wieder hochnahm, traf mich der Schlag. Da stand es, das Terrarium. Nur wenige Meter vor mir auf einer wackeligen Holzkiste. Die Scheiben waren mit Algen und Kot verschmutzt. Als Deckel diente ein Stück ausgediente Bohle. Ich blieb wie angewurzelt stehen.

„Hat sie einen Namen?“, fragte ich, ohne zu verstehen, wieso mich das interessierte.

„Sie heißt Kaa, wie die Schlange aus Mogli."

„Ist sie so groß?", fragte ich.

Oma Mina hatte mir oft aus dem Dschungelbuch vorgelesen. Die Geschichte des Jungen, der bei Wölfen aufwuchs, faszinierte mich. Dennoch hegte ich keinerlei Sympathie für den Charakter der Schlange.

„Für ihr Alter ist sie gut gewachsen. Etwa 60 Zentimeter."

Ich machte einen Schritt zurück und stellte den Eimer vor mir ab. Die Frösche waren verstummt, ich ebenso. Nur mein Atem und mein Herz waren noch zu hören.

„Ringelnattern verschlingen ihre Beute am Stück, wie eine Python. Deshalb habe ich sie Kaa genannt", erklärte Timur.

„Ich weiß nicht, ob ich das schaffe", flüsterte ich.

„Ich helfe dir, Anton. Ich nehme den Deckel ab und du hältst ihr den Frosch hin. Halt ihn am Bein fest. Er muss zappeln, sonst geht sie nicht ran."

Ich versuchte einen Schritt vorzumachen. Doch mein Körper war wie versteinert.

Noch hatte ich die Schlange gar nicht gesehen. Aber allein die Vorstellung von ihr und wie sie die Fangzähne in ihre Beute bohrte, stressten mich maximal.

„Komm, Anton, du musst keine Angst haben", sagte Timur und winkte mich heran. Langsam nahm er den Deckel des Terrariums ab.

„Sie ist nachtaktiv. Das heißt, tagsüber ist sie eher schläfrig", erklärte er.

Ich machte drei Tippelschritte auf das Terrarium zu und lugte über den Rand hinein.

Das Innere war mit einem Baumstamm, Steinen und Moos ausgestaltet. Kaa lag zwischen den Steinen. Sie hatte sich zu einem

Knäuel zusammengerollt. Ihre Augen standen vor. Kopf und Körper waren blaugrau geschuppt. Der Nacken gelb gefleckt.

„Ist sie nicht schön", schwärmte Timur.

„Na ja, geht so."

„Nimm dir einen Frosch und halte ihn. Hier, schau, knapp über dem Boden."

Ich nahm mir einen Frosch und folgte Timurs Anweisungen. Mein Bewusstsein war wie ausgeschaltet. Ich agierte nur noch auf Ansage, ohne zu hinterfragen. Der Frosch in meiner Hand hing kopfüber über dem Boden. Die Beine abgespreizt. Nichts an ihm bewegte sich. Statt mitzuspielen und zu zucken, stellte er sich tot. Kaa bewegte langsam ihren Kopf. Die Zunge züngelte in die Richtung des Opfers.

„Sie nimmt seine Witterung auf", flüsterte Timur.

„Wann lass ich den Frosch los?"

Timur legte den Finger auf die Lippen und bedeutete mir, ruhig zu sein. Kaas Zunge züngelte weiter. Ihr Kopf wippte leicht hin und her. Die Muskulatur unter der Haut spannte sich an. Und entspannte sich wieder. Mehr passierte nicht. Entweder hatte Kaa keinen Appetit oder die Nummer war ihr nicht geheuer.

„Ich glaube, sie hat keinen Hunger", bemerkte Timur nach einer Weile.

„Und nun?", fragte ich.

„Tu den Frosch zurück in den Eimer."

Ich folgte seiner Anweisung und atmete durch. Auch von mir fiel die Spannung ab.

„Und habe ich die erste Aufgabe bestanden?", fragte ich.

„Revolutionär contra Punk, der erste Punkt geht an dich", erwiderte Timur und klopfte mir freundschaftlich auf die Schulter.

„Ich muss nicht noch mal, sicher?"

„Du hast es versucht, das allein zählt. Wer weiß, was sie hat und wann sie wieder isst. Das kann Stunden dauern", antwortete er und bot mir an: „Komm, ich spiele dir was von meiner Musik vor. Damit du wieder locker wirst."

„Stimmt, warum eigentlich nicht? Nun da ich eins zu null vorn liege, sollten wir schon mal reinhören, in deine Platten", feierte ich und griente.

Die Prüfung mit Kaa hatte ich bestanden und ich fühlte mich großartig.

Timur betrat die Datsche durch die offenstehende Tür. Niemand in der Siedlung wäre auf die Idee gekommen, sich gegenseitig zu beklauen. Die Leute kannten einander.

„Warte kurz. Ich stelle die Lautsprecher ins Fenster", erklärte Timur.

„Soll ich dir helfen?", fragte ich.

„Nein, musst du nicht. Ich bin gleich wieder bei dir."

Die Fensterläden flogen auf. Timur wuchtete einen Lautsprecher auf die Fensterbank. Er drückte auf eine Taste. Der Schwenkarm senkte sich über die Platte. Ich hörte einen Mann auf Englisch ins Mikrofon krächzen. Die Musik klang ätzend.

„Und wie gefällt es dir?", fragte Timur.

„Apart", sagte ich und wippte leicht mit.

„Und es ist so was von tanzbar", befand Timur und drehte die Lautstärke hoch. Er zog sich das T-Shirt aus, sprang aus dem Fenster, landete auf den Knien und rollte sich ab.

„Ist das dein Zappa?", fragte ich.

Timur schüttelte den Kopf. Er rappelte sich auf und begann zu tanzen. Seine Arme flogen durch die Luft. Er hüpfte um mich herum.

„Das ist der Godfather of Punk, Iggy Pop", schrie Timur.

„Klingt interessant“, schrie ich.

Timur schubste mich. Ich versuchte, ihm auszuweichen. Irgendwann begriff ich und schubste zurück. Nun begann auch ich zu tanzen. Erst langsam und ungelenk, dann immer schneller. Die Musik erfasste meinen Körper, wie eine Welle. Arme und Beine zappelten, als seien sie eigenständig. Ich warf den Kopf hin und her. Und plötzlich spürte ich eine unbeschreibliche Energie.

„And now I want to be your dog“, donnerte Timur mir entgegen.

„And now I want to be your dog“, schmetterte ich zurück.

• *Antons Rache* •

Ein Knurren, so tief und bösartig, als würde es aus der Hölle kommen, ließ Timur zusammenfahren. Ich nahm ihm die Augenbinde ab. Er starrte auf den Bretterzaun. Der war ungewöhnlich hoch und mit Metallstreben verstärkt.

„Was war das?“, fragte Timur leise.

„Keine Schlange“, flüsterte ich.

Wieder knurrte es. Nun deutlich lauter und näher an uns. Ein Untier ungeahnter Größe musste sich hinter dem Zaun befinden.

„Was ist das für eine Züchtung?“

„Ein Moskauer Wachhund. Eine Mischung aus Bernhardiner und Kaukasischem Schäferhund. Die sind schlau wie Wölfe und fast doppelt so groß“, antwortete ich.

„Klingt beunruhigend.“

„Letzten Sommer hat er einen Grundschüler gerissen. Der war über den Zaun geklettert und wollte seinen Ball holen“, sagte ich.

„Das hast du dir doch ausgedacht."

„Hat mir Tante Nelli erzählt."

„Was genau ist meine Aufgabe?", fragte Timur.

„Du musst über den Zaun klettern und zwei Äpfel vom Baum pflücken. Wenn du die Äpfel fallen lässt oder es nicht zurückschaffst, habe ich gewonnen", erklärte ich.

„Wo genau steht der Baum?"

„Im Hof vor dem Haus."

„Bist du dir sicher?"

„Ich habe den Baum gesehen, als die Toreinfahrt offenstand", verriet ich.

Timur trat der Schweiß auf die Stirn. Seine Hände zitterten.

„Wenn du nicht dich nicht traust, gib auf! Dann führe ich zwei zu null", frohlockte ich.

„Ich bin kein Angsthase."

„Dann geh und hol die Äpfelchen", forderte ich.

Timur zwang sich, gleichmäßig zu atmen. Trotz seiner Hundephobie war Aufgeben keine Option für ihn.

„Jetzt aber", sagte Timur zu sich selbst und schlug sich mit der Hand ins Gesicht.

Das Adrenalin überlagerte seine Angst.

Er fasste in die Metallstreben, begann zu klettern. Strebe für Strebe stieg er nach oben.

Der Hund bellte noch lauter. Er spürte den Eindringling. Was ihn rasend werden ließ.

Noch war er angekettet. Nun aber versuchte er sich, mit aller Kraft loszureißen. Immer wieder klatsche die Kette gegen den Boden.

„Wenn mir was passiert, sag's meinem Onkel", bat Timur. Er stieg über den Zaun und sprang in den Hof.

Mein Freund war verschwunden. Das Bellen setzte aus. Von einem Moment auf den anderen war es totenstill.

„Was ist da drüben los?“, fragte ich leise.

Noch immer keine Reaktion. Dann hörte ich lautes Kauen und Schmatzen.

„Psst“, machte es auf der anderen Seite.

„Wo bist du?“, fragte ich zurück.

„Hier drüben“, antwortete Timur.

Das Tor zu Einfahrt öffnete sich einen Spalt. Timur winkte mich zu sich heran.

„Komm rein, der Hund ist wirklich angekettet. Aber du darfst keine hektischen Bewegungen machen“, sagte er.

Langsam schritt ich über den Hof. Timur hatte dem Untier seinen Turnschuh geopfert. Nun kaute der Höllenhund genüsslich an dem Schuh herum. Timur trat an den Apfelbaum. „Willst du einen grünen oder einen roten?“, fragte er grinsend.

„Einen roten und dann lass uns verschwinden.“

Timur suchte zwei schöne Äpfel aus und pflückte sie. Er reichte mir meinen.

„Gut, du hast die Aufgabe bestanden“, gab ich mich geschlagen.

Hinter uns knarrte die Haustür. Jemand trat heraus. Wir versteckten uns im Schuppen. Ich lunzte durch einen Spalt. Ein Mann stapfte über den Hof. Er trug einen Trainingsanzug. Der Mann beugte sich zu seinem Hund, nahm ihm den Turnschuh aus dem Maul und warf den Schuh über das Tor.

„Wenn du Hunger hast, Berija, mache ich dir was Leckeres. Du musst keinen Müll kauen“, sorgte sich der Mann im Trainingsanzug.

Ein beißender Geruch stieg mir in die Nase. Auch Timur bemerkte den Gestank. Er deutete auf einen großen Leinensack. Der

Sack lehnte an der Wand und war mit einem Seil zugebunden. Der Gestank kam wohl aus dem Sack.

„Mal sehen, was noch an Frischfleisch für dich da ist", brabbelte der Mann im Trainingsanzug. Er stand auf und steuerte auf den Schuppen zu.

Wir hielten die Luft an, trauten uns nicht mehr zu atmen. Der Mann stieß die Tür auf und machte Licht. Er trat an die Werkbank und öffnete einen Behälter. Er nahm eine Handschaufel und befüllte den Hundenapf mit Fleischstücken. Nun sahen wir, was noch alles im Schuppen deponiert war. An der Giebelwand hingen Metallzwingen, Krallen und diverse Stahlschlingen. Es mutete an wie eine skurrile Fallensammlung. Als seien wir in Frankensteins Werkstatt gelandet. Mir wurde übel. Der Mann stellte den Hundenapf ab, hielt inne und sah sich um. Die Situation dauerte eine Ewigkeit. Endlich machte er das Licht wieder aus und ging hinaus.

Wir schlichen auf Zehenspitzen über den Hof. Der Hund fraß und schenkte uns keine Aufmerksamkeit. Das Tor aber war abgeschlossen.

„Was jetzt?", fragte ich panisch.

„Räuberleiter", entschied Timur.

Timur drücke von unten. Ich zog mich mit letzter Kraft auf das Tor und sprang runter. Ich rappelte mich auf und rannte los. Nach hundert Metern versteckte ich mich hinter einem Haselnussbusch. Timur kam kurz nach mir an. Wir keuchten um die Wette. Mir war immer noch übel. Omas Buletten kamen mir hoch. Ich musste mich übergeben.

„Was für ein Gestank", stöhnte Timur.

„Waren das alles Fallen?", fragte ich.

„Wahrscheinlich ja."

„Glaubst du, er ist ein Wilderer?"

„Oder etwas ganz anderes", antwortete Timur.

Er setzte sich auf einen Baumstamm und zog sich den Turnschuh wieder an. Ich wischte mir den Mund sauber.

„Aber sollten wir den Mann nicht der Polizei melden?", fragte ich.

„Leere Fallen sind keine Beweise. Und ich habe kein totes Tier gesehen."

„Was ist mit dem Sack?", entgegnete ich.

„Vielleicht? Vielleicht auch nicht. Solche Typen sind bestens mit den Behörden vernetzt. Da schmiert der eine den anderen."

„Ich wette mit dir, dass mit dem Sack irgendwas nicht stimmt", merkte ich an.

„Solange wir keine Beweise haben, vergiss es."

„Aber was, wenn er weiter Tiere tötet? Weil wir nichts unternehmen?"

„Schalte mal einen Gang runter", entgegnete Timur.

„Du hast recht, wir haben gar keine Beweise. Und eine gute Erklärung, warum wir in seinem Schuppen waren, haben wir auch nicht", sagte ich kleinlaut.

„Außerdem habe ich etwas für dich organisiert. Schon deswegen würde ich das Grundstück besser meiden", erklärte Timur.

Er griff sich in den Schritt und holte etwas Großes aus der Hose.

„Ist es das, was du wolltest?", fragte Timur grinsend.

„Es ist wunderschön", sagte ich beeindruckt.

Das Halter war aus braunem Leder und mit goldenen Nähten verzieht. Die obere Klappe war beweglich und arretierbar. Auf der Rückseite gab es zwei Schlaufen, die konnte man am Gürtel befestigen.

„Nimm, sonst gebe ich es jemand anderem", drängte Timur.

Ich berührte das Leder, ein warmes Kribbeln durchströmte meinen Körper.

„Du bist der Beste", schwärmte ich verzückt.

„Da lagen noch mehr in der Kiste, aber das hat mir am besten gefallen."

„Jetzt hast du was gut bei mir, Timur."

„Schon gut. Und merke dir eins, ein Punk ruft niemals die Bullen. Die Brüder stecken auch so überall ihre Nasen hinein. Denen darfst du kein Futter geben. Sonst hast du die sie ewig an der Backe", erklärte Timur.

„Alles klar, keine Erwachsenen, keine Polizei. Wenn, dann regeln wir das Problem mit dem Sack bei Gelegenheit selbst", stimmte ich zu.

• *Geister* •

Mark schlug mit der Hand gegen die Dachrinne. Diese war mit Moos zugewachsen. Genau da, wo sie ins Fallrohr mündete. Mark Solomonowitsch war unser Nachbar. Der Kinderarzt im Ruhestand war ein passionierter Angler.

„Gib mir doch mal den Schraubendreher", bat Mark „vielleicht bekomme ich die Rinne freigekratzt. Sonst fault euch das Fallrohr weg."

Ich reichte ihm das erstbeste Werkzeug. Mark sah in seine Hand und lachte los. Langsam stieg er von der Leiter. Er deutete auf den Werkzeugkasten.

„Es gibt Schraubendreher und Schraubenschlüssel. Du hast mir einen Meißel gegeben. Damit kann man Holz bearbeiten", erklärte er.

„Aha", sagte ich und schob nach: „Aber hier ist nichts, das aussieht wie ein Schlüssel. Außerdem ist die Dachrinne doch aus Holz."

„Stimmt, aber der Meißel ist viel zu kurz", merkte Mark an.

„In zwei Minuten ist der Fisch fertig", rief Oma Mina aus der Küche.

„Das hier ist ein Schraubendreher und den gibt es in unterschiedlichen Größen", führte Mark weiter aus und strich sich über die buschigen Augenbrauen.

„Gut, das nächste Mal weiß ich Bescheid."

„Oder du steigst hoch und säuberst die Rinne", schlug Mark vor.

Er sah mich fragend an. Mir fiel auf, dass die Farbe seiner Haare variierte. Die Brauen waren grau, die Seiten des Kopfes dunkel und die Mitte hellbraun.

„Ich habe Höhenangst. Alles über einem Meter löst bei mir Panik aus. Ich schwitze, bekomme Herzrasen und ich hyperventiliere", antwortete ich.

„Dann lassen wir das besser", befand Mark und stieg allein auf die Leiter.

Auf Höhe der zweiten Etage begann er, die Dachrinne mit dem Schraubendreher auszukratzen. Das nasse Laub plumpste in Paketen auf den Boden.

„Pass auf, dass du nicht erschlagen wirst", scherzte Mark.

„Keine Sorge, ich bin ein Duellant. Ich schlage zurück", erwiderte ich.

Oma Mina trat auf die Veranda heraus und begutachtete unsere Arbeit.

„Wir machen alle erst mal Pause. Der Fisch ist fertig“, entschied sie.

„Alles klar, wir kommen“, entgegnete Mark.

„Ich möchte den Schwanz“, rief ich freudig.

Wir wuschen uns die Hände an der Pumpe und setzten uns an den Tisch. Der stand auf der aus Lärchenholz erbauten Veranda. Eine Art überdachte Terrasse, die den Besucher vor Sonne und Regen schützte. Nelli deckte den Tisch mit den kleinen Tellern und Besteck ein. Sie schnitt Weißbrot auf und legte jedem eine Scheibe hin. Oma Mina kam mit der dampfenden Pfanne aus der Küche.

„Wir brauchen die großen Teller, nicht die kleinen“, schimpfte sie.

Ich stand auf und half meiner Tante, die Teller zu tauschen. Oma Mina legte dem Gast als Erstem auf. Mark Solomonowitsch bekam das mittlere Stück, also den Bauch.

„Haben Sie die Schleie in Öl oder Butter gebraten?“, fragte Mark.

„Mit Butter, Koriander und Salz“, antwortete Mina.

Nelli schenkte sich und Mark vom guten Rotwein ein. Ich bekam wie gewünscht das hintere Stück mit Schwanz. Das letzte Stück teilten sich die Frauen.

„Mark, wo haben Sie diese wunderbare Schleie gefangen?“, fragte meine Oma.

„An der alten Brücke“, antwortete er.

„Sie waren an der alten Brücke im Moor?“, fragte Nelli erstaunt.

„Wenn der See genug Wasser führt, stehen die Fische da gut. Man muss die Angel von der flachen Seite weit auswerfen. Und beim Einholen aufpassen, dass man sie nicht mit dem Blei aufscheucht“, erklärte Mark.

„Das ist ein verdammter Ort. Die Menschen, die über die alte

Brücke gegangen sind, kamen nie wieder zurück", behauptete Nelli.

„Aber die Fische stehen im See davor", entgegnete Mark.

„Was ist denn auf der anderen Seite?", fragte ich.

„Alles ist miteinander verbunden, Mark. Die Brücke, der See und die Insel. Sie als Wissenschaftler wissen das besser als jeder andere", warf Nelli ein.

„Ich bin Arzt, kein Wissenschaftler. Und ich kenne die Geschichten, die man sich über die Insel erzählt. Und glauben Sie mir, keine davon ist wahr", antwortete er.

„Ach, nein. Und wieso hat sich das Moor die Insel und die alte Brücke immer wieder zurückgeholt?", fragte Nelli.

„Mal steigt der Grundwasserspiegel, mal fällt er", war Marks Antwort.

„Streng genommen ist Medizin die Wissenschaft von der Vorbeugung und Erkennung von Krankheiten bei Menschen", stellte Oma Mina fest.

„Sehen Sie, nicht mal ich weiß, wer ich bin", scherzte Mark Solomonowitsch.

„Was ist auf der anderen Seite?", fragte ich.

„Vor dem Krieg befand sich auf der Insel eine Typhus-Station. Danach eine Psychiatrie", antwortete meine Oma.

„Es gab ein großes Feuer. Das Gebäude ist abgebrannt. Nur die Ruine erinnert daran. Und wenn das Moor im Frühjahr steigt, holt es sich Teile der Insel zurück. Und ja, einmal hat es so stark geregnet, dass sogar die alte Brücke versank", erzählte Mark.

„Es gibt eine Insel mit einer Ruine?", fragte ich nach.

„Das ist kein Terrain, dass dich interessieren sollte", stellte Oma klar.

„Gott schützte uns vor den Seelen der Toten. Sie werden uns als

Geister heimsuchen. Sie werden uns fragen, warum habt ihr uns alleingelassen? Warum nur habt ihr uns nicht geholfen?", murmelte Nelli.

„Im Gegensatz zu gesunden Menschen sind Geisteskranke völlig harmlos. Außerdem wurden damals alle Insassen lange vor dem Feuer auf andere Stationen verlegt", führte Mark weiter aus.

„Sie werden uns fragen, warum habt ihr uns nicht geholfen?", wiederholte Nelli mit halbgeschlossenen Augen.

„Hör auf damit! Du machst dem Jungen Angst. Der schläft nie wieder ein", zischte Oma und rüttelte an Nellis Schulter.

„Tut mir leid, Antoscha. Ich wollte dir keine Angst machen", entschuldigte sich Nelli.

„Für mich ist das unwissenschaftlicher Hokuspokus", erwiderte ich.

„Du hast völlig recht. Es gibt keine Geister", stimmte mir Mark zu. Seine Stimme hallte seltsam nach.

„Und wieso hat sie ein Mädchen im Moor herumirren sehen?", fragte meine Tante.

„Wer ist denn nun schon wieder sie?", fragte meine Oma gereizt zurück.

„Du weißt genau, wen ich meine", flüsterte Nelli.

Der Wind nahm zu. Die Kerzen flackerten. Unsere Schatten begannen an der Wand der Datscha hin und her zu tanzen.

„Du meinst Swetlana, unsere Verkäuferin?", fragte Mark.

Tante Nelli nickte stumm. Sie stand auf, gab mir einen Kuss auf die Stirn und verschwand im Garten. Irgendwas hatte sie aufgewühlt.

„Wer weiß, wen Swetlana da wieder gesehen hat", bemerkte meine Oma kopfschüttelnd.

„Ich glaube, sie trinkt. Da würde ich auch einiges sehen“, stimmte Mark ein.

Der Wind blies die Kerzen aus. Oma Mina holte eine Packung Streichhölzer hervor. Sie versuchte die Kerze wieder anzuzünden. Im Unterholz knackte es.

„Bleibt bitte an euren Plätzen sitzen“, ermahnte uns Oma.

Es dauerte eine gefühlte Ewigkeit, bis sie die drei Kerzen entflammt hatte. Es begann zu regnen, der Wind wurde stärker. Mark Solomonowitsch stand auf, sagte: „In der Frühe beißen die Fische am besten!“ und verabschiedete sich.

Auch meine Zeit war gekommen. Ich half meiner Oma noch beim Zusammenräumen des Geschirrs. Dann wurde ich von ihr ins Bett geschickt.

Doch an Schlafen war nicht zu denken. Unruhig wälzte ich mich im Bett hin und her. Die Bilder der Kranken, die über die Brücke liefen, holten mich ein. Frauen und Männer irrten in wehenden Pyjamas durch das brennende Gebäude der Psychiatrie. Einige aßen stoisch Omas Buletten. Andere sprangen von der alten Brücke in den See. Ich legte mich auf die Seite und versuchte, mir was Schönes vorzustellen. Mir erschien die Partitur des Konzerts für Klavier und Orchester Nr. 5 Es-Dur Opus 73 von Ludwig van Beethoven. Nun meldete sich mein Darm. Ich hatte wohl zu viel vom Fisch genascht. Ich tastete nach meinem Pisspott. Mir fiel ein, den Pott hatte Oma Mina weggestellt. Ich selbst hatte sie darum gebeten. „Scheiße, Scheiße, Scheiße“, fluchte ich und lief auf Zehenspitzen über die knarrenden Dielen.

Oma Mina lag rücklinks auf dem Sofa und schnarchte wie ein Matrosen-Bataillon. Dabei wälzte sie sich unruhig hin und her und murmelte unverständliche Sachen.

Ich stieß die Tür auf und trat ins Freie. Der Mond war halbvoll. Er schien wie eine schwache Lampe. Man sah nur schemenhafte Umrisse. Das Toilettenhäuschen befand sich am Ende des Gartens, hinter der Wasserpumpe. In den Büschen fiepsten die Mäuse. Ein Kauz flog über mich hinweg. Ich tippelte über die Gehwegplatten. Im Unterholz knurrte etwas. „Hoffentlich kein Tiger", flüsterte ich und wünschte mir Bandit zurück. Der Colli hätte mich sicher beschützt und das knurrende Ding in die Flucht gebellt. Vorsichtig lugte ich um die Ecke der Hecke. Vor dem Häuschen im Schein einer Kerze kniete eine Gestalt. Sie brabbelte leise vor sich hin. Ich erschrak bis ins Mark. War das der Geist, den Swetlana im Moor gesehen hatte? Hatte Nelli recht behalten, stand die Achse zum Moor noch immer offen? Und kamen die Geister nun bis hierher?

Die Gestalt drehte sich nach mir um. Ich wollte schreiend wegrennen, vergeblich. Mein Körper gehorchte mir nicht mehr. Ich war wie paralysiert.

„Wieso bist du noch wach?", fragte mich die Gestalt.

„Bitte tun Sie mir nichts, Frau Geist", bat ich höflich.

„Ich dachte, du glaubst nicht an Moorgeister."

„Ich glaube an die Wissenschaft, nur deswegen. Aber lassen Sie sich nicht stören", stotterte ich.

„Jetzt mach nicht so einen Aufstand", mokierte sich der Geist.

Die Stimme kam mir bekannt vor, ebenso das Aussehen.

„Was haben Sie mit meiner Tante gemacht?", fragte ich.

„Hör auf mit dem Unsinn. Hilf mir lieber aufzustehen."

Das Wesen fasste nach meiner Schulter, um sich bei mir aufzustützen. Offenbar hatte der Geist Nellis Körper gerade wieder verlassen. Sonst wäre er problemlos allein aufgestanden. Ich griff meiner Tante unter die Arme. Vereint schafften wir es.

„Die Schwerkraft ist nicht meine Freundin“, klagte Nelli.

Neugierig schaute ich an ihr vorbei. Auf der Rückseite des Häuschens war eine Aussparung versteckt. Darin standen ein Schwarz-Weiß-Foto, eine Taschenuhr und eine brennende Kerze. Alles war angerichtet wie in einem Schrein.

„Hast du heimlich gebetet?“, fragte ich verwundert.

„Nein, ich bete nicht. Ich rede nur manchmal mit ihm.“

„Wer ist er?“, fragte ich und hakte nach: „Jemand, den du kennen lernen möchtest?“

Tante Nelli sah gerade aus und zog fragend die Schultern hoch.

„Ich kann mich kaum noch an ihn erinnern. Und wenn es möglich wäre, würde ich ihn gern noch mal kennen lernen. Aber leider geht das nicht mehr“, antwortete sie.

„Und wieso geht das nicht? Ist er gestorben?“

Nelli nickte. Ich reckte den Hals, um mehr zu erkennen. Auf dem Foto war ein junger Mann in Uniform zusehen. Er stand vor einem Motorrad.

„Ist das Opa Isaak?“, fragte ich.

„Ja, das ist er.“

„Oma Mina hat gesagt, dass Opa im Zweiten Weltkrieg gefallen ist. Stimmt das?“, fragte ich.

„Nein, das stimmt nicht“, erwiderte Nelli.

„Aber wie ist Opa Issak gestorben?“

„Er wurde von der Partei nach Omsk delegiert. Er sollte als Direktor das Kraftwerk leiten. Auf dem Weg zur Arbeit ist er in einen Schneesturm geraten und mit dem Wagen verunglückt. Ich habe mich nicht von ihm verabschiedet.“

„Das tut mir leid“, sagte ich.

Tante Nelli atmete hörbar aus und nickte unmerklich mit dem Kopf.

„Wie lange ist das her?“, fragte ich.

„Am 14. Mai 1937 haben ihn seine Kollegen in der Frühe abgeholt. Ich schlief noch. Das Klopfen an der Wohnungstür weckte mich. Ich lief durch das leere Wohnzimmer. Niemand war mehr da. Ich rannte in die Küche und klopfte ans Fenster. Im Hof stieg mein Vater gerade ins Auto ein. Er schaute zu mir nach oben. Da drückte ihn sein Kollege in den Wagen“, erinnerte sie sich.

Ich griff Nellis Hand. Eine Weile standen wir stumm da und sahen zu Isaaks Foto.

„Ich war damals ein Kind. Meine Erinnerung verblasst immer mehr. Ich habe Angst, dass ich meinen Vater ganz vergesse. Deswegen rede ich mit ihm.“

„Entschuldige bitte, wenn ich was Falsches gefragt habe.“

Meine Tante wischte mit der Hand eine Mücke fort. Der Wind heulte auf.

„Wolltest du nicht auf die Toilette? Na los, mach hin. Ich bring dich ins Bettchen, wenn du fertig bist“, bot mir Nelli an.

„Ich verrate niemandem, dass du mit Opa redest. Das bleibt unter uns“, versprach ich.

„Ich wusste, dass du verschwiegen bist.“

Nelli nahm das Foto ihres Vaters und legte es zurück in ihr Portemonnaie.

„Aber was ist mit den Moorgeistern? Zwar glaube ich nicht an sie. Aber könnten sie mich theoretisch holen, wenn ich im Toilettenhäuschen bin?“, fragte ich.

„Sei nicht albern, Antoscha. Die Moorgeister kommen, wie die Werwölfe nur bei Vollmond heraus. Das weiß doch jedes Kind“, entgegnete Nelli.

„Hier gibt es Werwölfe?“

Im selben Moment spürte ich, dass mein Darm vor einer schweren Explosion stand. Ich riss die Tür des Toilettenhäuschens auf. Ließ meine Pyjamahose fallen, setzte mich auf die Brille und ließ den Dingen ihren Lauf.

• *Sid Vicious* •

Die Datsche von Timurs Onkel hatte einen großen Raum mit Küchenzeile. Aber so wie sie aussah, benutzte sie keiner. Offensichtlich konnten weder Timur noch Fedor kochen. Das Interieur war extraordinär. Vor einer schwarzen Ledercouch stand ein gläserner Partytisch. Darüber hing eine Reislampe. Auf einem separaten Holzboard thronte die Musikanlage. Sie bestand aus dem Plattenspieler, einem Verstärker, dem Kassettendeck und zwei Lautsprechern.

„Ohne Verstärker läuft die ganze Anlage nicht", erklärte Timur und fügte dann hinzu: „Zwei mal 30 Watt, das haut dir den Vogel raus."

„Ist klar", merkte ich an und nahm eine Platte in die Hand. Die Hülle war aus feinstem Karton gearbeitet. Die Druckfarben satt. Die Rillen perfekt angeordnet.

„Ist eine Originalpressung, keine Jugoton-Kacke. Alle, die du hier siehst."

„Interessant", fand ich und fragte: „Aber sind Originale nicht wahnsinnig teuer?"

„Fedor arbeitet als Rezeptionist im Intourist-Hotel", antwortete Timur und machte eine vielsagende Geste mit der Hand.

„Im Hotel gibt es einen Laden für Originalplatten?"

„Nein, das nicht. Aber wenn ein ausländischer Tourist Dollar in Rubel tauschen will, bekommt Fedor das als Erster mit. Mit Dollar bekommst du auf dem Schwarzmarkt jede Platte, die du möchtest", verriet Timur.

„Aber ist so was nicht verboten?"

„Heutzutage muss der Mensch kreativ sein, sagt Fedor."

Ich nickte anerkennend und erwiderte: „Um so eine Sammlung anzulegen, braucht es aber eine Menge Kreativität."

„Glaube mir, die hat mein Onkel", kicherte Timur.

„Hoffentlich wird er nicht erwischt", sagte ich, deutete auf den Plattenteller und fragte: „Und was hört er aktuell?"

„Das ist die neue von Jethro Tull. Ist in Ordnung. Der Typ spielt Querflöte, so wie du. Und er steht dabei auf einem Bein", witzelte Timur.

„Ich spiele Klarinette."

„Ist beides komisch."

„Jethro Tull", wiederholte ich.

„Nicht Tull wie Tulpe. Sondern Tull wie Tallinn", korrigierte Timur.

Der Arm des Plattenspielers hob sich. Timur beugte sich runter und drückte den Pausenknopf des Kassettendecks.

„Im Englischen wird u wie a ausgesprochen", wusste er.

„Also wie bei *Summertime*?"

„Ja, genau."

„Und was hörst du am liebsten?", fragte ich.

„Alles, was gut ist. Jimi Hendrix, Frank Zappa, Janis Joplin, Tina Turner, Bowie, The Stooges und am liebsten die Sex Pistols", erwiderte Timur.

„Willst du mir was von ihnen vorspielen?"

„Wenn das Band voll ist, lege ich uns was von den Pistols auf."

„Was für ein Band?", fragte ich verwundert.

Timur wechselte die Platte und deutete auf die Anlage. Nun erst sah ich, dass sich im Kassettendeck eine Kassette befand.

„Überspielst du gerade etwas?"

„Ist ein Mixtape für einen Kunden", antwortete er.

„Und warum hört man nichts?"

„Hab' den Ton runtergedreht. Mache ich immer, wenn ich Tapes ziehe", erklärte Timur.

„Jethro Tull", wiederholte ich.

Timur ließ die aufgelegte Platte rotieren und schaltete die Aufnahme wieder zu.

„Du kannst meine Kassette ruhig schon mal mixen. Ich liege vorn im Duell. Das wird sich nicht mehr ändern", behauptete ich.

„Es steht 1 : 1, wenn ich richtig mitgezählt habe", entgegnete Timur.

„Bisher hat jeder von uns, seine Aufgabe erfüllen können. Wenn das so bleibt, gewinne ich am Ende 3 : 2", frohlockte ich.

„Wer zuletzt lacht, lacht am besten."

Ich sah mich weiter um. Über der Couch hing ein Plakat. Es zeigte einen jungen Mann mit zerzausten Haaren. Er trug eine Lederjacke. Seine Augen waren halb geschlossen. Um den Hals trug er eine Kette mit einem Schloss als Anhänger.

„Wer ist das?", frage ich.

Timur trat von hinten an mich heran und legte seine Hand auf meine Schulter.

„Das ist Sid Vicious."

„Er sieht verwegen aus", bemerkte ich.

„Findest du, dass Sid und ich uns ähneln?", fragte Timur.

Ich lief um meinen Freund herum und betrachtete ihn von der Seite.

„Doch, schon. Du könntest sein kleiner Bruder sein“, behauptete ich, obwohl sich keinerlei Ähnlichkeit feststellen ließ.

„Krass, dass du das siehst“, murmelte Timur aufgewühlt.

„Warst du auf einem seiner Konzerte?“, fragte ich ganz unbefangen.

„Sid war Bassist bei den Sex Pistols.“

„Wieso war?“

„Er ist im Februar verstorben.“

„Das tut mir leid.“

„Sie hatten sich auf ihrer Amerika-Tour verstritten und getrennt“, erzählte Timur.

„Und die Chance, dass sie sich vertragen, ist gleich null?“, fragte ich.

„Daran glaube ich nicht mehr“, antwortete er leise.

„Selbst wenn die Pistols sich wiedervereinen würden. Sie sind eine englische Punkband. In den Augen unserer Funktionäre sind sie subversive Elemente. Halbstarke, die den gesellschaftlichen Frieden stören könnten. Solche Subjekte spielen nicht bei uns, im sozialistischen Paradies“, antwortete ein Mann. Er hatte lange, dunkelblonde Haare und einen Schnurrbart. Er trug ein gelbes Hemd mit abstehenden Kragen und eine Jeanshose.

„Fedor, ich bin Timurs Onkel“, stellte sich der Mann vor und fragte mich: „Und mit wem habe ich das Vergnügen?“

„Ich bin Anton, freut mich, Sie kennenzulernen.“

„Ist der immer so steif?“, Fedor sah fragend zu seinem Neffen.

„Aber Elton John ist doch in der Oktoberhalle in Leningrad aufgetreten. Hast du mir letzte Woche erst erzählt“, entgegnete ihm Timur.

„Genau, vor gerade mal 3 800 Leuten. Und Ordner und Polizei waren komplett überfordert. Als das Publikum aus den hinteren

Reihen anfing, mitzusingen und in den Gängen zu tanzen, haben sich die Ordnungshüter in die Hose gemacht. Das bei einem Popbarden. Was wäre los, wenn die Pistols im Zentralstadion vor 50 000 Fans spielen würden? Die Massen würden ausrasten, das Stadion zerlegen, aus dem Komsomol austreten, ihre Arbeit niederlegen und nie mehr Radio hören", kicherte Fedor.

„Wieso kein Radio?", fragte Timur.

„Erklär du es ihm! Du scheinst der Begabte zu sein", hoffte Fedor.

„Um keine andere Musik im Kopf zu haben. Sonst wird das Gedächtnis überschrieben", führte ich aus.

„Nun ich wusste, dass wir uns verstehen", grinste Fedor.

Timur schaute noch immer wie ein Schafbock aufs neue Tor.

„Wenn du beim Mittagsessen ein Schnitzel isst und danach einen Pudding, woran erinnert sich dein Hirn als Letztes?", fragte ich.

„Ich esse alles durcheinander. Aber wahrscheinlich erinnere ich mich an den Pudding. Weil ich Süßes am liebsten mag", antwortete Timur.

„Immer an den Pudding. Weil du ihn als Letztes gegessen hast. Und eben so lange, wie du nichts anderes zu dir nimmst", erklärte ich.

„Du solltest nicht zu viel vom Essen sprechen. Da entstehen Bilder in seinem Kopf", warnte Fedor und nahm sich ein Bier aus dem Kühlschrank.

„Ich dachte, es wäre mit Essen am einfachsten zu verstehen", erwiderte ich.

„Haben wir noch Syriniki da?", fragte Timur.

„Da siehst du, was ich gemeint habe. Es geht los", kicherte Fedor.

„Aber die Syriniki werden schlecht, wenn sie keiner isst", argumentierte Timur.

Er reckte seinen Hals wie eine Giraffe. Der Kühlschrank zog ihn magisch an.

„Du lebst hier umsonst. Dein Essen besorgst du dir selbst. Das war die Absprache. Und sammle den Müll auf! Mein Grundstück sieht aus wie eine Deponie", klagte Fedor und stellte sich ihm in den Weg.

„Und das alte Käsebrot?", fragte Timur.

„Geh raus, pflück dir Stachelbeeren. Der Strauch hängt voll. Du brauchst dringend Vitamine. Und nimm dir eine Tüte für den Müll mit", forderte Fedor.

„Machen wir, klar doch", sagte ich und fügte an: „Und Danke, dass wir hier sein und Ihre Plattensammlung ansehen durften."

„Hat mich auch sehr gefreut. Aber jetzt müsst ihr meine Datsche verlassen. Der Palast des kleinen Mannes ist Musik- und Ruheraum zugleich. Sonst hätte ich euch mit Kuchen, Keksen und Kakao bewirtet. Aber ich hatte eine lange Nachtschicht und muss jetzt schlafen. Danke für euer Verständnis!", sagte Fedor und schob uns hinaus.

• *Affenschaukel* •

Tags darauf spielten wir beide am Flussufer. Timur zeigte mir die Affenschaukel. Zwischen zwei Astgabeln war ein Brett befestigt. Daran ein Seil geknotet. Das war etwa drei Meter lang. Mit Anlauf und Geschrei schwang man sich damit in die Luft. Im besten Fall traf man beim Eintauchen das Wasser. Wer zu wenig

Schwung nahm oder zu früh losließ, krachte in die steinige Uferböschung.

„Oh, oh, oh!“ und „uh, uh, uh!“, raunten die noch obenstehenden Jungs anerkennend.

Mit schmerzverzerrtem Gesicht stellte sich der Hasardeur in die Warteschlange zurück. Meist, um sein Glück ein zweites oder drittes Mal herauszufordern. Stolz präsentierte er den andern seine Schürfwunden. Erzählte, wie er durch die Luft geschwungen war oder was ihm im Moment des Loslassens durch den Kopf schoss.

„Du verlierst komplett die Orientierung. Und dann, bumm, klatschst du auf den Felsen“, schwärmte der Brünette einem Rothaarigen vor.

„Das ist kein Felsen. Das ist eine verdichtete Uferböschung“, korrigierte ich.

„Wer hat das gesagt?“, wollte der Rothaarige wissen. Er drehte sich nach mir um und fragte: „Wer hat denn den Klugscheißer mitgebracht?“

Er war einen Kopf größer und deutlich kräftiger.

„Ich hatte nicht vor, Sie zu verstimmen“, entschuldigte ich mich und erklärte weiter: „Der Dnjepr fließt an diesem Tal durch ein Sandbett. Ursprünglich war hier Moor. Also kann es weder Granit noch Felsen geben.“

Meine Geologie-Kenntnisse kamen nicht gut an. Der Rothaarige bekam grüne Flecken.

„Sand kann natürlich versteinern. Womöglich sind Sie auf einem Sandstein gelandet“, versuchte ich mich zu retten.

Der Rothaarige bewegte sich schnaubend auf mich zu, wie eine Dampfwalze.

„Der gehört zu mir“, sagte Timur und schob sich vor mich.

Er spuckte seinen Grashalm aus und lächelte den Rothaarigen an. Die zwei sahen einander in die Augen.

„Der haut den Schlacks weg“, spekulierte der Brünette.

„Der macht Kompott aus ihm“, stimmte ein Igelkopf zu.

„Lina Alarm auf elf Uhr“, krächzte der Brünette und zeigte zum Wald.

Die Jungs reckten ihre Hälse. Jeder versuchte seine Position zu verbessern.

Auch der Rothaarige und Timur hielten inne. Alle sahen gebannt zum Waldrand hoch, wo eine Motoroller-Gang knatternd den Weg herunterrollte.

„Welche von denen ist Lina?“, fragte der Rothaarige.

„Sie fährt eine Vyatka. Da ganz vorne, an der Spitze“, antwortete ihm der Brünette.

„Auf der Silbernen?“, fragte der Rothaarige.

„Nein, auf der Schwarzen“, entgegnete Timur und fügte an: „Lina liebt Schwarz. Ihre Vyatka ist schwarz. Ihre Jacke, ihre Songs, ihre Seele, alles an ihr ist schwarz.“

„Sie schreibt Lieder?“, fragte ich und versuchte, Lina in der Gang auszumachen.

„Dafür sind die Haare blond“, warf der Rothaarige ein.

„Sie hat eine Band“, krächzte der Igelkopf.

„*Die Kakerlaken*, ist eine New-Wave-Band“, bestätigte Timur.

„Ihre Auftritte sind legendär. Letztes Jahr haben sie das Kulturhaus zerlegt“, wusste der Brünette zu berichten.

Die Motoroller verschwanden in einer Senke. Ihr Knattern wurde leiser.

„Wohin wollen die?“, fragte ich.

„Zur Strandpromenade“, antwortete der Brünette.

„Legendär, dass ich nicht lache. Mein Vater meint, die sind alle asozial. Deswegen haben sie auch Hausverbot im Kulturhaus“, behauptete der Rothaarige.

„Dein Vater hat Ahnung von Musik, wie ein Hahn vom Eierlegen“, erwiderte Timur.

„Du hast keine Ahnung“, echauffierte sich der Rothaarige und schubste Timur.

Der wich geschickt zur Seite aus, schwang den Ellenbogen durch und gab dem Rothaarigen einen Schlag auf die Nase. Das Nasenbein krachte.

„Wenn du noch einmal was über Lina sagst oder Anton anmachst, reiße ich dir den Kopf ab, du Bazille“, zischte Timur.

Der Rothaarige stand mit offenem Mund da. Sein Blut rann ihm durch die Finger.

„Hast du mich verstanden?“, fragte Timur.

Der Rothaarige nickte. Tränen schossen ihm in die Augen.

„Und jetzt lauf zu deinem tauben Vater.“

Der Rothaarige lief los. Er weinte wie ein Kleinkind. Immer wieder drehte er sich beim Laufen um und stolperte so ein ums andere Mal.

„Was war denn das?“, fragte ich.

„Sambo, eine Mischung aus Jiu-Jitsu und Judo. Das habe ich im Heim gelernt“, antwortete Timur.

„Uns gefällt Linas Musik gut“, sagten der Brünette und der Igelkopf gleichzeitig. Beide traten ein paar Schritte zurück.

„Fein, dass wir uns einig sind“, entgegnete Timur.

Auch die anderen Jungs machten Platz. Sie ließen Timur und mir den Vortritt. Ich aber hatte keine Lust auf die Affenschaukel. Das Seil war mir suspekt. Was, wenn ich mir die Hände daran verletzte. Mein Traum vom Dirigieren, er wäre dahin.

„Du, es ist gleich zwölf. Ich muss los, Mark Solomonowitsch

helfen. Er wollte heute das Fallrohr austauschen. Und Oma Mina macht Brathähnchen", behauptete ich und zeigte demonstrativ auf meine Armbanduhr.

Timur sah mich fragend an. Er hatte immer Hunger. Seit ich die leeren Konserven in ihrem Vorgarten gesehen hatte, war mir auch klar warum.

„Du kannst gern mitkommen", bot ich meinem Freund an.

„Ist so oder so meine Richtung", merkte Timur an und fragte: „Und du bist sicher, dass du nicht springen willst?"

„Vielleicht beim nächsten Mal", antwortete ich.

„Gut, dann nicht", sagte Timur grinsend. Er griff sich das Seil und lief lachend los. Geschickt schwang er sich über die Böschung. Er ließ am äußersten Punkt los und landete im Fluss. Nun stand ich allein oben.

„Komm schon, Anton! Jetzt du!", rief Timur.

„Ist das Teil unseres Duells?", fragte ich.

Meine Hände fingen an zu schwitzen, das Herz laut zu pochen.

„Nein, ist es nicht. Aber runter musst du", antwortete Timur.

„Ich will nicht."

„Aber du musst", entgegnete mein Freund.

„Dann musst du weg da!", schrie ich.

Timur schwamm zur Seite. Ich griff mir das Seil. Es war glatt, geradezu schmierig. Beherzt umfasste ich das Seil und atmete tief durch. Schon rannten meine Beine über den Waldboden. Mit aller Kraft drückte ich mich ab und schwang in die Luft.

„Lass los!", schrie Timur.

Ich folgte seiner Anweisung und öffnete die Augen. Schreiend flog ich durch die Luft. Mit den Füßen voran tauchte ich ins Wasser ein. Wieder verschluckte ich mich. Doch diesmal hatte ich mich nach wenigen Zügen orientiert.

„Und wie war es?", fragte Timur.

„Gigantisch", gluckste ich und rülpste.

„Und deine Höhenangst?"

„War da, aber nicht so stark. Bloß mein Herz schlägt noch bis unter den Hals", antwortete ich.

Wir liefen über die Uferböschung. Die Sonne lachte. Der Dnjepr rauschte. Die Vögel zwitscherten. Alles klang fröhlich und unbeschwert.

„Und, bist du mit ihr befreundet?", fragte ich.

„Mit wem? Mit Lina?", fragte Timur.

„Nein, mit Frank Zappa. Ja, natürlich mit Lina."

„Schön wär's. Was für eine Klassefrau. Leider steht sie nicht auf Jüngere. Glaub mir, ich habe schon alles probiert", antwortete er.

„Was genau?"

„Ich habe ihr hinterhergepfiffen. Ihr meine Schlange zum Halten angeboten und ein Gedicht für sie geschrieben. Mehr kann ein Mann nicht tun", klagte Timur.

„Und sie hat Nein gesagt?"

„Mann, sie hat mich nicht mal angesehen."

„Komisch, dass sie deine Schlange nicht mochte", kicherte ich.

„Ja, oder", sagte Timur und fragte: „Verarschst du mich gerade?"

Ich hob entschuldigend die Hände und grinste. Timur schubste mich.

„Hast du denn schon eine Freundin gehabt?"

„Ich bin Musiker, mir rennen die Mädchen die Bude ein. Aber ich mag keine festen Beziehungen. Daraus resultieren zu viele Verpflichtungen", behauptete ich.

„Aber Mädchen magst du schon?"

„Na klar“, entgegnete ich und fügte hinzu: „Mädchen riechen gut.“

„Stimmt“, sagte Timur und fragte: „Und woher wusstest du das mit dem Flussbett?“

„Meine Mutter ist Geologin. Sie ist auf Expedition in der Karakum.“

„In der Karakum in Turkmenistan?“

„Gibt es noch eine andere Wüste, die so heißt?“, fragte ich zurück.

„Nein, nur die eine. Und was macht sie in Karakum?“

„Nach Erdgas suchen. Von ihrer letzten Expedition hat sie mir einen Skorpion mitgebracht. Den habe ich mir präpariert“, antwortete ich.

„Einen lebendigen?“, fragte Timur.

„Nein, einen toten. Skorpione bringen sich in Gefangenschaft um. Sie stechen sich mit dem Stachel in den Rücken und sterben an ihrem eigenen Gift.“

„Starke Nummer“, befand Timur.

„Und deine Mutter?“, fragte ich.

„Meine Mutter ist im Sanatorium. Schon ein paar Monate. Darum musste ich ins Heim. Im Sommer wohne ich bei Fedor. Zwar arbeitet er im Hotel und bleibt manchmal über Nacht da. Aber nach Bukowo kommt das Jugendamt nicht.“

„Und was hat deine Mutter?“, fragte ich.

„Sie hat einen schwachen Magen. Solange ich denken kann, hat sie Bauchschmerzen. Schon als ich klein war, wurde Mutter nervös, wenn ihre Tabletten zur Neige gingen. Ich durfte den Notarzt rufen. Sie musste ins Krankenhaus und ich zu Onkel Fedor“, erzählte Timur.

„Tut mir leid“, sagte ich und klopfte ihm auf die Schulter.

„Ist halt so. Kann man nicht ändern."

„Sie wird bestimmt wieder gesund", machte ich meinem Freund Mut.

Timur kickte einen Stein mit dem Fuß durch die Luft.

„Manchmal will ich einfach nur weg hier. Mit einem Floß den Dnjepr bis ans Schwarze Meer schippern. So wie früher die Forscher, die einfach in See stießen und tagelang dahintrieben, bevor sie neues Land entdeckten", verriet er.

„Man bräuchte ein stabiles Floß. Bis zum Schwarzen Meer sind es 1300 Kilometer. Da geht einiges auf der Fahrt kaputt. Und dann sind da noch die Wehre und Staumauern. Aber theoretisch ist das machbar", erwiderte ich.

„Und würdest du mitkommen, wenn ich dich frage?"

„Du bist mein Freund. Ich folge dir überall hin", antwortete ich.

„Komm mit. Ich muss dir was zeigen", sagte Timur.

• *Kon-Tiki* •

Wir liefen durch das Wäldchen. Das Unterholz wurde dichter. Das Licht spärlicher, der Boden unter unseren Füßen nasser. Geradezu morastig.

„Aber ich habe Oma versprochen, nicht im Moor zu spielen", sagte ich.

„Wir spielen nicht", entgegnete Timur.

„Und was, wenn wir uns verlaufen?"

„Ich kenne den Weg. Du solltest ihn dir besser einprägen. Falls mir was passiert", antwortete er.

Ein Eichelhäher erhob sich. Kreischend flog er über das Wäldchen.

„So schnell schaffe ich das aber nicht“, murrte ich.

Ich blieb stehen, suchte nach einem Fixpunkt. In den Mulden stand altes Regenwasser. Es roch nach Fäulnis. Die umgefallenen Bäume waren voller Moos. Hinter mir erhob sich eine alte Eiche. Sie war halbverkohlt und teilweise ohne Blattwerk.

„Wo bleibst du?“, rief Timur.

Er war weitergelaufen und winkte mir von einer Erhebung aus zu.

„Komm hier rüber.“

„Ja, doch, ich komme.“

„Und pass auf, dass du nicht neben den Weg trittst“, riet er mir.

Im Unterholz knackte es. Ein Feldhase sprang aus einem Busch. Ich bekam Angst und rannte los. Dabei versuchte ich, in die Fußstapfen meines Freundes zu treten. Nach ein paar Minuten, die mir vorkamen wie eine Ewigkeit, hatte ich Timur eingeholt.

„Was ist mit der Eiche passiert?“, fragte ich.

„Ist vom Blitz getroffen worden.“

„Soll ich sie mir merken?“

„Ist eine gute Wahl. Aber jetzt bleib hinter mir, sonst versinkst du“, warnte Timur.

„Ich bin schon da!“

Timur ging voran. Nun ging es wieder leicht runter. Der Boden wurde noch weicher. Die Mulden und Pfützen noch größer. Der Gestank penetranter. Fette Kröten saßen auf den Stämmen und sahen uns beim Durchqueren ihres Habitats zu. Der Weg schien unterhalb des Wasserspiegels zu verlaufen.

„Das hier ist die tiefste Stelle“, verriet Timur.

„Was meinst du?“, fragte ich.

„Sieh her“, Timur blieb stehen, deutete auf seine Füße und fügte hinzu: „Wenn du stehen bleibst, versinkst du von selbst.“

Das Wasser umschloss seine Füße. Langsam versank er im Morast.

„Grüß mir die Welt. Und gib Lina einen Kuss. Sag ihr, dass es schnell zu Ende ging. Dass ich nicht lange leiden musste“, kicherte Timur.

„Mach keinen Scheiß.“

„Wenn du panisch wirst, hast du schon verloren.“

„Wieso verloren? Ist das die nächste Aufgabe?“, fragte ich.

„Wer länger stehen bleibt, gewinnt den Punkt“, erwiderte Timur.

Nun spürte auch ich die Nässe. Meine Füße versanken. Das Moor umschlang meine Glieder und zog mich in sein nasses Grab hinab.

„Das ist mir zu riskant“, murrte ich.

„Was? Du gibst schon auf?“, fragte Timur.

Ich nickte stumm mit dem Kopf.

„Werte Waldbewohner, liebe Moorgeister, es steht 2 : 1 für mich. Wenn ich die nächste Aufgabe bestehe, habe ich den goldenen Dirigentenstab gewonnen“, feierte Timur.

„Aber wie komme ich hier raus?“, fragte ich.

Timur beugte sich zur Seite, winkelte das Gelenk an und zog den ersten Fuß heraus.

„Siehst du, geht ganz einfach. Anwinkeln und rausziehen.“

Ich versuchte, es nachzumachen. Vergeblich, ich sank tiefer. Die Angst unterzugehen, hatte mich erfasst. Wie ein Raubtier umkrallte sie meinen Körper.

„Nicht auf der Stelle treten. Da versinkst du tiefer“, korrigierte Timur.

„Aber wohin soll ich das Bein abwinkeln?“, kreischte ich.

„Schau her, so. Du musst das Fußgelenk anwinkeln, dann rausziehen. Vor allem aber musst du ruhig bleiben, Anton.“

Ich atmete langsamer, stellte mich auf ein Bein, konzentrierte mich und begann, das Fußgelenk abzuwinkeln. Tatsächlich, es funktionierte. Der Fuß flutschte aus dem Morast heraus. Erst der linke, dann der rechte.

„Siehst du, war doch ganz einfach“, sagte Timur.

Mir lief der Schweiß den Rücken hinab. Meine Hände zitterten.

„Ich bin vor Angst fast gestorben“, maulte ich.

Wir traten auf eine Lichtung. Hier wehte ein Lüftchen. Ich zog mein nasses Shirt aus und hing es mir um den Hals. So konnte es im Wind trocknen. Timur stapfte weiter voran. Er steuerte auf eine Trauerweide zu. Sie war schon sehr alt. Die Äste hingen tief und bedeckten den Boden ringsum. Timur umkurvte die Weide. Er löste ein am Stamm fixiertes Seil und zog daran. Das Blattwerk und die Krone hoben sich wie ein Vorhang in einem Theater.

„Da ist es, bitte sehr“, sagte er.

Ich trat an die Weide heran und schaute zwischen die Blätter hindurch.

„Was ist was?“, fragte ich.

„Mann, da, direkt vor dir!“

Ich machte einen Schritt vor und kuckte noch genauer. Außer ein paar auf dem Boden herumliegenden Baumstämmen war nichts zu sehen.

„Brennholz?“

„Mensch, das ist mein Floß. Ist doch eindeutig“, echauffierte sich Timur.

Ich beugte mich vor und hob einen der Stämme leicht an.

„Die paar losen Stämme?“

„Man muss sie nur auf Länge schneiden und verbinden. Und Mast und Ruder fehlen. Aber das kann man sich doch vorstellen“, antwortete Timur.

Ich machte einen Schritt zurück und wackelte bedeutungsheischend mit dem Kopf.

„Ich kann mir auch ein Lenkrad, einen Motor, eine Schraube und einen Benzintank vorstellen. Schon hätten wir ein Schnellboot.“

Nun musste auch Timur lachen. Er rollte einen Stamm auf die Rückseite und kickte mit dem Fuß einen Tausendfüßler weg.

„Ein wenig Fantasie ist nötig, das gebe ich zu. Hieraus könnten wir ein Ruder herausarbeiten“, sagte er.

„Ein wenig Fantasie? Das ist, glaube ich, ein bisschen untertrieben.“

„Das Ruder ist das Wichtigste am Floß. Es muss stabil sein. Der Fluss hat viel Kraft. Das hast du schon selbst erfahren“, erklärte Timur.

„Mein Sprung in den Dnjepr und das Fast-Ertrinken reichen mir aus. Noch so eine Erfahrung brauche ich nicht.“

Ich deutete auf das Rinnsal, das sich an dieser Stelle durch das Moor schlängelte.

„Und das bisschen Wasser trägt ein ganzes Floß?“, fragte ich.

„Wenn es regnet, wird aus dem Rinnsal ein Bach. Der trägt uns zehnmal. Er verläuft parallel zum Fluss und mündet in den Hauptstrom“, entgegnete Timur.

„Aber wenn das Wasser steigt, kommt man doch gar nicht bis hierher? Der Weg durchs Wäldchen ist jetzt schon kaum passierbar.“

„Wir müssten den Regen im Moor abwarten, in einem Zelt.

Und am Morgen vom Lager aus starten. So, wie ein Schiff, dass mit der Flut ausläuft."

„Vielleicht sollten wir das Lager überdachen. So könnten wir Baumaterial und Proviant aufbewahren, ohne dass etwas nass wird", schlug ich vor.

„Das ist eine gute Idee. Wir brauchen noch Werkzeug und eine Hobelbank, an der wir das Ruder zusammenzimmern können."

„Mark Solomonowitsch besitzt einen Werkzeugkasten", wusste ich.

„Kannst du bei ihm anfragen?"

„Klar, mache ich", antwortete ich und fragte: „Und wo kommen wir raus, wenn wir hier losfahren?"

„Hinter der Insel mündet der Zulauf in den Dnjepr."

„Die Insel, auf der die abgebrannte Psychiatrie steht?"

„Du kennst die Insel?", fragte Timur erstaunt.

„Mark hat uns beim Essen von einer Ruine erzählt. Er angelt dort gern, weil es da viele große Fische gibt."

„Da gibt es nicht nur Fische. Die Insel und die Psychiatrie sind verflucht. Seit dem großen Feuer spukt es dort. Die Insassen, die im Feuer umgekommen sind, spazieren bei Vollmond durch die Ruinen", behauptete Timur.

Ich war überrascht und fragte: „Du machst Scherze? Dass meine Tante an so einen Unfug glaubt, war mir bekannt. Aber seit wann glaubst du an Geister?"

„Wirklich, es gibt einen Fluch. Kein Mensch, der die Insel betreten hat, kam wieder. Ich jedenfalls mache einen großen Bogen um sie."

„Metaphysische Phänomene sind unwissenschaftlich. Das ist alles Hokuspokus. Aber ich sag' besser nichts mehr dazu, da meine Mitmenschen verrückt geworden sind", erwiderte ich.

Trotz des Fluchs schleppten wir Baumstämme. Wir zogen sie durch das Moor und versteckten sie unter der Trauerweide. Das Lager deckten wir mit einer alten Plane ab. Timur organisierte sich Axt und Hammer. Ich borgte mir bei Mark seine Säge aus. Statt auf der Klarinette zu spielen, entastete ich Bäume. Statt Stücke zu komponieren, nagelte ich Bretter übereinander. Statt Theorie für die Aufnahmeprüfung in die Musikschule zu büffeln, lernte ich, wie man Holz mit Scherzapfen verbindet.

„Du wirst immer besser", lobte mich Timur.

„Aber mein Zeigefinger ist schon blau. Und der Daumen schwillt an. Wie soll ich jemals wieder Klarinette spielen?", klagte ich.

„Du trägst Handschuhe. Sieh dir meine Finger an!"

„Ich weiß, an jedem zweiten löst sich ein Nagel", zog ich Timur auf und bemerkte: „Nein, im Ernst, meine Fingerkuppe ist schon ganz taub."

„Du wirst auf die Pauke umschulen müssen. Die ist seltener dran und du brauchst nicht alle Finger, um zwei Schlägel zu halten", kicherte er.

„Eine großartige Idee. Oma Mina wird begeistert sein."

„Oder du bedienst die Pauke mit dem Fuß, wie ein Schlagzeuger."

„Das Fußpedal einer Pauke im Orchester ist nicht zum Spielen geeignet. Man stimmt damit das Instrument", korrigierte ich.

„Hauptsache, wir werden mit dem Floß fertig, bevor es regnet", entgegnete Timur.

Tatsächlich schleppte mein Freund mehr und arbeitete härter. Man merkte, dass ihm das Floßbauen wichtig war. Meine Ausdauer war geringer. Aber auch ich gab mir große Mühe. Unser gemeinsames Projekt hatte mich gepackt.

„Die großen Äste sind weg, sehr gut", motivierte Timur.

„Das muss alles weichen", schnaufte ich und schlug weiter.

„Dein Stamm ist gut gewachsen, den nehmen wir als Ruder. Und du hast ihn hervorragend bearbeitet."

„Wenn ich was mache, dann zu hundert Prozent", entgegnete ich.

„Man merkt, dass du ein Profi bist."

Ich freute mich über das Lob und wollte wissen: „Und wann stechen wir in See?"

„Wenn der Mast aufgestellt und das Ruder eingebaut ist."

Beim Fertigen des Ruders half uns Mark Solomonowitsch. Er hatte eine Werkbank im Schuppen stehen. Geschickt spannte Mark unseren Baumstamm auf seiner Bank ein. Wir sägten den Stamm auf Länge und besserten immer wieder mit der Laubsäge nach.

Es dauerte drei Tage, bis der Stamm die ideale Form hatte. Mark hobelte für uns das Holz glatt. Wir lackierten die Oberfläche mit Firnis.

„Wird das ein Brotschieber?", fragte Mark.

„Nein, ein Paddel", sagte ich leichthin.

„Und wo ist euer Kanu?"

„Gekentert", antwortete Timur.

„Das Kanu denken wir uns aus. Auf dem Fluss ist es viel zu gefährlich", flunkerte ich.

„Der Dnjepr hat mehr Kraft als tausend Pferde. Es gibt jede Menge Strudel und Stromschnellen", warnte uns Mark.

„Darum spielen wir auch nur auf dem Trockenen", entgegnete Timur.

Mark Solomonowitsch strich sich mit der flachen Hand über die Augenbrauen.

„Deine Oma Mina wollte ein Buch von mir borgen. Ich Trottel habe den Titel vergessen. Kannst du dich noch erinnern?“, fragte er.

„Sie interessiert sich für die literarische Vorlage zu Tarkowskis *Stalker*“, verriet ich.

„Ach, stimmt. Sie hatte mich nach *Picknick am Wegesrand* gefragt. Ein wunderbarer Roman von Arkadi und Boris Strugatzki“, fiel Mark ein.

„Wenn das die Vorlage zu Tarkowskis Film ist, freut sich Oma. Sie liest immer erst das Buch. Also bevor sie die Geschichte im Kino anschaut. Sie sagt, so geht ihr nichts verloren und sie hat doppeltes Vergnügen.“

„Ja, beim Lesen visualisiert man die Geschichte mit eigenen Bildern. *Picknick am Wegesrand,* wie konnte ich das vergessen“, brummte Mark.

Aufmerksam ging er die Buchrücken im Regal auf seiner Terrasse durch.

„Moment, ich suche es raus. Würdest du es für Mina mitnehmen?“, fragte Mark.

„Oma freut sich bestimmt mehr, wenn Sie es ihr selbst geben.“

Mark sah mich überrascht an, seine linke Augenbraue rutschte hoch.

„Ach ja, findest du?“, fragte er.

Ich nickte und lächelte, um Zuversicht auszustrahlen.

„Eine gute Idee. Ich bringe Mina das Buch selbst vorbei und lege eine Schleie dazu. Danke dir für deinen Tipp, Anton.“

„Ist doch logisch, dass wir uns helfen. Ohne Sie und Ihre Werkbank hätten wir das Ruder nie fertigbekommen“, sagte ich.

Timur trat mir kräftig auf den Fuß. Ich zuckte vor Schmerz zusammen.

„Du bist allein durch den Fluss geschwommen?", fragte Mark, als sei er schwerhörig.

„Fedor hat mir die Axt weggenommen", improvisierte Timur.

„Ach, so? Na dann, viel Spaß mit eurem Paddel", entgegnete Mark.

Tags darauf trugen wir das Ruder durch das Wäldchen. Timur auf der linken, ich auf der rechten Schulter. So war das Gewicht gut verteilt. Doch je länger wir liefen, desto schwerer wurde das Ruder.

„Lass uns bitte mal eine Pause einlegen", bat ich.

„Aber heul nicht wieder rum, wenn wir in den Regen kommen."

„Wozu haben wir das Holz lackiert, wenn es nicht wasserabweisend ist", erwiderte ich.

„Gut, aber nur kurz."

Wir setzten das Ruder ab. Timur fiel sein Messer aus der Hose.

„Du bräuchtest auch ein Halfter", merke ich an.

„Ich habe gute Augen", antwortete Timur.

Er suchte konzentriert den Waldboden ab. Seine Stirn lag in Falten. Er wirkte reifer, wie ein verwegener Prinz. Ich stellte mir vor, wie es wäre, Timur zu küssen.

„Hast du schon ein Mädchen geküsst?", fragte ich.

„Viele", antwortete Timur und fragte zurück: „Und du?"

„Ich auch, viele."

„Mädchen lieben gute Küsser", wusste Timur.

„Woran machst du einen guten Kuss fest?", fragte ich.

„Du musst mit den Lippen und der Zunge arbeiten."

Er hob sein Messer auf, strich die Klinge sauber und spickte es in einen Kieferstamm. Eine Böe erfasste Bäume und Sträucher des Waldes. Die Blätter raschelten und rauschten. Die Pflanzen schienen zu kommunizieren. Es klang, als würden sie reden. Sich über einen Unbekannten austauschen. Der Wind verebbte. Totenstille ringsherum. Nun hörten wir unseren eigenen Atem.

„Schau mal geradeaus", sagte Timur leise.

„Das ist gruselig", flüsterte ich.

Wenige Meter vor uns stand ein Mädchen auf der Lichtung. Sie trug einen roten Rock und ein geblümtes Kopftuch. Seelenruhig pflückte sie violette und weiße Blumen. Akkurat legte sie die Pflanzen in ihren Bastkorb. Mit dem Korb in der Hand verschwand das Mädchen im Unterholz.

„Ist das das Mädchen aus dem Moor?", fragte ich.

Meine Stimme zitterte, ebenso meine Beine. Ich konnte nicht glauben, was ich gerade mit eigenen Augen gesehen hatte.

„Ja, das war sie."

„Mir wird schwindelig", sagte ich und setze mich auf einen Stamm.

Timur kniete sich neben mich und legte meine Beine hoch.

„Du hast einen Schock erlitten", kicherte er.

„Ist das gefährlich?", fragte ich und sackte nach hinten weg.

„Ich kannte jemanden, der hat sich nicht erholt. Aber du bist schon ein großer Junge. Entspann dich und warte, bis das Blut wieder im Kopf ankommt." Timur klopfte mir aufmuntert auf die Schulter.

Ich schloss die Augen und versuchte, mich zu beruhigen: „Das will ich hoffen … Aber was für Blumen waren das? Und für wen hat das Mädchen sie gepflückt?"

„Das sind Heilpflanzen, keine Blumen. Knabenkraut macht potent. Fieberklee hilft bei Fieber. Sie sammelt sie für ihren Geliebten und das Kind."

„Es wohnen noch mehr Geister im Unterholz?“, fragte ich panisch.

„Du musst keine Angst vor ihr haben. Das Mädchen lebt in ihrer eigenen Welt. Und den Geliebten habe ich noch nie gesehen.“

„Bist du dir sicher?“

„Du darfst sie nur nicht beim Pflücken stören. Und ihr nicht in die Augen sehen. Sonst nimmt sie dich mit in ihr Reich“, erklärte Timur.

„Ist das der Fluch, von dem du gesprochen hast?“

Timur schüttelte den Kopf und legte den Finger auf seine Lippen.

„Und ich soll keine Angst haben?“, fragte ich.

„Der Fluch ist auf die Insel beschränkt, der ist viel unheimlicher. Aber man sollte nicht im Moor laut darüber reden“, flüsterte er.

„Der Fluch ist auf die Insel beschränkt?“, gab ich leise zurück.

„Schön, dass du endlich zuhörst.“

Ich setzte mich auf, sah mich um. Das Moor und das Wäldchen wirkten bedrohlich.

„Und was ist dem Mädchen und ihrem Geliebten widerfahren?“, fragte ich.

„Sie und ihr Geliebter wurden in die Psychiatrie eingeliefert. Die Wärter trennten sie. Also verständigten sie sich per Klopfzeichen. Er wollte fliehen. Sie war schwanger. Am Tag seiner Flucht gebar sie seine Tochter. Sie wusste gar nicht, dass er weg war.“

„Und was passierte weiter?“

„Das Kind starb am Fieber. Als sie vom Tod ihres Kindes und der Flucht des Geliebten erfuhr, ging das Mädchen in den See an der alten Brücke. Daraufhin erhängte er sich im Wäldchen“, berichtete Timur.

„Meine Güte, ist das tragisch“, flüsterte ich.

„Die Alten sagen, dass sie ihn tagsüber sucht. Und er immer in der Nacht herauskommt. So sind sie auf ewig verdammt, einander zu verpassen.“

„Mir hat das Mädchen aus dem Moor gereicht. Wenn ich ihn sehe, bekomme ich mit Sicherheit einen Herzschlag“, murmelte ich aufgelöst.

Timur half mir auf die Füße. Meine Beine zitterten noch immer.

„Für das Ruder bist du zu schwach“, stellte er fest.

„Scheiß auf das Ruder“, schimpfte ich.

Timur suchte eine Alternative. Ich schaute auf meine Armbanduhr, sie zeigte fünf Uhr. „Ich will nach Hause. Ich muss was essen, sonst falle ich noch mal um.“

„Schon gut, ich habe dich verstanden. Ich will nur nicht, dass das Ruder nass wird. Oder dass es jemand klaut“, entgegnete Timur.

Er schob das Ruder unter einen umgestürzten Baum, nahm ein paar Kiefernzweige und bedeckte mit ihnen das Versteck.

„So, jetzt ist es geschützt. Und keiner findet es einfach so.“

Das Licht der Sonne wurde schwächer. Der Eichelhäher krächzte.

„Bitte, lass uns hier verschwinden, bevor noch ein Geist aus dem Unterholz kommt“, flehte ich Timur an.

Wir liefen durch das Wäldchen zurück. Der Weg war kurvig und gabelte sich mehrmals. Es war mir trotz unserer wiederholten Ausflüge ins Moor noch immer unmöglich zu sagen, wann wir rechts, wann wir links abbiegen mussten. Timur hingegen schien über einen eingebauten Kompass zu verfügen. Zumindest glaubte ich das und folgte ihm wie ein Hund seinem Herrchen.

„Ich glaube, wir haben uns verlaufen“, flachste Timur.

„Nicht witzig“, antwortete ich.

Mir schmerzten die Füße und die Hände. Es war dunkel geworden. Ich hatte Angst, dass das Moor und die Geister uns nicht mehr freigeben wollten. Und was, wenn es hier wirklich so was wie Werwölfe gab?

„Da vorn.“ Timur zeigte mit dem Finger geradeaus.

Das Licht der Siedlung schimmerte durch das Unterholz. Als wir aus dem Wäldchen traten und die Wiese passierten, fiel mir ein Stein vom Herzen. Ich hatte das Gefühl, dem Moor entkommen zu sein. Noch nie zuvor hatte ich mich so gefreut, die Datsche des Generals zu sehen. Der Duft, der aus der Küche herüberwehte, beglückte mich. Selbst die Stimmen meiner streitenden Verwandtschaft ließen in mir ein wohliges, warmes Gefühl aufsteigen.

„Hoffentlich ist das Ruder morgen noch da“, sorgte sich Timur.

„Wer, bitte, interessiert sich für ein Stück gehobeltes Holz? Vor allem, wenn er den ganzen Wald mit prächtigen Stämmen zur Auswahl vor sich hat?“

„Ich kenne einige, die sich die Finger danach lecken würden“, glaubte Timur, „ich hol dich morgen in der Frühe am Grundstück ab.

„Und was ist, wenn es regnet?“

„Wir müssen das Floß fertigbauen, egal bei welchem Wetter. Wenn der Sommer zu Ende ist, muss ich verschwunden sein.“

„Mach's gut“, murrte ich zum Abschied und bog den Weg ab.

• Makarenko •

Oma Mina stand auf der Veranda. Sie hatte die Hände in die Hüften gestemmt. Die geblümte Bluse flatterte im Wind. Ebenso ihre sonst zum Zopf gebundenen Haare. Tante Nelli saß im Korbsessel und schaute hinter einer Zeitschrift hervor.

„Wo in aller Welt warst du?“, fragte Oma Mina.

„Wir wollten Pilze suchen, im Wäldchen. Auf dem Rückweg haben wir uns im Moor verlaufen. Da sind mir die Handschuhe in den Dreck gefallen, entschuldigt bitte“, antwortete ich und sah schuldbewusst zum Steinboden.

„Du hattest mir versprochen, nicht weiter als bis zur Feuchtwiese zu gehen. Nicht ins Wäldchen und schon gar nicht ins Moor“, erinnerte mich Oma.

„Das Wäldchen ist gefährlich. Einheimische verlaufen sich darin. Vom Moor wollen wir gar nicht erst reden. Da verschwinden Tiere und Menschen“, stimmte Nelli ein.

Es war das erste Mal, dass sich Mina und Nelli in einer Sache einig waren. Ohne, dass ich sie mit meinem Taktstock zu einem meiner Werke dirigierte.

„Zeig mir mal die Handschuhe“, forderte Oma Mina.

„Die sind zerrissen, die können wir wegschmeißen“, befand Nelli.

„Im Moor gab Pilze en masse. Aber da war dieses Mädchen. Sie hat Knabenkraut und Fieberklee gepflückt, für ihren Geliebten und das tote Kind“, erzählte ich.

„Wenn du lügst, wachsen dir Haare aus den Ohren“, warnte mich Oma.

„Das Mädchen aus dem Moor kommt nur bei Vollmond heraus“, ergänzte Nelli.

„Aber sie war auf der Lichtung. Ich habe mich erschrocken und einen Schock erlitten. Darum musste ich mich ausruhen. Die Zeit verging wie im Flug. Zum Glück hat Timur sich an den Rückweg erinnert“, führte ich weiter aus.

Oma Mina und Tante Nelli hörten mir zu. Anstatt auf meine Schilderung einzugehen, taten sie, als wäre ich ein kleiner Junge, der sich Sachen ausdenkt.

„Mir ist egal, was du gesehen oder nicht gesehen hast“, sagte Oma, „nicht egal ist mir, dass du lügst und dich nicht an unsere Absprache hältst.“

„Das Mädchen kann nur bei Vollmond gesehen werden“, wiederholte Nelli.

Ich entschied mich, die Sache mit dem Mädchen nicht weiter auszuführen. Und meine Taktik anzupassen. „Das Mädchen habe ich mir ausgedacht“, sagte ich und ergänzte: „Deswegen möchte ich, dass ihr mich bestraft.“

„Möglicherweise ist eine Konsequenz angebracht“, entgegnete Oma Mina.

Sie lief langsam um mich herum und überlegte.

„Das ist nur gerecht, auch weil ich euch belogen habe.“

„Du meinst, zu deinem eigenen Schutz?“, fragte Nelli.

„Genau, damit ich endlich verstehe, dass es Grenzen gibt. Und mich nicht sinnlos in Gefahr begebe und euch so Sorgen bereite“, erklärte ich.

„Ich bin dafür. Also dafür, dass du ihn bestrafst. Das wäre nur gerecht. Und vielleicht lernt Anton etwas daraus“, bemerkte Nelli.

Oma Mina überlegte: „Anderseits bin ich keine Freundin von gängigen Bestrafungen. Negative Verstärker sind nur bedingt wirksam. Makarenko sagt, Pädagogen müssen ein großes Herz haben und an das Gute im Menschen glauben. Auch ich bin, wie er, eine Anhängerin von Resozialisation."

„So was scheitert oft an fehlender Haltung", provozierte ich.

„Da kennst du Mina aber schlecht", frohlockte Nelli.

Meine Oma strich mir mit der Hand über den Kopf und lächelte mich an.

„Du wirst uns im Haushalt helfen. Wasser vom Brunnen holen. Das Geschirr spülen und die Einkäufe übernehmen. Außerdem darfst du alle deine Stücke so lange üben, bist du jedes auswendig kannst. Und du wirst täglich ein Konzert für uns geben und für uns unsere Lieblingsmusik vorspielen", verfügte sie.

„Das ist ganz schön viel. Aber ich werde mir Mühe geben, alle Aufgaben ordnungsgemäß abzuarbeiten", versprach ich.

„Am besten, du fängst mit dem schmutzigen Geschirr an. Da hat sich einiges aufgetürmt. Das Wasser für den Abwasch macht dir Nelli im Teekessel heiß. Die Seife steht im Schrank unter der Spüle", erklärte meine Oma.

„Und wie lange soll das so gehen?", frage ich.

„Eine ganze Woche. Und das alles ohne Diskussion. Ansonsten verdoppelt sich die Zeitspanne auf zwei Wochen. Gleiches passiert, wenn du dich unerlaubt vom Grundstück entfernst", stellte Oma Mina klar.

„So viel Haushalt, das ist ganz schön hart."

„Ich mache dir den Gasherd an und setze den Teekessel auf", bot mir Nelli an.

Sie hatte kalte Füße bekommen und sorgte sich um das Wohlergehen ihres Neffen.

„Schon gut, ich habe es nicht anderes verdient", klagte ich und machte ein trauriges Gesicht. Innerlich jubilierte ich, denn die Lust am Floßbauen war mir vergangen.

Als Timur in der Frühe vorbeikam, um mich abzuholen, hängte ich gerade Wäsche auf. Die nassen Laken waren schwerer als gedacht. Sie rutschten immer wieder von der Wäscheleine ab und hingen bis zum Rasen durch.

„Wieso musst du Laken aufhängen?", fragte Timur.

„Ich werde resozialisiert", antwortete ich.

Timur rüttelte am Zaun, als wolle er die Festigkeit des Holzes prüfen.

„Weswegen?"

„Unerlaubtes Überschreiten des Biotops Feuchtwiese, Spielen im Wäldchen und andere Vergehen."

„Und du darfst das Grundstück nicht mehr verlassen?", fragte Timur.

„So ist es", antwortete ich und fügte hinzu: „Sonst verdoppelt sich die Zeit meiner Strafe von einer auf zwei Wochen."

Timur zog seinen Rotz hoch und spuckte weit über den Zaun aus. Die Flugkurve der Aule glich einer Bogenlampe.

„Schade, ich hätte dir gern was vorgespielt", sagte Timur.

Ich sah hinter dem Laken hervor. Es hing gerade und berührte nicht mehr den Rasen. Jetzt erst sah ich, dass es größer war als ich.

„Was genau?", frage ich.

„Die Sex Pistols haben nur ein Album im Studio aufgenommen. Das Album heißt *Never Mind the Bollocks*".

„Es gibt nur eine LP? Die ist sicher wertvoll?"

„Fedor hat sie einem kanadischen Touristen abgekauft. Der wusste offenbar gar nicht, was er für einen Schatz hatte", kicherte Timur.

„Ich muss am Nachmittag zum Einkaufen. Auf dem Rückweg

vom Laden könnte ich vielleicht einen Schlenker einbauen", bot ich an.

„Gut, dann können wir zusammen reinhören", schlug Timur vor.

„Ich gebe mir Mühe."

„Wir sehen uns, nachdem du den Laden leergeräumt hast", scherzte Timur und raunte: „Ach, und ich habe mich umgehört, wegen des Typen im Trainingsanzug. Der mit dem stinkenden Sack im Schuppen. Du hattest recht mit deiner Befürchtung. Es verschwinden Haustiere in der Siedlung."

„Oh je, oh je", sagte ich leise.

Timur verschwand in den Büschen, wie in einem Theaterstück. Als hätte er seinen Abgang dramaturgisch durchdacht. Seine letzte Bemerkung beunruhigte mich. Irgendwas stimmte mit Bukowo nicht. Das Wäldchen, das Moor, das Mädchen mit dem Korb und der Mann im Trainingsanzug mit seinem stinkenden Sack, alles in diesem Dorf hatte eine dunkle Seite.

„Nicht, dass du wegen des Duells kneifst. Es steht noch immer 2:1 für mich", rief er aus den Büschen.

„Ein Revolutionär kneift nicht", erwiderte ich.

„Oder bist du zu schwach für die Wildnis?", fragte Timur.

„Das nimmst du sofort zurück!"

Timur war auf dem Nachbargrundstück verschwunden und antwortete nicht mehr.

„Ihr duelliert euch?", fragte meine Tante.

Ich sah zu Nelli hoch und nickte. Sie stand neben mir und rückte die Laken zurecht und fixierte sie mit Wäscheklammern.

„Darauf hätte ich auch kommen können", bemerkte ich.

„Was hast du gesetzt?"

„Jewgenij Swetlanows Taktstock."

„Wäscheklammer sind Hilfswerkzeuge, damit die Laken nicht runterrutschen. Dennoch sieht es aus, als hättest du die Arbeit allein bewältigt", erklärte Nelli.

„Und was hat das mit meinem Duell zu tun?"

„Das findest du spielend selbst heraus."

„Du meinst, ich soll auf unerlaubte Hilfswerkzeuge zurückgreifen, um das Duell für mich zu entscheiden?", fragte ich.

„Unerlaubt ist ein dehnbarer Begriff."

„Dass du auf so eine Idee kommst, hätte ich nie gedacht", staunte ich.

„Ich war auch mal jung und ich hatte viel Spaß mit meinen Freunden. Und wir duellierten uns bei jeder Gelegenheit", entgegnete meine Tante.

„Du siehst immer noch jugendlich aus", sagte ich.

Nelli reichte mir mein Klarinetten-Etui. Sie hatte es zuvor auf einem der im Garten platzierten Stühle abgestellt.

„Mina möchte, dass du *Summertime* für uns spielst. Das Stück erinnert sie an ein Lied aus ihrer Kindheit."

„Wie heißt das Kinderlied?", fragte ich.

„Oi, Khodyt Son Kolo Vikon", summte mir Nelli die Melodie vor.

Sie hatte recht, die beiden Stücke ähnelten sich.

„Da kommt Mina schon. Mach ihr bitte die Freude, Antoscha", bat Nelli und flüsterte: „Als Dankeschön besorge ich dir ein Paar neue Handschuhe."

„Gut, abgemacht", erwiderte ich und wollte wissen: „Woher kommt die Ähnlichkeit?"

„Die Melodie aus *Summertime* ist einem ukrainischen Wiegenlied entlehnt. Meine Schwestern haben mir das Lied zum Einschlafen vorgesummt“, verriet Oma Mina.

„Aber George Gershwin ist Amerikaner“, warf ich ein.

„Aber seine Eltern sind Juden, genau wie unsere Eltern, oder die von Anton Semjonowitsch Makarenko“, entgegnete Nelli.

„Wann sind die Gershwins weggezogen?“, fragte ich.

„Gershwins Eltern sind schon 1891, also lange vor der Revolution in die Staaten emigriert“, antwortete meine Oma.

„Und weswegen sind sie weggegangen?“, fragte ich.

„Weißt du, Gründe zu fliehen gab es reichlich. Ob Attentate, Missernten oder Seuchen, an allem Schlechten waren wir Juden schuld. Ein Anlass für einen Pogrom fand sich. Das Leben war für Juden in den letzten tausend Jahren nie sicher. Egal, wo sich die Gemeinden in Europa niederließen“, erzählte Oma Mina.

„Aber warum?“, fragte ich.

„Das Prinzip Sündenbock ist dir doch bekannt?“, fragte Nelli zurück.

„Was genau meinst du damit?“

„Du hast gelogen und stehst für deinen Fehler ein. Wenn ein Herrscher Chaos im Land stiftet, tut er das nicht. Er sucht sich einen Sündenbock. Eine Minderheit, der er die Schuld geben kann. Damit sich der Zorn der Mehrheit nicht gegen ihn richtet“, erklärte Nelli.

„So vertuschen die Mächtigen ihre Fehler und die Bevölkerung kühlt ihr Mütchen“, stimmte Oma ein.

„Widerliche Kleinbürger“, schimpfte ich, „und wohin ist unsere Familie emigriert?“

„Meine Eltern und Geschwister sind im Jahr 1932 von Nowhorod Siwerskyj nach Kiew umgezogen“, antwortete meine Oma.

„Wollten sie etwa alle das Kiewer Opernhaus sehen?", fragte ich.

Oma Mina stützte sich mit einem Seufzer auf den vor ihr stehenden Stuhl ab.

„Auf dem Land gab es Unruhen. Die Kollektivierung provozierte Proteste. Die Partei wollte, mehr Getreide ins Ausland verkaufen, um Importe zu bezahlen. Die Bauern wehrten sich. Sie versteckten ihr Getreide. Daraufhin schickte die Partei den Komsomol, alles wurde requiriert. Sogar das Saatgut wurde konfisziert. Die Bauern hatten weder was zu essen noch Korn, um die nächste Ernte auszusäen."

„Isaak hatte Minas Familie auf dem Schewtschenko Bulvar untergebracht", erinnerte sich Nelli.

„Er hat noch eine zweite Wohnung angemietet, damit alle Verwandten unterkommen."

„Was wäre denn, wenn deine Familie auf dem Land geblieben wäre?", fragte ich.

„Sie wären alle verhungert", sagte Oma Mina leise.

Drei leuchtendgrüne Libellen blieben vor uns in der Luft stehen. Die Flugakrobaten berührten einander und flogen gemeinsam weiter.

„Na gut, ich spiele jetzt *Summertime* von George Gershwin", verkündete ich, „und mir ist egal, dass George jetzt Amerikaner ist. Bitte betrachtet meinen Vortrag als Wiedergutmachung, sprich als Teil meiner Resozialisation nach Makarenko."

Die Frauen nahmen auf ihren Stühlen Platz. Ich setzte meine Lippen auf das Mundstück der Klarinette und begann zu spielen. Mina und Nelli lehnten sich zurück und lauschten entspannt meinem Vortrag.

„Oh, da ist ein Traum, in der Nähe der Fenster", säuselte Mina.

Die von mir gespielte Musik hatte sie in ein kleines Mädchen verwandelt. Nelli betrachtete ihre Mutter, die in diesem Augenblick seltsam verletzlich wirkte.

„Wieso hast du dich von meinem Vater losgesagt?", fragte Nelli.

„Isaak hatte sich für eine Journalistin eingesetzt. Sie hatte in ihrem Artikel das Versagen der Behörden und die geschönten Zahlen der Hungertoten angeprangert. Kurz darauf fand der General Isaaks Namen auf einer von Jeschows Listen. Er warnte uns vor der geplanten Verhaftung", berichtete Oma.

„Eure Trennung war Isaaks Idee?", fragte Nelli.

Sie sah ihre Mutter ungläubig von der Seite an.

„Dein Vater wollte dich und deine Schwester schützen. Darum hat er sich von mir losgesagt. Sonst wären wir alle ins Lager deportiert worden", enthüllte Mina.

• *Linas Gang* •

Um Punkt 12 Uhr schickte mich Oma Mina in den Laden zum Einkaufen. Ich bekam den Handwagen von Mark Solomonowitsch, einen Korb und ein Portemonnaie.

„Wenn der Milchwagen kommt, kaufst du einen Liter frische Milch. Dazu noch ein Weißbrot, ein Päckchen Tee, drei Stück Wobla, eine Seife", trug mir Oma auf.

„Was machst du mit der ganzen Wobla?"

„Konzentrier du dich bitte auf deinen Einkauf", antwortete sie.

„Aber Mark Solomonowitsch isst gar keinen Trockenfisch. Er fängt selbst frischen. Das solltest du wissen, wenn du vorhast, seine Bücher zu lesen", merkte ich an.

Oma Mina ignorierte meinen Einwand: „Verlier den Zettel nicht. Und achte bitte darauf, dass dir das Portemonnaie nicht aus dem Korb fällt!“

Ich zog den Handwagen hinter mir her und dachte an Timurs Worte. Es verschwinden Haustiere in der Siedlung, hatte er gesagt. Was machte der Mann mit Hunden und Katzen? Wozu brauchte er tote Tiere? Beim Denken vergaß ich die Zeit, bog falsch ab und verlief mich in einer Sackgasse. Ich drehte um und rannte zur Dorfstraße zurück. Zum Glück stand der Milchwagen noch vor dem Laden. Der Fahrer trug eine Augenklappe und hatte es eilig. Er zog den Holzkeil hinterm Vorderrad hervor, verstaute ihn, stieg ins Fahrerhaus und startete den Motor. Das Ungetüm heulte auf. Eine schwarze Rußwolke schoss aus dem Auspuff.

„Entschuldigen Sie bitte, ich hätte gern einen Liter Milch“, bat ich.

Der Fahrer schaute verdutzt aus dem Fenster zu mir runter.

„Junge, du bist zu spät. Mein Milchtank ist leer. Frag Swetlana. Sie hat ein paar Flaschen für ihre Stammkunden zurückgestellt“, verriet er mir.

Er trat auf das Gaspedal. Knatternd rollte der Milchwagen die Dorfstraße hinunter.

Ich drückte die schwere Holztür auf. Der Laden war voller Leute. Die Bäuerin und eine Frau mit Kopftuch standen in der Reihe vor mir. Als ich dran war, sagte ich meine Bestellung auf. Swetlana griff sich meinen Korb und begann ihn zu befüllen. Sie legte mir von allem die doppelte Menge hinein. Zwei Weißbrote, zwei Päckchen Tee, zwei Seifen und sechs Stücken Wobla.

„Aber ich habe nur drei Rubel dabei“, entgegnete ich verdattert.

Swetlana winkte ab, beugte sich zu mir und tätschelte freundlich meinen Kopf.

„Wir Frauen von der Kolchose haben eine Sammlung gemacht", sagte sie.

„Und frische Milch brauche ich ja auch noch", fiel mir ein.

„Wie viel möchtest du?", fragte Swetlana.

„Einen Liter bitte, wenn Sie das einrichten könnten."

„Komm, ich gebe dir zwei Liter. Hauptsache, die Milch kommt heil bei Mina an", lächelte Swetlana und legte mir die Flaschen in den Korb.

„Darauf achte ich", versprach ich und legte meine drei Rubel auf die Theke.

Swetlana winkte ab: „Bezahl das nächste Mal. Dieser Einkauf geht auf uns."

Die Frauen nickten zustimmend. Ich legte das Geld ins Portemonnaie zurück.

„Sag deiner Oma, sie macht das toll. Und richte ihr aus, wir, die Frauen von der Kolchose, sind auf ihrer Seite", bemerkte Swetlana.

„Und nimm dir ein Plombir auf die Hand. Und grüß Mina von uns allen", näselte die Frau mit dem Kopftuch und zwinkerte mir komplizenhaft zu.

Das Getue der Frauen erschloss sich mir nicht, das Plombir nahm ich mir gern.

„Ist das der Junge, der das Mädchen im Moor gesehen hat?", fragte die Bäuerin.

„Das ist der Enkel von Mina Lwowna", raunte Swetlana.

Den Korb in der einen, das Eis in der anderen Hand verließ ich den Laden. Vorsichtig arrangierte ich die Einkäufe in Marks Handwagen. Der Rücktransport über den unebenen Sandweg durfte mir nicht zum Verhängnis werden. Ich atmete kurz durch und sah gerade aus. Am Infostand hing ein Plakat. Es zeigte einen jungen Mann. Er trug eine Kosovorotka, ein Leinenhemd mit Stoffgürtel. Der junge Mann stand am Tisch, tröstete eine Alte und sah in die Zukunft. Er wirkte sympathisch, aber entschlossen. Darunter stand in roten Lettern: „Die Empfindung, der Gedanke, das Bewusstsein ist das höchste Produkt der in besonderer Weise organisierten Materie."

Der Ausspruch kam mir bekannt vor. Ich trat näher heran und las das Kleingedruckte: „Die Uljanow-Gesellschaft lädt anlässlich des 55. Todestages von Wladimir Iljitsch zum Vortrag von Professor Aleksej Aleksejewitsch ein. Aleksejewitsch forscht zur Wechselwirkung von Musik und Pflanzen im Allgemeinen. Am 13. August referiert er im Kulturhaus über Marxismus-Leninismus in der Botanik."

„Was ein Glück", murmelte ich verzückt.

Plötzlich wurde es laut. Drei Motoroller umkreisten mich. Die Reifen quietschten. Die Auspuffe röhrten. Jugendliche grölten. Eine Person hob die Hand. Alle anderen hielten an. Stimmen und Motoren verstummten. Die Person nahm ihren schwarzen Helm ab. Ein Mädchen mit blonden Haaren kam zum Vorschein.

„Bist du der Junge, der im Garten des Generals *Summertime* auf der Klarinette spielt?", fragte mich das Mädchen.

„Ich bin Anton", antwortete ich und fügte an: „Und, ja, ich spiele auf der Klarinette."

„Ist das der Song von Ella Fitzgerald?", fragte das Mädchen.

„*Summertime* ist strenggenommen kein Song. Das ist eine Arie aus *Porgy and Bess*. Ella Fitzgerald hat sie nur kopiert", belehrte ich sie.

„*Porgy and Bess*?", fragte das Mädchen interessiert.

Ich nickte. Das Mädchen rollte ihre Vyatka auf mich zu. Sie drückte mit dem Fuß den Ständer aus der Halterung und brachte ihr Gefährt zum Stehen. Ihre Augen waren smaragdgrün und mit Kajal nachgezogen. Dazu trug sie eine schwarze Lederjacke.

„Wie alt bist du, Anton?", fragte das Mädchen.

„Ich werde im November zehn."

„Du kommst erst in die vierte Klasse?", fragte sie.

„Das ist korrekt", bestätigte ich.

„Wie kommt es, dass du so viel über Musik weißt?"

„Ich bereite mich zur Aufnahmeprüfung für die Musikschule vor. Aber eigentlich will ich Revolutionär werden", antwortete ich.

„Und woher hast du die Noten?", fragte das Mädchen.

„Ich bin hochbegabt und habe ein absolutes Gehör. Wenn mir etwas im Radio oder auf einer Schallplatte gefällt, spiele ich es nach oder schreib es auf."

„Wahnsinn", sagte das Mädchen und fragte mich: „Wir wollen die Welt verschönern. Willst du uns vielleicht dabei helfen?"

„Kommt drauf an", entgegnete ich.

„Worauf?"

„Darauf, ob Sie mir, Ihren Namen verraten."

Das Mädchen lachte. Sie nickte einem der Jungs zu. Der Schmale stieg vom dicken Hintern der doppelt besetzten Vyatka. Er lief auf die Holztafel zu, zog einen Stift hervor und begann das Plakat zu bemalen. Wladimir Iljitsch bekam einen Schnurrbart und ein Monokel.

Die Jungs pfiffen und klatschten dem Künstler Beifall.

„Die Ungewissheit ist der Wahrheit näher als das Vorurteil", zitierte ich Lenin und taxierte die Rowdys mit schmalen Augen.

„Ein Mann mit Gewehr kann Hunderte ohne Gewehr überwachen", konterte das Mädchen.

„Vertrauen ist gut, Kontrolle ist besser", entgegnete ich.

„Gemeinsames einheitliches Ziel ist die Säuberung der russischen Erde von allem Ungeziefer", antwortete sie.

Ich war von ihrer Kompetenz überrascht. Noch nie hatte mich jemand bei einem Lenin-Zitat-Duell in Bedrängnis bringen können.

„Demokratie ist die Vorstufe des Sozialismus", sagte ich mit fester Stimme.

„Massenerschießungen sind ein legitimes Mittel der Revolution", entgegnete mir das Mädchen trocken.

Das Zitat traf mich ins Herz. Hatte Lenin so was Zynisches gesagt? Keine Ahnung. Vor allem aber hatte ich ihr nichts mehr zu entgegnen. Ich fühlte mich innerlich leer.

Das Mädchen stieg ab, machte einen Schritt auf mich zu und reichte mir die Hand: „Ich heiße Lina."

„Das dachte ich mir."

„Also, willst du nun oder drückst du dich?", fragte mich der Schmale und hielt mir den Stift hin. Ich zögerte. Doch irgendetwas in mir trieb mich zur Rebellion.

„Was soll's. Solange Opa Isaak mich nicht sieht", murmelte ich und stellte den Korb ab. Ich nahm den Stift und malte Lenin eine Augenklappe und einen Ohrring.

„Nun sieht er aus wie ein Punk", merkte ich an.

Lina lachte. Die Jungs pfiffen. Ich hatte ihren Humor getroffen.

„Ich wusste, dass du in Ordnung bist", sagte Lina und bot mir an: „Komm doch morgen zur Strandpromenade. Wir spielen da, so gegen 11 Uhr."

„Wer ist wir?", fragte ich.

„Na, meine Band und ich", antwortete Lina.

„Ihr seid *Die Kakerlaken*?"

Lina nickte.

Sie zeigte mit der Hand in die Runde: „Das sind meine Jungs. Möhre am Bass, Speiche an der E-Gitarre und Stulle am Schlagzeug. Ich schreibe und singe."

Die vorgestellten Jungs nickten der Reihe nach.

„Stark", erwiderte ich und versprach: „Ich komme auf jeden Fall."

„Gut, dann sehen wir uns. Und bring deine Klarinette mit. Dann können wir im Anschluss noch zusammen jammen", schlug Lina vor.

„Wo genau an der Strandpromenade?", fragte ich verdattert.

„Ich dachte, du hast ein absolutes Gehör", entgegnete Lina und fügte an: „Also, wir sehen uns morgen, Anton."

„Ach so, Moment bitte! Wann genau spielt ihr noch mal? Um 11 Uhr am Morgen? Oder um 11 Uhr in der Nacht?", fragte ich.

Lina lachte. Ihr Lachen klang hell, alles überstrahlend. Sie startete ihre Vyatka. Die Jungs taten es ihr gleich. Die Motoren heulten auf. Die Räder drehten durch. Die Motoroller rutschten über die sandige Piste. Lina und *Die Kakerlaken* verschwanden johlend in einer Staubwolke.

• *Mina Bomba Lwowna* •

Ich betrat das Grundstück. Noch immer war ich benebelt. Mein Herz pochte freudig. Der Kopf versuchte das Erlebte einzuordnen. Lina hatte mich zum Musizieren eingeladen, das fühlte sich großartig an. Sie sah in mir den Musiker, den Künstler auf Augenhöhe, nicht den kleinen Jungen.

„I want to be your dog“, trällerte ich vergnügt und bog mit meinem vollgepackten Handwagen den Weg zur Veranda ein.

Auf dem Herd brodelten die Töpfe. Oma Mina und Tante Nelli kochten Beeren ein. Der Verandatisch diente ihnen als Arbeitsplatte. Überall standen ausgespülte Gläser. Daneben lagen abgekochte Gummis. Es dampfte und zischte wie in einem Labor. Geschickt parkte ich den Wagen hinter dem Korbsessel ein und sah in die Runde.

„Das Mädchen mit der Lederjacke hat mich eingeladen. Sie tritt mit ihrer Band auf. Morgen auf der Strandpromenade. Und ich soll meine Klarinette mitbringen.“

„Was für ein Mädchen?“, fragte meine Oma.

„Das blonde Mädchen mit der Lederjacke“, antwortete ich.

Oma Mina befüllte mit Hilfe einer Kelle das nächste Glas mit Beeren. Nelli tröpfelte Spiritus in den Deckel. Sie zündete die Pfütze an und stülpte den Deckel auf das Glas. Das Feuer entzog den verbliebenen Sauerstoff. Das entstandene Vakuum saugte den Deckel an, wie ein Krake seine Beute.

„Wer ist denn das blonde Mädchen?“, fragte meine Oma.

„Sie schreibt und singt. So wie ich, nur anderes. Es ist keine Klassik, aber auch Musik. Die Musik nennt sich Punk“, sprudelte es aus mir heraus.

„Er meint offenbar Lina. Sie spielt in einer Band“, bemerkte Mark und ergänzte: „Letztes Jahr haben sie und ihre Jungs im Kulturhaus gespielt.“

Mark Solomonowitsch saß im Korbsessel des Generals und las Zeitung.

„Ein Mädchen mit einer Band, gratuliere dir“, freute sich Nelli und wischte sich den Schweiß mit dem Ärmel aus dem Gesicht.

„Lina, das Mädchen mit der Motoroller-Gang?“, fragte Oma, „diese Rowdys veranstalten Rennen auf der Promenade.“

„Von einer Motoroller-Gang weiß ich nichts“, flunkerte ich und sagte: „In Bukowo gibt es viele motorisierte Jugendliche.“

Oma Mina atmete aus. Sie hasste Motoroller. Ich hatte ihr schon versprechen müssen, niemals auf so einem Ding zu fahren. Woher ihre Ablehnung rührte, wusste ich nicht. Vielleicht hatte sie schon zu viele schlimme Unfälle in ihrem Leben gesehen.

„Wann genau spielt Lina denn?“, wollte Oma wissen.

„So gegen sieben, also am frühen Abend.“

„Das ist viel zu spät. Das wirst du leider absagen müssen“, entschied Oma Mina.

„Und was, wenn Timur mich begleitet?“, fragte ich.

„Ihr zwei Helden am Strand? Das hat schon mal wunderbar funktioniert. Nein, das wird nix“, entgegnete meine Oma.

„Aber ich soll mit ihr zusammenspielen. Das ist die Chance, mich musikalisch weiterzuentwickeln“, bettelte ich.

„Tut mir leid, Antoscha. Aber es ist zu spät.“

„Ich habe alles im Laden bekommen. Sogar deutlich mehr. Ohne extra zu bezahlen. Die Frauen aus der Kolchose haben zusammengelegt. Und ich bin nicht zu Timur, sondern direkt zu uns, weil ich deine Anordnung nicht unterlaufen wollte. Aber morgen werde ich auf die Promenade gehen.“

Oma Mina sah zum Handwagen. Nun erst fiel ihr auf, wie viel ich angeschleppt hatte.

„Ich komme mit und passe auf dich auf“, sprang Nelli mir bei.

Oma Mina rümpfte die Nase, sagte aber nichts mehr. Meine Tante hatte mich gerettet. Ich legte meine Arme um ihren Hals, drückte sie und gab ihr einen Kuss.

„Ich gehe auch nicht noch mal auf den Steg“, versprach ich.

„Ein Mädchen mit einer Motoroller-Gang. Was kommt als Nächstes, eine Ausfahrt auf die Autobahn?", schimpfte Oma.

„Sie sind Lkw durch feindliche Linie gefahren und haben Straßenzüge vermint. Warum stören Sie sich an einem Mädchen mit einem Motoroller?", Mark lunzte über den Rand der Zeitung.

„Das war im Krieg. Das war eine andere Zeit. Wir mussten die Ukraine verteidigen. Da gab es keinen Raum für eigene Entscheidungen", erwiderte Oma Mina.

„Aber hast du dich nicht freiwillig beim Zivilschutz gemeldet?", fragte Nelli.

„Wir haben uns alle freiwillig gemeldet. Und wisst ihr, wie Mina in ihrer Kompanie gerufen wurde? Sie hatte den Spitznamen Bomba. Weil sie sehr schnell sehr viele Minen verlegen konnte", schmunzelte Mark.

„Mina Bomba Lwowna, klingt großartig", bemerkte ich.

„War das im August 1941, als die Wehrmacht vor Kiew stand?", fragte Nelli.

Oma Mina starrte geradeaus, als könnte sie alles wieder sehen.

„Wir haben Panzersperren errichtet und Straßen vermint, südwestlich von Kiew. Trotz Beschusses arbeiten wir 36 Stunden am Stück. Wir mussten fertig werden, bevor die Wehrmacht mit ihren Panzern anrollte. Unsere Linien hielten ihrem Ansturm stand. Lange Zeit sah es gut aus für Kiew und seine Bewohner", erinnerte sie sich.

„Doch die Deutschen griffen nicht nur vom Südwesten an. Sie kamen auch aus dem Osten. Ihre Panzer hatten, von Norden und Süden kommend, auf der Ostseite des Dnjepr eine zweite Frontlinie gegen uns eröffnet", verriet Mark.

„Also wurde Kiew eingekesselt?", fragte ich.

„Die ganze 37. Armee und weitere Verbände, die zu Kiews Verteidigung abgestellt waren, wurden eingekesselt. Vergeblich hatte die Armeeführung zuvor gefordert, Kiew zu räumen. Alle Anfragen ließ Stalin an sich abprallen“, erklärte Oma.

„Erst am 17. September kam die Erlaubnis zum Abzug. Da war der tödliche, deutsche Panzerring in unserem Rücken schon geschlossen“, erinnerte sich Mark.

„Stimmt es, dass es in Kiew eine Massenpanik gab?“, fragte Nelli.

„Das Radio hatte uns wochenlang vorgegaukelt, dass wir von Sieg zu Sieg eilen. Die Menschen wurden von ihrer Führung schwer getäuscht“, erwiderte Mina.

„Aber zu welchem Zweck?“, fragte ich.

„Um vom eigenen Versagen abzulenken. Richard Sorge hatte Hitlers Pläne ausgekundschaftet. Sorge hatte Stalin den Tag des Angriffs auf die Sowjetunion telegrafiert. Stalin aber hatte Sorge nicht geglaubt“, wusste Mark.

„Deswegen waren die Soldaten gar nicht auf den Krieg vorbereitet. Sie wurden in wenigen Wochen überrannt. Hunderttausende ließen ihr Leben“, klagte Oma.

„Das wurde im Radio natürlich ganz anders dargestellt“, brummte Mark.

„Irgendwann hörten wir die Front vor Kiew. Sie war nur noch 30 Kilometer weit weg. Da krachte das Lügengerüst zusammen. Und, ja, es gab Anwohner, die reagierten panisch, andere apathisch, wieder andere euphorisch“, erzählte Oma Mina.

„Als die Wehrmacht am 19. September in Kiew einmarschierte, ging Mina mit einer Gruppe junger Juden in den Untergrund. Ich war einer von ihnen“, verriet Mark.

Er sah voller Dankbarkeit zu Mina und griff nach ihrer Hand.

„Hätten wir uns nicht in den Wäldern versteckt, hätte uns die SS massakriert. So wie all die Menschen, die in der Stadt geblieben waren", flüsterte Oma.

Marks Stimme zitterte: „33771 Kiewer Juden starben damals in Babyn Jar. Frauen, Männer und Kinder wurden wie Vieh mit einem Schuss in den Kopf getötet. Am Ende sprengte die Wehrmacht die Ränder der Schlucht, um die Spuren ihrer Metzelei zu verwischen."

Der Herd ächzte laut auf wie eine alte Frau. Der Kühlschrank hörte auf zu knattern. Von jetzt auf gleich, Stille. Wir sahen uns an und gedachten stumm der Toten.

„Und wo war Stalin? Blieb er die ganze Zeit im Kreml?", fragte Nelli.

„Ja, Stalin blieb im Kreml. Er hatte sich eine Metrolinie bauen lassen. Diese geheime Linie führte vom Kreml bis auf die Ostseite der Moskwa. Er hätte zu jeder Zeit des Krieges in den Ural flüchten können", antwortete Oma Mina.

Sie befüllte das Glas mit Beeren. Nelli zündete den Spiritus an. Die Flamme schoss bis unter die Decke. Nelli schaffte es geradeso, den Deckel auf das Glas zu stülpen.

„Eine geheime Metrolinie, der Wahnsinn", fand ich.

„So eine Option hatte die Bevölkerung nicht", merkte Nelli an.

„Am 17. Oktober hielt Mina Lwowna auf der Lichtung im Moor ihre legendäre Rede. Sie schwor ihre Gruppe auf den Kampf im Untergrund ein. Jeder wusste, woran er war. Jeder hatte Tote in seiner Familie zu beklagen", führte Mark aus.

„Wie alt warst du da", fragte ich.

„Ich war 13 Jahre alt und der Jüngste in der Gruppe. Deine Oma führte uns an. Ohne sie wäre ich nicht mehr am Leben", antwortete er.

„Und wie viele deutsche Soldaten habt ihr gefangen?", fragte ich.

„Erst mal haben wir versucht, in der Wildnis zu überleben. Es war Winter, der kälteste, den ich jemals erlebt habe", antwortete Oma.

„Wir bauten Unterstände aus Holz und Zweigen im Moor. Andere versteckten sich in der Ruine der Psychiatrie auf der Insel", verriet Mark.

„Die Bauern legten uns was zu essen raus. Hinter die Scheune oder den Stall", erzählte Mina.

„Einmal brachtest du eine geräucherte Wurst von deiner Runde mit. Der ganze Unterstand roch danach. Ich war hungriger als ein Wolf. Du hast sie mit allen geteilt. Jeder bekam ein Stückchen. So eine leckere Wurst …", schwelgte Mark.

„Du hast dir tagelang die Finger abgeleckt", kicherte Mina, „Er hatte immer Hunger. Manchmal schaute er den Rehen beim Äsen zu und aß heimlich Gras. Davon bekam er Durchfall und musste nachts ständig raus."

„Ihr habt euch alle aufgeregt, weil ihr nicht schlafen konntet. Und ihr habt mir die Leviten gelesen", bestätigte Mark.

„Wir mussten für dich immer eine Extraportion Essen beschaffen. Deshalb ging ich oft allein nachts ins Dorf und schaute", lachte Mina.

„Ja, ich hatte wirklich immer Hunger", gluckste Mark.

„Wer Partisanen unterstützte und von den Deutschen erwischt wurde, bekam Ärger oder, schlimmer noch, kam ins KZ. Und mit Würsten durch den Wald zu gehen, war nicht sehr intelligent", erzählte Oma weiter.

„Wieso nicht?", fragte ich.

„Es kam vor, dass die Deutschen mit Schäferhunden patrouillierten. Wenn diese Viecher eine Wurst witterten, brannte die Luft", antwortete sie.

„Darum hatte Mina ihr eigenes Tunnel- und Wegesystem entwickelt, es verlief jenseits der bekannten Straßen und Kreuzungen. So gingen wir dem gröbsten Ärger aus dem Weg und hatten sichere Transportwege", verriet Mark.

„Meine Oma ist so klug", bemerkte ich voller Bewunderung.

„Anfangs versuchten wir, den Deutschen aus dem Weg zu gehen. Später, als wir besser ausgerüstet waren, haben wir sie im Hinterland bekämpft", schilderte Oma Mina.

„Was genau habt ihr angestellt?", fragte ich.

„Wir verübten Anschläge auf ihre Depots und die Versorgungslinien der Wehrmacht. Nahrungsmittel, Winterkleidung, Treibstoff und Munition, all das durfte nicht an der Front ankommen", antwortete Mark stolz.

„Und wie lange musstet ihr als Partisanen im Untergrund bleiben?", fragte Nelli.

„778 Tage war Kiew unter deutscher Besatzung", antwortete Oma Mina, „zum Glück übertrug die Armeeführung die Rückeroberung der Stadt dem General. Kirill Semjonowitsch machte vieles besser."

„Er zog seine Kräfte am Ufer zusammen. Kleine Einheiten überquerten im Schutz des Morgennebels den Dnjepr", erinnerte sich Mark, „sie sicherten das Übersetzen der großen. Dann durchbrachen die Truppen des Generals die Frontlinie."

„Die Wehrmacht biss wie eine Natter zurück. Sie verspritzte Tag und Nacht ihr Gift. Mit Maschinengewehren, mit Kanonen, mit allem, was sie hatte", flüsterte Oma Mina.

„Auch wir erlitten schwere Verluste", brummte Mark.

„Krieg ist die größte Geißel der Menschheit. Er wird stets von Männern geführt. Und immer bezahlen wir Frauen. Mädchen verlieren Freundinnen, Ehefrauen ihre Männer, Großmütter ihre Enkel, Mütter ihre Töchter und Söhne. Halbwüchsige werden für wahnwitzige Ideen verheizt. Für mehr Ruhm, mehr Raum, mehr Land. Am Ende gewinnt nur Gevatter Tod. Glaubt mir, es gibt nichts Schlimmeres als einer Mutter zusagen, dass ihr Kind nie mehr nach Hause kommt", klagte Mina.

Sie legte die Kelle weg und schluchzte. Mark nahm Mina in die Arme und tröstete sie. Dabei lugte er über Minas Schultern in den Beerentopf.

„Haben wir keine Gläser mehr?", fragte Mark besorgt.

Oma Mina zog ihr kariertes Taschentuch aus der Hosentasche und wischte sich die Tränen aus den Augen.

„Keine Sorge, Mark. Aus dem Rest machen wir Kompott", entgegnete Nelli.

„Brombeerkompott, oh ja", freute sich Mark.

Mina nickte, nahm ihre Schürze ab und machte Nelli Platz. Ich angelte mir die Kelle und begann, sie genüsslich abzulecken.

„Wenn ich beim Abwaschen helfen kann, sagt Bescheid", bot Mark an.

„Ohne Ihre Hilfe bin ich schneller fertig", antwortete Nelli.

„Mina Bomba Lwowna, du hast als Partisanin gegen die Nazis gekämpft. Du bist eine Heldin. Ich bin stolz auf dich, Oma", stellte ich klar.

„Ach, Antoscha, geh ruhig zur Promenade. Musiziere mit Lina, macht Musik. Amüsiert euch, solange ihr jung seid. Genießt das Leben", Oma schnaubte laut in ihr Taschentuch.

• Strandpromenade •

Nelli und ich warteten am oberen Weg auf Timur. Ich trug ein rosa Hemd, schwarze Handschuhe und ein Jackett. Nelli hatte mir die Haare toupiert.

„Glaubst du, ich schaffe es, mit Lina zu improvisieren?", fragte ich.

„Das ist nicht so schwer. Folg einfach deinem Gefühl", empfahl mir Nelli.

„Ich bin ein klassischer Musiker. Ich spiele nach Noten oder Gehör, nicht nach Gefühl", erwiderte ich und zupfte am Etui meiner Klarinette.

„Genieß deinen Auftritt mit Lina, dann wird alles gut."

„Gefühle, Genuss? Was kommt noch alles? Soll ich eins werden mit dem Universum? Du bist mir heute keine große Hilfe", maulte ich.

„Soll ich deine Klarinette zum Strand tragen?", fragte Nelli.

„Du kannst sie zurücktragen."

Timur kam mit dem Fahrrad angerollt. Er hatte zwei Flügelschrauben organisiert. Sie waren an der Hinterradachse befestigt. So konnte ich über dem Hinterrad stehen, wenn ich mich an ihm festhielt.

„Kommst du mit den Armen an meine Schultern?", fragte Timur.

„Nimm du sie, bitte", bat ich Nelli und deutete auf meine Klarinette.

Ich stieg auf die Flügelschrauben und hielt mich an meinem Freund fest.

„Wir treffen uns vor der Bühne", sagte Timur und fuhr los.

„Ich finde euch schon. Sucht euch einen guten Platz aus. Und wartet nicht auf mich. Ich laufe mein Tempo, das dauert", rief Nelli uns nach.

Auch Timur hatte sich rausgeputzt. Er sah noch legerer aus als sonst. Er hatte sich die Haare, links und rechts, weit über den Ohren abrasiert. Und die Jeans mit einer Rasierklinge malträtiert.

„Woher hast du die schwarzen Handschuhe?", fragte Timur.

„Hat mir Nelli aus der Garderobe des Generals besorgt. Erst zu heiß gewaschen, dann die Spitzen mit der Schere abgeschnitten", verriet ich.

„Du siehst aus wie eine Kreation aus Bowie und Michael Jackson."

„Sind das gute Musiker?"

„Das sind Legenden", erwiderte Timur kichernd.

„Und du siehst aus wie Sid Vicious."

Wir rollten durch die Siedlung. Timur kannte fast jeden. Und fast jeder kannte Timur. Da er seine Hände am Lenkrad hielt, musste ich in seinem Namen das Volk grüßen. Das tat ich, indem ich die Hand leicht hin und her bewegte. Fast genauso überzeugend wie die alten Männer auf der jährlichen Maiparade.

„Du hast das Potenzial zum Staatsmann", witzelte Timur.

„Nicht alle Revolutionäre werden Staatsmänner. Che Guevara hat den Alltag gehasst. Er wollte lieber im Kampf sterben. Für einen Revolutionär der ideale Abgang. So wird man zur unsterblichen Ikone", merkte ich an.

„Ist bei Musikern nicht anders. Die Besten sterben jung. Janis Joplin, Jimi Hendrix, Jim Morrison sind alle nur 27 Jahre alt geworden."

„Das klingt tragisch."

„Finde ich auch“, stimmte Timur zu und fragte: „Und woher weißt du, dass Che dem Alltag entfliehen wollte? Oder denkst du dir das alles aus?“

„Ich lese Bücher und Magazine. Fachliteratur bildet, mein Freund. Außerdem gibt es Sendungen im Fernsehen über Geschichte.“

„Ich höre Platten und Kassetten, mein Freund. Ich habe ein musikalisches Wissen“, entgegnete Timur grinsend.

„Deswegen sind wir eine Bereicherung füreinander.“

„Wobei, Magazine lese ich auch. Allerdings sind in den Heften meines Onkels kaum Texte zu finden.“

„Was ist das für eine Lektüre?“, fragte ich.

„Hauptsächlich Fotos. Also eigentlich Aktfotos.“

„Sie sind ein Barbar, mein Freund.“

„Nein, ich bin ein Punk in der Pubertät“, erwiderte Timur und fügte an: „Apropos Punk, wieso bist du gestern nicht vorbeigekommen?“

„Die Verkäuferin hat mich beobachtet. Wäre ich vom Weg abgewichen, hätte Swetlana es meiner Oma erzählt. Der Ausflug an die Promenade wäre ins Wasser gefallen.“

„Deine Oma ist gut vernetzt. Einige Frauen arbeiten ihr zu. Aber stark, dass dir aufgefallen ist, dass du beobachtet wurdest“, lobte mich Timur.

Der Waldweg verjüngte sich. Geschickt umsteuerte Timur die Wurzeln. Zwischen den Kieferstämmen zeichnete sich der blaue Himmel ab. Das Flussufer tat sich vor uns auf. Wir tauchten in ein Gewirr aus Stimmen, Musik und Gerüchen. Hier wurde gegrillt, getrunken und gesungen. Die Jugend löschte ihren Durst mit Bier. Die Intelligenzija nippte am Wein. Das Proletariat vernichtete Selbstgebrannten.

„Kannst du Lina sehen?", fragte Timur.

„Nein, im Moment nicht. Aber da vorne ist so etwas wie eine Bühne. Lass uns doch dort nach Lina und der Band schauen?", schlug ich vor.

Die Strandpromenade war ein zwei Kilometer langer, mit Schotter überschütteter Uferweg parallel zum Dnjepr. In seiner Mitte stand das Kulturhaus, ein rekonstruierter Holzbau aus der Zarenzeit. Hinter dem Kulturhaus gab es eine Wiese und mit einer Bühne. Rechts und links der Bühne waren Lautsprecher aufgebaut, die bedrohlich vor sich hin knackten.

„Ich sehe sie", sagte ich.

„Wo genau?", fragte Timur.

„Links, vor der Box! Der Typ mit der Schapka, der so aufgeregt herumturnt. Das ist Speiche, der spielt E-Gitarre."

„Ja, den sehe ich."

Wir umkurvten die Menschen. Einige hatten ihre Instrumente dabei. Je näher wir der Bühne kamen, desto enger wurde es. Ich sprang vom Rad herunter. Die letzten Meter liefen wir nebeneinander.

„Wenn du mit Lina quatscht, sprich sie nicht auf ihren Vater an", warnte Timur.

„Wieso nicht?", fragte ich.

„Erzähle ich dir ein andermal."

Wir traten an Lina und ihre Jungs heran. Alle trugen schwarze Jeans und weite Shirts.

„Wie soll ich denn spielen, ohne Strom?", ereiferte sich Speiche.

„Ich kann die Situation gerade nicht ändern", antwortete Lina und bat: „Also hör auf, dich bei mir zu beschweren."

„Hallo, Lina", grüßte ich freudig.

„Was geht?", fragte Timur.

Lina drehte sich zu uns um. Sie zuckte mit den Schultern. „Bisher nicht viel. Die Organisation ist schlampig. Obwohl das der Vorausscheid für die Hauptrunde des Bandwettbewerbs ist, gibt es nicht genug Verteiler."

„Die wollen uns sabotieren", regte sich Stulle auf.

„Oder sie sind genau solche Dilettanten wie wir", warf Möhre ein.

„So oder so, wir müssen uns damit arrangieren", entgegnete Lina.

„Ich spiele E-Gitarre, nicht Luftgitarre", schimpfte Speiche weiter.

„Seid ihr *Die Hornissen?*", fragte ein Mann mit Hornbrille.

Er trug ein gelbes Jackett. Auf seiner Liste strich er die Bands ab, die sich für den Wettbewerb gemeldet hatten.

„Nein, wir sind *Die Kakerlaken*", antwortete Lina.

„Die Kakerlake? So wie das Insekt?", fragte der Mann und sah auf seine Liste.

„Nicht Singular, Plural", korrigierte Möhre.

„Ach, und wisst ihr, ob *Die Hornissen* antreten?", fragte der Mann mit der Hornbrille.

„Ich habe gehört, *Die Hornissen* haben sich verflogen", witzelte Stulle.

„Gut, dann mache ich ein Fragezeichen hinter ihren Namen", erwiderte der Mann, bedankte sich für die Kooperation und lief weiter.

„Wenn ich keinen Strom bekomme, gehe ich", drohte Speiche.

„Zum letzten Mal, ich habe diese Entscheidung nicht zu verantworten. Wenn du gehen willst, Speiche, bitte. Aber hör auf zu quengeln", forderte Lina.

„Ich kann so nicht arbeiten", schrie Speiche und warf seine

Schapka auf den Boden. Er nahm seine Gitarre und stapfte davon.

„Was ein Schwachmat", sagte Stulle.

„Besser so, das hätte sonst kein Ende genommen", bemerkte Lina.

„Kommt er wieder?", fragte ich.

„Meistens geht er 'ne Runde über die Promenade und kommt wieder", antwortete Lina.

„Ist seine Art, mit der Aufregung fertig zu werden", erklärte Möhre.

„Wieso haben sich *Die Hornissen* verflogen?", fragte Timur.

„Das war ein Spaß. Letzten Sommer haben sie den Vorentscheid gewonnen. Könnte sein, dass sie sich wieder vorn festsetzen", verriet Stulle.

„Also sind *Die Hornissen* euer direkter Konkurrent?", fragte ich.

„Nur die ersten Drei qualifizieren sich zum landesweiten Bandwettbewerb. Daher sind für uns alle Konkurrenten", antwortete Lina.

„Dann solltet ihr euer Bestes geben", empfahl ich.

„Oh, ein Schnellmerker", entgegnete Möhre.

Auf der Bühne tat sich was. Der Mann mit der Hornbrille trat ans Mikrofon.

„Es kursiert das Gerücht, uns fehle Technik. Das stimmt nicht. Wir haben alles da, Verstärker, Kabel und Verteiler. Ihr könnt eure Wünsche bei mir hinterlegen."

Das Publikum interessierte sich nicht für technische Details, es reagierte mit Pfiffen.

„Nun zum Prozedere: Jede Band hat elf Minuten Spielzeit. Die Jury vergibt Punkte für Virtuosität und Kreativität. Es sind nur Eigenkompositionen zugelassen. Die ersten drei Gewinner werden zum landesweiten Bandwettbewerb delegiert. Alle anderen bekommen eine Urkunde", erklärte der Mann mit der Hornbrille.

Hinter dem Mann betrat ein Flötisten-Trio in Kosaken-Kostümen die Bühne. Die drei flöteten ein Stück, dass einem die Kerzen wegschmolzen. Noch bevor ihr Vortrag beendet war, pfiff das Publikum sie gnadenlos aus.

„Die Leute haben keinen Bock auf Volksweisen", kicherte Timur.

„Wir müssen heute abliefern", stimmte Lina ihre Jungs ein.

„Und was, wenn unser Gitarrist nicht wiederkommt?", fragte Stulle.

„Das wäre ungünstig", antwortete Möhre.

Sie sahen einander an. Lina biss sich auf die Lippen. Ihr Gesichtsausdruck verströmte keine Zuversicht mehr. All ihre Fröhlichkeit war wie weggewischt.

„Sollen wir Speiche suchen gehen?", fragte ich.

„Würdet ihr das für uns tun?", fragte Lina.

„Wir tun alles für dich", erwiderte Timur.

„Gut, bringt mir Speiche zurück", bat Lina und sah mich aufmerksamer an: „Wieso trägst du Handschuhe im Sommer? Und wo ist deine Klarinette?"

„Die trägt er, damit seine Fingergelenke nicht auskühlen", antwortete Timur.

„Und die Klarinette ist unterwegs. Aber Tantchen läuft ihr eignes Tempo", verriet ich.

„Na, hoffentlich findet sie dich in diesem Tumult", sorgte sich Lina.

„Wo könnte Speiche denn sein?", fragte ich.

„Ich würde am Getränkestand nachsehen", antwortete Lina.

„Schaut auch auf den Toiletten", empfahl Stulle.

„Er raucht da manchmal heimlich", wusste Möhre.
„Wir bringen euch Speiche zurück", versprach ich.
„Na dann, Attacke", rief Timur.

• *Hinter den Kulissen* •

Die Wiese vor der Bühne war voller Menschen. Timur stampfte voran. Immer wieder mussten wir Mädchen und Jungs ausweichen, die größer waren. Blieben wir stehen, um nach Speiche zu spähen, versperrten sie uns die Sicht.

„So finden wir Speiche nie", sagte Timur.

„Wir müssten uns einen besseren Überblick verschaffen", warf ich ein.

Timur zeigte auf den Scheinwerfermast. Ich schüttelte den Kopf.

„Ich habe Höhenangst, schon vergessen."

„Das war ein Spaß, der Mast ist doch gar nicht begehbar. Aber die Galerie des Kulturhauses schon", entgegnete Timur.

„Und wie kommen wir dahin?", fragte ich.

Wir liefen um das Kulturhaus herum. Timur wurde langsamer. Vor dem Eingang stand ein Sicherheitsmann und kontrollierte alle, die ins Haus hineinwollten.

„Vergiss es", maulte ich und winkte ab.

„Mal sehen", überlegte Timur.

Auf der Promenade rollte ein klappriger Lastwagen heran. Er hatte Obstkisten geladen und parkte vor dem Eingang. Ein Mann mit Mütze stieg aus. Er öffnete die Ladefläche und sah sich suchend um.

„Den nehmen wir", sagte Timur und ging auf den Laster zu.

„Ihr seid die Praktikanten?“, fragte der Mann verblüfft.

„Sehen wir aus wie Fliegenfischer?“, fragte Timur zurück.

„Eher wie zwei Zirkus-Zwerge.“

„Nur gut, dass du eine Wahl hast“, konterte Timur und griff sich eine Obstkiste.

„Ist nicht eure Schuld. Aber es wird von zu Jahr zu Jahr schlimmer. Keine Ahnung, warum die Leiterin jetzt Kinder einstellt“, murrte der Mann.

„Was ist los? Brauchst du eine Extraeinladung?“, fuhr Timur mich an.

Ich rannte zum Lastwagen, nahm eine Kiste und eilte Timur und dem Mann hinterher.

„Die Jugend ist faul. Wenn du kein Geld zahlst, meldet sich keiner. Dabei bekommst du als Praktikant überall freien Eintritt“, behauptete Timur und wurde langsamer.

Der Sicherheitsmann musterte ihn skeptisch.

„Die gehören zu mir“, erklärte der Mann mit der Mütze.

„Wo ist dein Lieferschein, Kollege?“, fragte der Sicherheitsmann.

„Liegt im Handschuhfach. Aber lass uns ruhig weiter diskutieren. Die Leiterin liebt schlecht gewordene Aprikosen. Sie wird es dir danken, Kollege“, entgegnete der Mann.

„Schon gut, ihr könnt rein. Das Festivalbüro ist im ersten Stock, zweite Tür rechts“, knurrte der Sicherheitsmann und trat beiseite.

Wir durchquerten das Vestibül. Um uns herum schwirrten Mädchen in Ballett-Tutus. Gleich aufgeschreckten Schmetterlingen. Ein paar schauten Timur nach und tauschten sich über den gutaussehenden Jungen aus.

„Die stehen auf dich“, witzelte der Mann mit der Mütze.

Die Musiker anderer Bands saßen auf dem Boden, sie hatten es sich gemütlich gemacht. Einige übten mit ihrem Instrument.

Andere tranken Tee oder spielten Karten. Wir liefen das Treppenhaus hoch und bogen rechts ab. Die Tür des Festivalbüros stand offen.

„Wie kann man sich einen Tag vor Festivalbeginn mit dem Technikverleih überwerfen? Erklären Sie mir das. Aber so, dass ich es verstehe", schrie eine Frau mit Dutt, den vor ihr stehenden Mann mit der Hornbrille an.

„Ich habe gefragt, ob wir die Technik günstiger bekommen könnten. Und angemerkt, dass letztes Jahr vier Scheinwerfer nicht funktioniert, haben", stotterte der Mann.

„Und wie viele Scheinwerfer funktionieren jetzt nicht?", fragte die Frau zurück.

„Keine?", fragte der Mann und wischte sich den Schweiß von der Stirn.

„Richtig, weil gar keine da sind. Sie haben das Problem gelöst. So gründlich, dass das Festival ausgefallen wäre. Hätte mir mein Neffe nicht mit Technik ausgeholfen, wären wir erledigt. Und jetzt gehen Sie wieder runter zur Bühne und mir aus dem Licht, bevor ich mich vergesse", schimpfte die Frau mit Dutt.

Der Mann mit der Hornbrille nahm seine Mappe und ergriff die Flucht. Wir stellten die Kisten vor dem Büro ab. Timur zog mich zur Seite weg.

„Guten Tag, die Herrschaften. Da habt ihr mir zwei Zwerge als Helfer geschickt", scherzte der Mann mit der Mütze.

„Was für Zwerge? Haben Sie getrunken, junger Mann?", fragte die Frau zurück.

Der Mann mit der Mütze sah sich um. Nun erst bemerkte er, dass Timur und ich uns aus dem Staub gemacht hatten.

„Was für Banditen", sagte der Mann lachend.

Im Obergeschoss war weniger los, der Flur nahezu menschenleer. Wir hatten uns hinter einem Pfeiler versteckt und planten unser Vorgehen.

„Da vorn sind die Umkleideräume", flüsterte Timur.

„Fangen wir da an?", fragte ich.

„Ja", sagte Timur, „danach kontrollieren wir die Toiletten."

„Und wo sind die Toiletten?"

„Direkt hinter dir."

„Und was ist mit der Galerie?"

„Die nehmen wir zum Schluss", entschied Timur.

Ich nickte. Im selben Moment hörte ich ein Weinen.

„Hörst du das?", fragte ich und deutete hinter mich.

Wir betraten die Toiletten. Timur drückte die Kabinentür auf. Speiche saß auf dem Boden und hielt das Toilettenbecken fest. Er war blass, die Hände zitterten.

„Mir ist so schlecht", flüsterte Speiche.

„Was hast du getrunken?", fragte Timur.

„Limonade", log Speiche.

„Was hast du getrunken?", fragte Timur.

„Limonade, mit Wodka", gestand Speiche.

„Du musst dir den Finger in den Hals halten. Wenn du nicht kotzt, wird es nur noch schlimmer", erklärte Timur.

„Woher willst du das so genau wissen?", fragte Speiche.

„Mein Vater ist Alkoholiker. Im Suff hat er immer meine Mutter verdroschen", antwortete Timur und fügte an: „Mit Alkis kenne ich mich aus."

„Aber ich bin kein Alki", flennte Speiche.

„Nein, bist du nicht. Du hast nur Angst, auf der Bühne zu versagen", sagte ich.

„Stimmt", schniefte Speiche.

„Und ich habe manchmal Angst, kein richtiger Junge zu sein", gestand ich.

„Krass, dass du das so aussprichst", fand Speiche.

„Und jetzt kotz alles raus!", herrschte Timur den Alki an.

Speiche hielt sich den Finger in den Rachen. Schon schoss es aus ihm heraus.

„Ich kann nicht mehr, meinen Magen zerreißt es", wimmerte Speiche.

„Noch mal!", befahl Timur.

Die Prozedur wiederholte sich. Ich nahm ein Handtuch, benetzte es mit kaltem Wasser und hielt es Speiche hin. Er wischte sich den Mund ab.

„Gut gemacht", lobte Timur und sagte: „Jetzt stehen wir auf und gehen raus an die frische Luft. Und wir bleiben zusammen, egal, was passiert."

Wir liefen über den Flur. Speiche stütze sich auf unsere Schultern. Ein Jugendlicher mit langen Haaren kam uns lächelnd entgegen. Die Melodie, die er pfiff, kannte ich. Speiche atmete schwer. Timur und ich schleppten ihn weiter die Treppe nach unten. Wir passierten das Vestibül und steuerten auf den Ausgang zu. Der Sicherheitsmann hatte eine Schüssel mit Grillgut vor sich stehen. Stoisch vernichtete er Schaschlik.

„Euer Kollege hat nach euch gesucht", merkte er mit vollem Mund an.

„Danke, wir haben ihn schon gefunden", antwortete Timur.

Wir traten aus dem Haus und setzten Speiche auf einer Holzbank ab. Die frische Luft tat dem Rockstar gut. Sein blasses Gesicht bekam wieder Farbe.

„Ihr habt mich gerettet. Das vergesse ich euch nicht."

„Wieso hast du getrunken?", fragte Timur.

„Ich hatte Angst, mich auf der Bühne zum Affen zu machen“, sagte Speiche kleinlaut.

„Aber du spielst Punk, wie willst du dich blamieren?“, fragte ich.

Speiche schaute mich verständnislos an: „Was meinst du?“

„Je schräger die Musik, desto mehr werden die Leute ausflippen“, erklärte ich.

„So habe ich das noch gar nicht betrachtet“, bemerkte Speiche.

„Ich habe Punksongs analysiert. Da ist wenig, was einen herausfordert. Im Gegenteil, Dilettantismus kann der Schlüssel zum Erfolg sein. Wenn du mutig bist und deine Musik von Herzen kommt“, behauptete ich.

„Du bist echt überzeugend, Anton“, befand Speiche.

„Er spielt Klarinette wie ein Profi und schreibt Stücke“, antwortete Timur.

„Ja, das kann ich bestätigen“, schnaufte Nelli.

Sie war von uns unbemerkt an die Bank herangetreten, reichte mir meine Klarinette und ergänzte: „Nimm seinen Ratschlag an. Wenn es um Musik geht, ist uns Anton meilenweit voraus.“

• *Die Kakerlaken* •

Die Sonne versank langsam im Dnjepr. Der Himmel glich einem kitschigen Aquarell. Lina und ihre Jungs standen auf der Bühne. Lina legte die Hand um das Mikrofon.

„Hallo Bukowo, wir sind *Die Kakerlaken*. Möhre am Bass, Speiche an der E-Gitarre und Stulle am Schlagzeug. Ich bin Lina, ich singe“, hauchte sie.

„Wir hören aber noch gar nichts“, krächzte ein Junge.

„Sing uns ein Liedchen, mein Täubchen“, scherzte das Männchen neben ihm.

Lina ignorierte die Zwischenrufer. Sie nickte ihrem Schlagzeuger zu. Stulle zählte ein. Bass und Schlagzeug legten los. Zur Überraschung aller erklang ein Schlaflied.

„Baju, bajuschski baju, ne laschischja na kraju“, säuselte Lina zärtlich ins Mikrofon. Ihre warme Stimme umschmeichelte jedes ihrer Worte.

„Willst du mich ins Bettchen bringen?“, rief der Junge.

Das Männchen glaubte, auch noch was beitragen zu müssen: „Nimm mich mit!“

„Ruhe, sonst bringe ich euch ins Krankenhaus“, zischte Nelli die Jungs an.

Die Störenfriede in der Reihe vor uns verstummten. Nelli lehnte sich relaxt auf ihrem Plastikstuhl zurück. Auch Timur lauschte Lina. Er verfolgte jede ihrer Bewegungen. Sein Mund stand leicht offen. Er war von Lina verzaubert. Ich jedoch verstand nicht, warum Lina ein Schlaflied vortrug. Unerwartet änderte der Song seine Tonalität. Linas Stimme überschlug sich mehrfach, jetzt klang sie wütend. Speiche ließ die E-Gitarre aufheulen. Der Rhythmus der Musik wurde aggressiver. Das Schlaflied verwandelte sich in einen veritablen Punk-Song.

„Wahnsinn“, flüsterte Timur und wippte mit den Beinen mit.

„Ihre Stimme ist wie eine Welle, die alles mitreißt“, erwiderte ich.

Auch das Publikum war begeistert. Ein paar Jugendliche vor der Bühne schmissen ihre Stühle um und begannen zu tanzen. Sie rasteten komplett aus. Selbst die Erwachsenen hielt es nicht auf den Bänken. Als Lina ihren Vortrag mit den Worten: „Gute Nacht, Bukowo, schlaft gut!“ beendete, tobte die Menge.

„Bravo, bravo, bravo“, rief Tante Nelli begeistert.

Timur und ich sprangen auf, pfiffen und klatschen uns die Finger wund.

„Ich liebe dich, Lina“, rief Timur.

„Du bist die Größte“, schrie ich.

Wir sahen uns gleichzeitig an.

„Du hast du, statt Sie gesagt“, stellte Timur fest.

„Stimmt.“

„Nicht, dass du noch ein richtiger Junge wirst“, kicherte er.

„Du Arschloch.“

„Sie kommt zu uns“, freute sich Timur.

Lina stieg erschöpft die Treppe runter. Sie ließ sich von Möhre ein Handtuch reichen und wischte sich die Hände ab. Dann nahm sie den Kopf hoch. Timur und ich winkten ihr zu. Zeitgleich bemerkten wir, dass Lina an uns vorbeisah. Wir folgten ihrem Blick. Zwei Reihen hinter uns stand ein Mann mit Strohhut.

„Kennst du den Typen?“, fragte ich.

„Ich sehe sein Gesicht nicht. Aber er kommt mir bekannt vor“, antwortete Timur.

Der Mann mit dem Strohhut machte Handzeichen. Er bedeutete Lina, dass er an der Strandpromenade auf sie warten würde und ging los.

„Was machen wir?“, fragte ich.

„Wir verfolgen den Mann.“

Wieder drängelten wir uns durch die Menge. *Die Hornissen* begannen mit ihrem musikalischen Vortrag. Ich drehte mich zur Bühne um. Der Jugendliche mit den langen Haaren hauchte ins Mikrofon. Er und seine Jungs sangen eine Ballade. Auch ihr Song kam gut bei den Leuten an.

„Warte bitte kurz“, bat ich und lauschte ihrer Melodie.

„Komm, wir müssen, sonst verlieren wir ihn", drängte Timur und zog mich weiter.

Wir liefen über die Strandpromenade. Timur schaute links, ich späte rechts. Es wimmelte von jugendlichen Musikliebhabern.

„Siehst du ihn?", fragte ich.

„Nein."

„Ist er uns entwischt?"

„Da vorne am Bootsverleih", raunte Timur.

Lina und der Mann mit dem Strohhut standen an der Anlegestelle. Lina gestikulierte wild mit den Armen. Es sah aus, als mache sie ihm Vorwürfe.

„Was glaubst du, worüber die reden?", fragte ich.

„Keine Ahnung."

Lina regte sich weiter über etwas auf. Der Mann versuchte sie zu besänftigen.

„Offensichtlich gefällt ihr etwas nicht", meinte ich.

Lina drehte sich um und ließ den Mann stehen. Der Mann mit dem Strohhut winkte ab. Auch er stapfte davon. Dabei stieß er mit einer Passantin zusammen. Sein Strohhut verrutschte. Nun sahen wir den Mann besser.

„Ist das nicht dein Retter?", fragte Timur.

„Du meinst den Bärtigen, der mich aus dem Fluss gefischt hat?"

„Aber ja doch."

„Du hast recht", stimmte ich zu und fragte: „Aber wieso trifft er Lina?"

„Weil die zwei, was am Laufen haben?"

„Was heißt das, sie haben was am Laufen?"

„Er will mit ihr rummachen. Aber sie möchte nicht."

„Aber Lina ist erst 15", erwiderte ich.

„Alt genug, um Spaß zu haben", konterte Timur.

„Das kann ich nicht glauben."

„Weil du von Mädchen keine Ahnung hast."

Jemand packte mich von hinten an den Schultern.

„Das ist das reinste Vergnügen mit euch Ausreißern. Ständig laufe ich euch hinterher. Und ihr verschwindet immer wieder, ohne mir Bescheid zu geben. Jungs, so geht das auf keinen Fall mehr weiter", schimpfte meine Tante.

„Mir war schlecht und ich brauchte frische Luft", flunkerte ich.

„Hast du dir den Magen verdorben?", fragte Nelli.

„Mir geht es schon wieder besser."

„Leider wird ihm jedes Mal schwindelig, wenn er wächst", witzelte Timur.

„Ihr macht euch über eine alte Frau lustig", beschwerte sich Nelli und fügte hinzu: „Die Jury tagt gerade. Gleich verkünden sie, wer den Wettbewerb gewonnen hat. Wenn wir bummeln, verpassen wir die Entscheidung."

„Lasst uns zur Bühne zurück", schlug ich vor.

Die Jury des Festivals betrat die Bühne. Sie bestand aus der Frau mit dem Dutt, dem Mann mit der Hornbrille, einem Kriegsveteranen mit Orden behangener Brust und einem Mädchen mit Pionierhalstuch.

„Die Jury hat ihre Entscheidung getroffen. Es gab Punkte für Virtuosität und Kreativität. Die drei Gewinner werden zum landesweiten Wettbewerb delegiert", erklärte der Mann mit der Hornbrille und übergab das Mikro an seine Kollegin.

„Wir haben uns schwergetan, alle Beiträge waren gut. Wir mussten entscheiden, wer besonders gut war. Also, aufgepasst! Platz drei geht an das *Katusha Duo* mit dem Lied *Freiheit für Mandela*. Schöner Titel, toller Auftritt", lobte die Frau mit dem Dutt.

„Kommt bitte hoch auf die Bühne", bat der Mann mit der Hornbrille.

Zwei Mädchen mit geflochtenen Zöpfen bahnten sich den Weg durch die Menge. Timur und ich machten dem *Katusha Duo* Platz. Meine Tante saß in ihrem Plastikstuhl und ließ uns nicht mehr aus den Augen.

„Bravo, gut gemacht", rief Nelli den Mädchen zu.

Der Mann mit der Hornbrille gratulierte den Drittplatzierten. Das Mädchen mit dem Pionierhalstuch überreichte die Urkunden. Der Veteran beglückwünschte das *Katusha Duo* mit einem herzlichen Händedruck.

„Weiter geht's. Der zweite Platz geht an die *Freunde der Folklore* und ihren Beitrag *Sternenschnuppen Regen*. Bitte, kommt zu uns", bat die Frau mit dem Dutt.

Ein Junge und ein Mädchen, die sich ähnelten wie ein Ei dem anderen, stiegen gemeinsam die Treppe zur Bühne empor.

„Glaubst du, sie haben uns wieder auf Platz vier gesetzt?", fragte Lina.

„Es sieht so aus. Es sei denn, wir haben *Die Hornissen* geschlagen. Aber das glaube ich ehrlich gesagt nicht", antwortete Möhre.

Die Prozedur auf der Bühne wiederholte sich. Die Spannung, wer den Ausscheid gewonnen hatte, nahm ebenso zu wie die Unruhe im Publikum.

„Die Gewinner des Ausscheids haben uns mit einer gefühlvollen Rockballade gezeigt, dass Musik mehr ist als eine wahllose Tonfolge. Emotional und virtuos, das ist der Vortrag der *Hornissen*. Sie sind unsere Gewinner. Bitte kommt zu uns auf die Bühne", sagte die Frau mit dem Dutt.

Der Junge mit den langen Haaren stolzierte mit zwei seiner Mitstreiter an uns vorbei. Er sah zu Lina und warf ihr einen Luftkuss zu. Lina schüttelte den Kopf.

„Das ist Sabotage", schimpfte Stulle.

Ich sah dem Jungen mit den langen Haaren nach, plötzlich hatte ich eine Eingebung. *Die Hornissen* betraten die Bühne und ließen sich feiern.

„Aber es sind nur Eigenkompositionen zugelassen", sagte ich zu Timur.

Er fragte: Was meinst du?"

Ohne ihm zu antworten, lief ich los. Ich drängte mich durch die Menschenmenge. Timur folgte mir.

„Halten Sie das Prozedere an! Sie irren in Ihrer Bewertung", rief ich dem Mann mit der Hornbrille von unten zu. Der sah mich mit Fragezeichen in den Augen an, als sei ich ein Amerikaner.

„Lasst den Jungen durch", ordnete die Frau mit dem Dutt an und stellte klar: „Wenn du was zu sagen hast, Junge, komm hoch ans Mikrofon."

Ich nahm die Stufen zur Bühne nach oben und trat ans Mikrofon. Der Lärmpegel fiel. Die Menschen sahen gespannt zu mir. Ich setzte die Lippen auf das Mundstück meiner Klarinette und spielte den Mittelteil der Melodie des Siegersongs vor.

„Diese Melodie kenne ich", sagte die Frau mit dem Dutt und überlegte.

Ich spielte die Melodie noch mal. Der Junge mit den langen Haaren sah zu mir herüber. Er biss sich in die Lippe, sein Augenlid zuckte nervös.

„Wie viel?", fragte der Veteran verdattert.

Ich spielte das Original ein drittes Mal und zog dabei mein linkes Bein an.

„Ist das nicht ein Song von Jethro Tull?", rief Timur.

„Das ist *Lokomotive Breath* von Jethro Tull“, löste der Mann mit der Hornbrille auf.

„Also ist der Song der *Hornissen* ein Plagiat?“, fragte die Frau mit dem Dutt.

„Jedenfalls keine Eigenkomposition, weil der Mittelteil gestohlen ist“, erklärte ich.

Die Mitglieder der Jury steckten ihre Köpfe zusammen. Sie berieten darüber, wie verfahren werden sollte. Der Veteran und das Mädchen mit dem Pionierhalstuch kannten das Original nicht. Die Frau mit Dutt gestikulierte genervt. Sie winkte ab und nickte ihrem Kollegen zu. Er reichte ihr das Mikrofon.

„*Die Hornissen* werden disqualifiziert“, verkündete die Frau mit dem Dutt.

„*Die Kakerlaken* rücken vom vierten auf den dritten Platz vor. Sie werden uns beim landesweiten Wettbewerb vertreten“, erklärte der Mann mit der Hornbrille.

„Lina, du musst auf die Bühne“, schrie Timur.

„Das kann nicht sein“, stammelte Lina und hielt die Hände vor das Gesicht.

„Wir haben den dritten Platz gewonnen?“, fragte Möhre.

„Ich war einfach zu gut“, quakte Speiche.

„Du hast mitgespielt?“, fragte Stulle.

„Los, kommt mit, ihr Deppen“, sagte Lina liebevoll.

Sie hakte Stulle und Speiche unter und schritt mit ihnen durchs Publikum. Möhre folgte und schüttelte fassungslos den Kopf.

„Wo seid ihr denn? Ach, jetzt sehe ich jemanden. Kommt bitte alle hoch“, forderte die Frau mit dem Dutt.

Lina und ihre Jungs kamen nacheinander auf die Bühne. Sie stellten sich in einer Reihe neben mir auf. Lina trat dicht an mich heran.

„Du bist ein Phänomen, Anton", hauchte sie und gab mir einen Kuss.

Ihr Duft umhüllte mich wie ein Kokon. Ich fühlte mich wie im siebten Himmel.

„Unglaublich, dass du das rausgehört hast", gestand Möhre.

„Stark gemacht", stimmte Stulle ein.

Ich winkte meinem Freund zu. Timur sah Lina und mich mit schmalen Augen an.

„Ein sehr schöner Beitrag", gratulierte mir der Veteran.

„Ich bin nicht Teil der Band", antwortete ich.

„Aber ohne dich ständen wir nicht hier. Du hast uns gerettet", lobte Speiche.

„Das ist Sabotage. Sie machen einen großen Fehler", ereiferte sich der Junge mit den langen Haaren und sagte: „Ich kenne überhaupt keinen amerikanischen Musiker."

„Ian Anderson ist Schotte, du Hornochse", entgegnete ihm Lina.

Die Frau mit dem Dutt machte ein Kopfzeichen. Der Ordner trat an den Jungen heran und begleitete ihn von der Bühne. Lina warf ihm einen Luftkuss hinterher.

„Einen großen Applaus für *Die Kakerlaken*. Auch sie werden zum landesweiten Wettbewerb delegiert und Bukowo vertreten", erklärte die Frau mit dem Dutt.

„Bravo, bravo, bravo", rief Nelli und klatschte sich die Finger wund.

Auch das Publikum feierte die Entscheidung der Jury. Bravo-Rufe und Applaus schwappten zu uns hoch. Lina, die Jungs und ich verbeugten sich ein weiteres Mal.

Als ich aufsah, war Timur in der Menge verschwunden.

• Alias-Iwanow •

Auf der Veranda des Generals deckte Nelli den Tisch mit Sektgläsern. Sie öffnete eine Flasche Krimsekt und kostete. Sie befand die Probe für exzellent und wiederholte die Prozedur. Mark Solomonowitsch stand auf der Leiter und suchte den Fehler in der Lichterkette. Ich assistierte ihm. Jedes Mal, wenn ich den Stecker an die Steckdose anschloss, begann die Lichterkette zu flackern.

„Wir müssen jede Birne rausschrauben und überprüfen", brummte Mark.

„Wenn eine kaputt ist, fallen alle anderen mit aus", wusste Nelli.

Ich nickte und schraubte die erste Birne heraus.

Nelli betrachtete Mark von der Seite. „Waren Sie beim Frisör, Ihre Haare glänzen so schön?"

Mark tat so, als hätte er sie nicht verstanden. Nelli zuckte mit den Schultern. Sie legte eine Platte auf und drehte die Regler hoch. Aus den Lautsprechern dröhnte Popmusik. Oma Mina pfiff die Melodie mit. Sie schlenderte den Weg am Gartenzaun entlang. Auf Höhe des Tors trat ihr der Mann im Trainingsanzug aus dem Halbdunkel entgegen.

„Guten Abend, so spät noch unterwegs?", fragte der Mann.

„Kennen wir uns, junger Mann?", fragte Oma zurück.

„Entschuldigen Sie, ich habe mich nicht vorgestellt."

„Niemand hindert Sie daran, es nachzuholen."

„Ich heiße Iwanow und wohne auf der anderen Seite der Siedlung. Wir sind im weitesten Sinne Nachbarn", behauptete der Mann.

„Iwanow …, so wie der Mathematiker?"

„Ich weiß nicht, wen Sie meinen."

„Nun, heute heißen Sie Iwanow, morgen Popow und übermorgen Jeschow“, merkte Oma Mina an, „aber egal, womit kann ich Ihnen helfen?“

„Ich werde Ihnen nichts vormachen, um Ihre Zeit nicht zu vergeuden. Seit letzter Woche vermisse ich ein Pistolenhalfter. Ich hänge daran, weil es meinem Vater gehörte. Ich habe überall nachgesehen, aber ich finde es nicht mehr“, sagte der Mann.

„Sie vermissen das Halfter Ihres Vaters, was für eine spannende Geschichte. Aber was habe ich damit zu tun?“

Der Mann machte einen Schritt auf Oma Mina zu und sah in ihren leeren Korb.

„Glauben Sie, dass ich Ihr Halfter spazieren trage?“

„Das schließe ich eigentlich aus.“

„Und wieso stellen Sie mir nach?“, fragte Oma Mina.

Sie schob sich geschickt an dem Mann vorbei und fasste nach der Klinke des Gartentors. Der Mann stellte seinen rechten Fuß in die Toreinfahrt.

„Ehrlich gesagt, ich habe Ihren Enkel im Verdacht“, antwortete er.

„Was veranlasst Sie zu so einer Annahme?“, fragte meine Oma.

„Ihr Enkel treibt sich mit einem Streuner herum. Timurs Vater sitzt im Gefängnis, die Mutter in der Psychiatrie. Zu Beginn der Ferien ist er aus dem Heim abgehauen. Gerade wohnt er bei seinem Onkel Fedor. Das ist kein guter Umgang für Ihren Jungen.“

„Da habe ich anderes gehört. Aber Sie sind sicher Pädagoge und haben Fachkenntnisse, die mir fehlen“, spöttelte meine Oma.

„Zumindest bin ich überzeugt, dass Ihr Enkel sich mein Halfter unter den Nagel gerissen hat“, entgegnete ihr der Mann.

Oma Mina sah zur Veranda und rief mich zu sich ans Gartentor.

„Anton, komm bitte mal her. Würdest du uns bitte kurz das Halfter zeigen, dass dir Kirill Semjonowitsch geschenkt hat“, bat sie.

Ich lief angespannt die Einfahrt hinunter. Mein Puls raste, die Nackenhaare stellten sich mir auf. Drei Meter vor dem Gartentor blieb ich stehen.

„Mein Halfter habe ich Timur geborgt“, log ich.

„Da hören Sie es, die Jungs haben ihr eigenes Spielzeug. Aber wenn ich nächstes Mal in Kiew in der *Kinderwelt* bin, bringe ich Ihnen ein Halfter mit“, bot Oma an.

„Zu gütig von Ihnen. Dürfte ich mir eventuell einen Überblick verschaffen und mir die Sachen des Jungen selbst ansehen?“, fragte der Mann.

„Nein, das dürfen Sie nicht. Was erlauben Sie sich? Und was glauben Sie, wen Sie vor sich haben?“, entrüstete sich Oma.

Sie zog mit Schwung das Tor zu. Der Mann zog seinen Fuß zurück.

„Sie sollten nicht vor dem Grundstück des Generals herumlungern. Mein Freund mag keine Schnüffler. Und ich ebenso wenig.“

„Sehen Sie mir bitte meine Beharrlichkeit nach. Informationen zu sammeln, ist meine Berufung. Letztlich tue ich das für unser aller Wohl.“

„Ja, genau, Sie opfern sich, mir kommen gleich die Tränen. Aber wissen Sie was, machen Sie das doch besser woanders“, entgegnete Oma Mina.

„Mal sehen, ob der General aus dem Krankenhaus zurückkommt“, stichelte der Mann im Trainingsanzug und spekulierte: „Jetzt, da man ihn aus dem Zentralkomitee entfernt hat, wird sich sein Zustand sicher nicht verbessern.“

„Sie beziehen sich auf Quellen, die mir unbekannt sind. Aber eines weiß ich, Kirill Semjonowitsch hat härtere Niederschläge überlebt. Für ihn ist der Verlust seines Sitzes im ZK sicher nicht das Ende der Welt."

„Das werden wir noch sehen", antwortete der Mann.

„Und nun, entschuldigen Sie mich, mir ist meine Lebenszeit zu schade, mich weiter mit Ihnen über nichts auszutauschen", entschied Oma.

Sie drehte sich um, ließ den Mann hinter dem Zaun im Dunkeln stehen und hakte sich bei mir unter. Wir spazierten zur Veranda zurück. Mark kam uns mit einer Petroleumlampe in der Hand entgegen.

„Alles in Ordnung bei euch? Braucht ihr Hilfe?", sorgte sich Mark.

„Alles gut, Mark. Wir sind schon fertig. Ein Nachbar namens Iwanow hat sich nach dem Rezept für meine Rinderbuletten erkundigt", flunkerte Mina.

„Er heißt wie der Mathematiker?", fragte Mark.

„Das habe ich ihn auch gefragt. Aber den kannte er nicht", kicherte Mina.

Es donnerte und begann zu regnen. Der Regen rappelte aufs Dach der Veranda.

„Wir müssen Kirill Semjonowitsch ein paar Gläser von seinen Beeren schicken. Damit er wieder auf die Beine kommt", bemerkte Oma Mina.

„Das ist eine gute Idee", fand Mark und fügte an: „Und morgen in der Frühe gehe ich an den See an der alten Brücke und fang Ihnen eine schöne Schleie."

„Wenn Sie nichts anderes zu tun haben, bitte", sagte Oma Mina.

„Willst du mich begleiten, Anton?", fragte Mark.

„Lina hat mich gebeten, ihr und der Band zu helfen."

„Inwiefern braucht ein Mädchen wie sie deine Hilfe?", fragte Oma.

„*Die Kakerlaken* haben sich für den landesweiten Wettbewerb qualifiziert. Sie müssen neue Songs einstudieren. Lina und Möhre möchten, dass ich ihnen dabei helfe."

„Also sind sie auf deine Kompetenz angewiesen", folgerte Mark, „nun dann wirst du mich morgen wohl nicht begleiten?"

„Sie wollen, dass ich die Songs auf Redundanzen prüfe. Und das Wäldchen und das Moor sind für mich tabu", antwortete ich.

„Das stimmt", bestätigte Oma Mina und nahm sich ein Glas mit Sekt.

Tante Nelli kam den Weg von der Toilette zurück.

„Wieso steht der Plattenspieler noch draußen? Es regnet, habt ihr das nicht mitbekommen?", fragte sie.

Mark Solomonowitsch öffnete die Handflächen und sah zum Himmel hinauf.

„Es tröpfelt", bemerkte er.

„Lasst uns auf den Sieg der *Kakerlaken* anstoßen", schlug Oma Mina vor.

„Eine gute Idee", freute sich Nelli.

Mark trug den Plattenspieler unter das Vordach. Nelli füllte die Sektgläser auf. Ich bekam ein Glas mit Apfelsaft. Oma Mina strich mir über den Kopf.

„Tagsüber darfst du zu Lina und ihr beim Proben helfen, sofern ihr das Recht ist. Aber halte dich von diesem Alias-Iwanow fern. Er ist gefährlich", mahnte sie.

„Das mache ich", versprach ich ihr.

Nelli erhob ihr Glas: „Auf den Sieg der *Kakerlaken*."

„Auf die Macht der Musik und alles Schöne, das noch vor uns liegt", ergänzte Mina.

„Auf die Gesundheit und die Liebe", stimmte Mark ein.

Die Erwachsenen stießen mit mir an. Ich stellte das Glas weg und lief zur Plattenkiste. Da ich keine Lust auf Adriano hatte, wählte ich *Chervona Ruta* von Sofia Rotaru aus. Die Frau sang ihre Popballade auf Ukrainisch.

„Du hast einen hervorragenden Geschmack", lobte Nelli.

Sie stand auf, klatschte in die Hände und schwang ihre Hüften.

„Ich bin Musiker", antwortete ich.

Tante Nelli forderte Mark Solomonowitsch auf, mit ihr zu tanzen.

„Aber es regnet", entgegnete er.

Nelli lachte. „Egal, dann werden wir nass."

Mark versuchte, sich Nellis Schrittfolge anzupassen. Dabei trat er ihr auf die Füße. Nach der dritten Runde hatte Nelli genug. Sie führte Mark an Mina heran und übergab an ihre Mutter. Nun tanzten Mina und Mark im Regen.

„Und wie kommen Sie mit der Lektüre der Strugatzki-Brüder voran?", fragte Mark.

„Ich bin mit *Picknick am Wegesrand* fast durch. Die Geschichte hat so ihre Längen."

„Sonst ist Ihnen nichts aufgefallen?", fragte Mark.

Oma Mina schüttelte den Kopf.

„Sie müssen den Umschlag abnehmen. Da sind Kopien des Ministeriums versteckt. Papiere, die Sie interessieren könnten", verriet Mark.

„Ich bin von Ihrer konspirativen Kreativität überrascht", erwiderte meine Oma.

Es donnerte, der Niederschlag wurde stärker. Mina und Mark tanzten weiter. Sie sahen einander in die Augen. Mark lief rotbraune Suppe über die Stirn.

„Haben Sie sich verletzt?“, fragte Mina.

„Ja, ich bin verwundet. Amors Pfeil hat mein Herz getroffen“, gestand Mark.

„Sie sollten weniger Liebeslyrik lesen“, empfahl Mina.

Der Regen wusch weiter Mark die Tönung aus den Haaren. Oma Mina betrachtete ihren Tanzpartner und schmunzelte.

• *Pissing in a River* •

Die ganze Nacht hatte es geregnet. Die Temperatur war überraschenderweise auf 13 Grad gefallen. Ich holte frisches Wasser von der Pumpe und wusch mir das Gesicht über der Schüssel. Nelli stellte mir ein Schale mit Buchweizengrütze und Milch zum Frühstück auf den Tisch. Ich überlegte, wie ich Lina am besten helfen konnte.

„Vielleicht höre ich mir erst mal an, was sie haben“, murmelte ich.

„Das solltest du unbedingt machen“, antwortete Nelli.

Sie hatte sich zu mir gesetzt und nippte an ihrem Brennnesseltee. Dazu aß sie ein Stück Kuchen, dass vom Vortag übriggeblieben war.

„Andererseits reicht es aus, wenn ich mir die Partitur ansehe.“

„Du darfst nicht zu perfekt sein und immer nur von dir ausgehen“, riet mir Nelli.

„Aber die Partitur reicht aus, um mir einen Eindruck zu verschaffen.“

„Die Menschen sind schnell mit dir überfordert. Die meisten können deine Fähigkeiten nicht erfassen. Deswegen haben sie Angst vor dir“, erklärte Nelli.

„Das möchte ich nicht.“

„Dann lass die Band vorspielen und hör ihnen zu.“

„Und ich soll sie nicht korrigieren?“, fragte ich.

„Lobe erst alles Gelungene und korrigiere danach“, empfahl Nelli.

„Damit sie sich nicht untalentiert fühlen?“

„Wenn du sie zuerst für das Gute lobst, werden sie dir aus der Hand fressen und deine Korrekturen annehmen.“

„Verstehe, danke für deine Tipps und das leckere Frühstück“, sagte ich.

„Danke dir für deine Gesellschaft“, entgegnete Nelli.

Ich zog mir Hemd und Frack über, packte mein Kompositionsheft ein und stiefelte los. Um Timur nicht über den Weg zu laufen, nahm ich den Pfad hinter den Datschen.

Die meisten Anwohner schliefen noch. Ich sinnierte über Timurs Plan, mit dem Floß abzuhauen. Der Plan war wenig durchdacht. Wenn das Wasser im Moor stieg und das Floß nicht mehr auf dem Trocknen parkte? Wie kam man dann noch selbst hin, ohne im Morast zu versinken? Tagelang im Regen vor Ort in einem Zelt auszuharren, so wie es Timur vorhatte, bei diesen Temperaturen, keine Chance.

Ich schaute rechts und links, alles war leer, keine Autos. Ich überquerte die Straße.

Natürlich war es doof, dass Lina mich vor Timur geküsst hatte. Anderseits war der Kuss ein Zeichen ihrer Wertschätzung, die ich mir verdient hatte, nichts anderes. Damit musste Timur klarkommen. Oder wäre ich ebenso eifersüchtig wie er?

Auf Höhe des Dorfladens bog ich in den Weg zu Lina ein. Schon von Weitem hörte ich, wie sich Linas Jungs stritten.

„Das klingt nach Möhre", sagte ich und kniff die Augen zusammen.

Ich sah gerade aus. Am Ende des Weges stand eine Garage offen. Die Jungs hatten ihre Motoroller davor geparkt und diskutierten. Unbemerkt trat ich an sie heran. Möhre imitierte jemanden. Er warf den Kopf in den Nacken, hüpfte vor und zurück. Dann ging er zu Boden, legte sich auf die Seite und zuckte.

„Joe Cocker!", rief Stulle.

„Niemals!", entgegnete Speiche.

Möhre riss sich das T-Shirt vom Leib und verdrehte die Augen.

„Eindeutig Iggy Pop", kicherte Lina.

„Was hat mich verraten?", fragte Möhre.

„Dein Sexappeal", antwortete Speiche.

„Jetzt ich", sagte Lina.

Sie kämmte sich die Haare ins Gesicht und starrte geradeaus. Ihre Schultern bewegten sich leicht, ebenso das Becken. Lina hob die linke Hand, als würde sie die imaginierte Menge vor sich begrüßen.

„Tina Turner", versuchte sich Stulle.

Lina verneinte kopfschüttelnd und performte weiter. Sie beugte sich leicht nach vorn und zeigte mit dem Finger auf die anderen, während sich ihre Lippen bewegten.

„Patti Smith", kreischte Möhre.

„Stimmt", löste Lina auf, „was hat mich verraten?"

„Deine düstere Aura", erwiderte Speiche.

„Schaut mal, da ist Anton", bemerkte Möhre und hob die Hand zum Gruß.

„Welcher Künstler soll das sein?", fragte Stulle verwirrt.

„Anton ist unser Mann", antwortete Speiche.

„Ich bin Berater der *Kakerlaken*. Und, ja, ab heute gehöre ich dazu. Also lasst hören, was ihr habt, Kollegen“, sagte ich.

Lina und die Jungs begrüßten mich freundlich. Alle erkundigten sich nach meinem Befinden. Ich wiederum fragte, wie weit sie mit dem Proben der neuen Lieder seien.

„Am besten, wir spielen mal den ersten Song“, schlug Möhre vor.

„Er ist eine Neufassung von *Pissing in a River* von Patti Smith“, ergänzte Lina.

„Aber das darfst du niemandem erzählen“, warnte Speiche.

„Wieso nicht?“, fragte ich.

„Das Original steht auf dem Index, sprich, der Song ist verboten“, flüsterte Stulle.

„Punk wird von den Behörden als westlich-dekadent eingestuft. Kann unschöne Konsequenzen haben, wenn man so was spielt“, erklärte Lina.

„Der Kumpel eines Kumpels hat das Original von Patti auf Platte laut im Garten gehört. Tags darauf wurde er verhaftet“, behauptete Speiche.

„Sie haben Angst vor einem Song?“, fragte ich.

„Aber sicher“, wusste Möhre.

„Musik ist gefährlich“, raunte Lina.

Die Jungs nahmen ihre Plätze ein, jeder an seinem Instrument.

„Nur die Akkorde und ein bisschen Gesang“, erklärte Lina, „den momentanen Arbeitsstand halt.“

„Ich bin gespannt“, sagte ich.

Stulle zählte rückwärts ein, die Band legte los. Das Lied hörte sich grauenhaft an. Stulle verlor ständig den Rhythmus. Speiche war viel zu schnell. Lina kannte ihren Text nicht. Sie summte mehr, als dass sie sang. Einzig Möhre blieb mit seinem Bass im Takt. Als der letzte Ton verklungen war, klatschte ich Beifall.

„Bravo, sehr gut“, lobte ich, da ich an die Worte meiner Tante dachte.

„Na ja, gut ist was anderes“, entgegnete Speiche.

„Ich war nicht wirklich bei der Sache“, gestand Lina.

„Also, die Idee ist, dass wir den Song ganz langsam beginnen und dann schneller werden und den Takt halten“, erklärte Möhre.

„Die Idee mit dem Rhythmuswechsel finde ich gut. Ihr spielt nur alle unterschiedlich schnell und überholt euch ständig gegenseitig“, gab ich zurück.

„Findest du?“, fragte Lina.

„Leider ja, dadurch ist das Stück kaum zu hören, weil jeder woanders hinwill. Aber das ist eine Frage der Übung“, antwortete ich.

„Treffender hätte ich es nicht formulieren können“, gestand Möhre.

„Da wartet wohl einiges an Arbeit auf uns“, ergänzte Lina.

„Mann, Mann, Mann!“, brummelte Speiche.

„Kein Grund, den Kopf in den Sand zu stecken“, erwiderte ich.

Die Kakerlaken probierten es noch ein paarmal. Das Zusammenspiel wurde nicht besser. Irgendwann ermüdete unser Schlagzeuger. Stulle schaute auf die Uhr.

„Ich muss los, hab’ Mutter versprochen, die Einkäufe zu tragen“, sagte er.

„Und ich muss den Rasen mähen und die Kaninchen füttern, sonst bringt mich meine Großmutter um“, jammerte Speiche.

Die zwei Jungs legten ihre Instrumente ab und zogen ihre Jeanswesten über.

„Wir sehen uns morgen zur selben Zeit?“, fragte Möhre.

„Hier bei mir in der Garage“, erinnerte Lina.

„Klar, so wie heute“, antwortete Stulle.

„Bis morgen“, stimmte Speiche ein.

Stulle und Speiche machten ein Peace-Zeichen und trabten davon.

„Und bringt mehr Zeit mit“, rief Möhre ihnen nach.

Ich sah Lina verwundert an. Sie zuckte mit den Schultern.

„So ist das mit einer Band, jeder hat Verpflichtungen. Nichts funktioniert einfach so, alles muss man koordinieren“, klagte Lina.

„Mitmenschen sind eine große Herausforderung“, pflichtete ich ihr bei.

Ich deutete mit dem Kugelschreiber auf mein Kompositionsheft und merkte an: „Mir ist aufgefallen, dass ihr euch an zwei Stellen schwertut.“

„Du hast den Song aufgeschrieben?“, fragte Lina.

„Ist doch nicht schwer, sind ja nur fünf Akkorde, die sich abwechseln.“

„Kannst du mir sagen, wo?“, fragte Möhre.

„Wenn man die Akkorde umstellt und das hier tauscht, würde sich der Song leichter spielen lassen“, erklärte ich.

Lina und Möhre schauten mir über die Schulter.

„Aber sonst findest du den Song gut?“, wollte Möhre wissen.

„Ich finde den Song stark und er überzeugt mich. Aber er könnte noch ein wenig besser werden“, antwortete ich.

„Welche Akkorde willst du umstellen?“

Ich kritzelte zwei Pfeile in meine Aufzeichnung und verdeutlichte Möhre, wo ich seine Komposition umstellen würde.

„Statt H mit A anspielen und an der Stelle C mit D tauschen“, löste ich auf.

„Verstehe, verstehe“, sagte Möhre.

„Lasst es uns ausprobieren und spielen", schlug Lina vor.

Sie setzte sich ans Schlagzeug gab mit den Drumsticks den Rhythmus vor. Möhre spielte den Song auf der Gitarre. Lina sang den Text, nun fast auf den Punkt.

„Und wie hörte sich das an?", fragte ich.

„Viel klarer", antwortete Lina, „Patti wäre begeistert."

„Und wie ist es für dich?"

„Der Song lässt sich wirklich einfacher spielen", gestand Möhre offen ein.

„Das finde ich auch", stimmte Lina zu.

„Das freut mich", entgegnete ich.

„Und obwohl es nur eine kleine Umstellung ist, hat sie große Wirkung. Und der Song kommt dem Original deutlich näher", stellte Möhre fest.

Er war verzückt und verwirrt zugleich und spielte die Stelle immer wieder.

„Was ist mit eurem zweiten Song? Wie weit seid ihr da?", fragte ich.

„Davon haben wir nur eine Idee im Kopf", offenbarte Lina.

„Spielt den ersten Song noch mal, aber rückwärts. Ist nicht sehr innovativ, aber so hättet ihr eine Struktur. Danach macht ihr den Feinschliff", schlug ich vor.

„Klingt abenteuerlich", zögerte Lina.

„Probiert es aus. Eine umgekehrte Tonfolge ist in der Musik ein probates Mittel. Man spricht von einer Spiegelung oder Inversion", erklärte ich.

„Das höre ich zum ersten Mal, obwohl ich Kompositionstheorie im Unterricht hatte", sagte Lina und schüttelte den Kopf.

„Du hast mehr gute Ideen in einer Stunde als wir in einem Monat", gestand Möhre.

„Das Lösen musikalischer Probleme macht mir Spaß. Je schwieriger diese sind, desto mehr Spannung für mich."

„Mit dir haben wir einen Glücksgriff getätigt", schwärmte Lina.

„Freut mich, wenn es euch weiterbringt", bemerkte ich.

„Soll ich uns einen Kakao machen?", fragte Lina.

„Eine Stärkung für meine grauen Zellen, eine gute Idee", lobte ich die Gastgeberin.

Möhre legte die Gitarre weg und hob die Hände: „Es macht wirklich großen Spaß, mit dir zu arbeiten, Anton. Aber ich habe Vater versprochen, ihn in die Stadt zu begleiten. Er will mir einen Anzug aussuchen", entschuldigte sich Möhre.

„Gut, dann lasst uns für heute Schluss machen", schlug Lina vor.

„Und was ist mit meinem Kakao?", fragte ich.

• *Pattis Seele* •

Nachdem Möhre loslaufen war, zog Lina ihre Lederjacke aus, legte sie akkurat zusammen und griff sich einen Karton. Sie deponierte die Jacke darin und schob den Karton zurück auf den Zwischenboden der Garage.

„Den Kakao bekommst du, den hast du dir verdient", sagte Lina.

„Das ist sehr aufmerksam von Ihnen", entgegnete ich.

„War das ein Rückfall?"

„Als ich vor zwei Wochen nach Bukowo kam, habe ich jede und jeden gesiezt. Ist gar nicht so leicht abzustellen", entschuldigte ich mich.

„Ich erinnere mich", kicherte Lina, „aber lass uns bitte weiter duzen. Das finde ich persönlicher."

Wir liefen über einen Plattenweg um die Datsche von Linas Eltern herum. Das Haus war aus Ziegelsteinen erbaut und hatte ein Satteldach aus Holz.

„Das da oben ist mein Reich, da darf niemand rein. Außer ich lade die Person ein", stellte Lina klar und zeigte auf das Mansardenfenster.

„Sind deine Eltern nicht da?", fragte ich.

„Meine Mutter fährt nicht mehr mit ihrem Mann auf die Datsche. Sie kommt erst im September, wenn er auf Dienstreise ist."

„Klingt, als würden sie sich nicht mehr verstehen?"

Lina nickte und verriet: „Sie will sich von ihm trennen."

Wir betraten das Haus von hinten durch die Terrassentür. Das Wohnzimmer war schick eingerichtet. Es gab eine Sitzgruppe mit Tisch, zwei Regale voller Bücher und eine moderne Küchenzeile mit einer Spüle, einem Herd und einem Kühlschrank.

„Wem gehören die vielen Bücher?", fragte ich.

„Meine Mutter ist Lektorin für schöngeistige Literatur. Sie betreut die Avantgarde der sowjetischen Literatur."

Lina schaltete den Herd ein und setzte Milch in einem Topf auf.

„Sie weiß also, was im Literaturbetrieb angesagt ist", glaubte ich.

„Die besten Sachen werden meist unter Verschluss gehalten und schaffen es gar nicht bis in die Buchläden", entgegnete sie.

„Warum? Sind Bücher etwa auch gefährlich?", fragte ich.

„Einige schon. Eine Geschichte, die die ungeschminkte Wahrheit ans Licht bringt, kann Wände und Institutionen einreißen."

„Aber wie kann ein Text allein einen Aufstand anzetteln?"

„Nicht der Text, sondern die Idee, die dem Text innewohnt, ist für die Machthaber gefährlich. Denk nur an das Manifest von Marx und Engels. Beide mussten deswegen Deutschland verlassen und nach England emigrieren", antwortete Lina.

„Warum will sich deine Mutter von deinem Vater trennen?“, fragte ich.

Lina holte eine Dose mit Kakao aus dem Regal.

„Sie hat seine Liebschaften über. Sie hat keine Kraft mehr für Tränen, Versöhnungen und Entschuldigungen. Und sie ist es leid, in der Öffentlichkeit die gute Ehefrau zu geben und so zu tun, als wäre alles in Ordnung.“

Ich wusste nicht, was ich auf so viel Aufrichtigkeit entgegnen sollte und nickte.

„Ich sehe zu, wie meine Familie zerfällt. Alles, was mir Geborgenheit gab, löst sich vor meinen Augen auf und ich kann nichts dagegen tun.“

Lina mischte die heiße Milch mit dem Kakao.

„Du bist so klug und so ehrlich“, sagte ich bewundernd.

„Nicht halb so klug wie Patti“, entgegnete sie.

„Was genau gefällt dir an ihren Songs?“

„Pattis Songs sind poetisch und authentisch zugleich. Und sie ist unglaublich mutig.

Wenn sie singt, kann ich ihr Gefühl und ihren Schmerz spüren. Sie öffnet sich mir als Zuhörerin, als wären wir Seelenverwandte“, schwärmte Lina.

„So eine Symbiose ist sicher selten.“

„Absolut einzigartig.“

„Und wieso versteckst du deine Jacke vor deinen Eltern?“, fragte ich.

„Wie viel Löffel Zucker nimmst du?“, fragte sie zurück.

„Drei Löffel, bitte.“

„Sie können mit Punk nichts anfangen und wollten ihre Ruhe. Also haben sie mir die Garage als Proberaum überlassen“, antwortete Lina.

„Ihr habt gar kein eigenes Auto?“, fragte ich.

„Seit mein Vater als Direktor die Kiewer Schokoladenwerke leitet, hat er einen Dienstwagen. Er lässt sich von seinem Chauffeur überall hinfahren.“

Lina rührte Zucker unter und reichte mir die Tasse. Ich nippte.

„Exzellent, der Kakao!“, bemerkte ich anerkennend.

„Nun, an Kakao, Konfekt oder Schokotafeln hat es mir nie gemangelt. Ob Geburtstag, Ostern oder Weihnachten, ich bekam einen Präsentkorb. Der war stets randvoll mit Süßigkeiten gefüllt“, erzählte Lina weiter.

„Da kann ich mir Schlimmeres vorstellen.“

„Ich befürchte, ich werde an Diabetes sterben“, scherzte sie.

„Sicher kein schöner Tod.“

Ich stellte die Tasse auf dem Küchentisch ab.

„Lass mich bitte *Pissing in a River* von Patti hören“, bat ich.

„Bist du sicher, dass du dieser Kraft gewachsen bist?“

„Leider nein. Aber ich habe das Gefühl, dass ich was verpasse, wenn ich mich jetzt nicht traue“, erwiderte ich.

„Manchmal muss man mutig sein, auch, wenn man nicht weiß, wie eine Sache ausgeht“, entgegnete Lina.

Wir stiegen die Wendeltreppe zur Mansarde hoch. Lina führte mich in ihr Reich. Ihr Zimmer war verdunkelt. Vor dem Fenster hing ein schwarzer Vorhang. Das Bett war mit einem roten Überzug bedeckt. Auf dem Tisch und der Kommode standen Kerzen. An der Wand ein Eisenspiegel. Drumherum Fotos und Plakate von Patti. Es duftete nach Amber und Weihrauch. Zwischen den Kerzen stand ein silbernes Abspielgerät.

„Ist das ein tragbarer Kassettenrecorder?“, fragte ich.

„Den hat mir mein Vater aus Finnland mitgebracht als Geschenk zu meinem 15. Geburtstag.“

„Und er funktioniert mit Batterien?"

Lina nickte, griff mich an den Schultern und führte mich. Sanft, aber bestimmt setzte sie mich auf den Hocker vor ihrer Schminkkommode. Nun saß ich Patti gegenüber. Mir fiel eine zweite Person auf einem der Plakate auf. Es war ein gutaussehender, junger Mann mit geschminkten Augen.

„Wer ist das?", fragte ich.

„Das ist Robert Mapplethorpe", antwortete Lina.

Sie öffnete ein Schubfach und begann, die Kassette mit Pattis Song zu suchen. Immer wieder las sie die Beschriftungen und murrte.

„Kannst du deine eigene Schrift nicht lesen?", frage ich.

„Ich habe keine gute Schrift und meine Ordnung lässt zu wünschen übrig", gestand Lina und suchte weiter nach der Kassette.

Ich betrachtete mir das Plakat mit Patti und Robert genauer. Sie hatte etwas Strenges, fast Maskulines, er etwas Feminines an sich. Beide wirkten sympathisch und schienen einen vertrauten, ja, intimen Umgang miteinander zu haben.

„Spielt Robert in Pattis Band oder sind die zwei ein Paar?", fragte ich.

Lina lachte befreit: „Du bist sehr nah dran. Unglaublich, dass du erst zehn bist."

„Noch immer neuneinhalb", korrigierte ich.

„Patti und Robert haben sich in New York kennengelernt. Sie, eine unbekannte Lyrikerin, er, ein mittelloser Fotograf. Sie nahmen sich eine Wohnung und lebten zusammen. Sie unterstützten sich gegenseitig und machten sich Mut. In dieser Zeit soll sich Patti in Robert verliebt haben", erzählte Lina.

„Also waren sie ein Paar …"

„Fast. Da Robert verzaubert ist, waren sie nur beste Freunde."

„Was bedeutet verzaubert?", fragte ich.

„Nun, sagen wir so, Robert mag Frauen, aber Männer mag er eben noch viel lieber."

„Ach so, verstehe", sagte ich.

„Wirklich?"

„Na, Robert ist so drauf wie Pjotr Iljitsch Tschaikowski. Der hatte auch kein Glück mit den Frauen, obwohl er verheiratet, war", erwiderte ich.

Lina betrachtete mich lange im Spiegel.

„Wollen wir auch beste Freunde werden?", fragte ich.

„Bist du verzaubert?", fragte sie zurück.

„Weiß nicht. Mir fehlt die Erfahrung. Und deinen Kuss fand ich schön", flüsterte ich.

„Vielleicht verliebe ich mich gerade in dich so wie Patti in Robert. Und du brichst mir mein Herz, dann hätten wir belastbare Fakten", hauchte Lina.

Sie fuhr mir mit der Hand durch die Haare.

„Gut, von mir aus, du kannst dich in mich verlieben. Aber ich werde kein Fotograf. Und nach New York ziehen möchte ich bitte auch nicht", stellte ich klar.

Lina lächelte und beugte sich vor. Ihre Hand griff unter das Buch, welches vor mir auf der Kommode klag. Unter dem Buch kam eine Kassette zum Vorschein.

„Na, bitte, hier ist Pattis Song darauf", wusste sie.

Ich machte ihr Platz. Lina trat an den Recorder heran, sie öffnete das Abspielfach, schob die Kassette hinein und drückte auf die Abspieltaste.

„*Pissing in a River*", verkündete Lina.

Sie stellte sich wieder hinter mich. Ich lehnte meinen Kopf an ihre Brust und lauschte. Der Song klang düster, Pattis Stimme melancholisch. Lina flüsterte in mein Ohr, um mir den Text zu übersetzen. Nicht eins zu eins, aber die für sie wichtigsten Stellen. Patti sang über eine unerwiderte Liebe. Ihr Song war herzzerreißend traurig. Gleichzeitig voller ungezügelter Lebenskraft.

„Sie ist die Königin der Metaphorik“, flüsterte Lina.

„Einzigartig, ihre Bildsprache. Und ich fühle ihren Schmerz nach. Ich bin erschüttert und ergriffen und habe Gänsehaut“, sagte ich leise.

„Schön, dass du dich mit Pattis Seele verbinden kannst.“

„Danke … für dieses Geschenk“, entgegnete ich.

Unter uns rumpelte es. Lina lugte aus dem Fenster, das zur Straße ging.

„Mist, das ist mein Vater mit seiner Freundin. Anton, du musst verschwinden. Du darfst die zwei nicht sehen, sonst bekomme ich Probleme mit ihm.“

„Und wie soll das gehen? Soll ich mich in Luft auflösen?“, fragte ich.

„Du musst aus der Luke raus und übers Dach türmen“, zischte Lina.

„Aber ich habe Höhenangst.“

Im gleichen Moment öffnete sich, wie von Geisterhand, die Tür des Kleiderschranks. Vor mir erschien die mir bekannte unheimliche Kombination. Der rote Rock und das geblümte Kopftuch, beides hatte ich am Mädchen aus dem Moor gesehen. Ein Schauer lief mir über den Rücken. Die Nackenhärchen stellten sich auf.

„Was ist das?“, fragte ich entsetzt und zeigte geradeaus.

Lina kickte die Schranktür mit dem Fuß zu und fauchte mich an: „Du musst aufs Dach. An der Traufe steht eine Obstleiter, über die kletterst du runter in den Garten. Wenn mein Vater raufkommt und dich hier oben findet, sind wir geliefert.“

• Duell in der Sonne •

Ich kroch auf allen vieren über das Datschendach. Die Schwerkraft zog mich hinab, doch mein Wille zu überleben war größer. Zentimeter für Zentimeter robbte ich in Richtung Traufe. Ich brauchte eine Ewigkeit. Die rettende Obstleiter war noch einen Meter von mir entfernt.

„Liebling, ich hab' den Fotoapparat im Auto liegen lassen. Gehst du bitte zurück und lässt ihn dir vom Chauffeur geben", bat Linas Vater seine Freundin.

„Wieso holst du ihn dir nicht selbst?", fragte sie zurück.

Ich drückte mich noch flacher auf die Dachpappe und hörte vor Angst auf zu atmen. Unten auf dem Weg begrüßte Lina ihren Vater: „Du bist du schon wieder hier, Nico?"

„Daria wollte ins Grüne, wegen ihres Asthmas. In der Stadt ist die Luft unerträglich. Nachts ballern die Porzellanwerke ihre Abgase raus. Kiew ist unter einer Dunstglocke verschwunden. Auf dem Land kann das Vögelchen frei atmen", erklärte Nico.

„Letztes Mal hat das Vögelchen stundenlang der Hitparade gelauscht und ist betrunken durch den Garten getanzt", erinnerte Lina.

„Ich höre dich und deine Band nicht. Du siehst mich und Daria nicht. Das ist unsere Vereinbarung, halte dich daran. Deine Mutter versteht beides nicht", erwiderte Nico.

„Unterschätze meine Mutter nicht. Sie weiß mehr, als du glaubst", zischte Lina.

Daria unterbrach die beiden: „Hier ist dein Fotoapparat, Nico. Nächstes Mal holst du ihn dir selbst, sonst fällt er mir aus Versehen runter."

Lina begrüßte sie: „Hallo, Daria, schön, dich zu sehen."

„Hallo, Lina“, entgegnete Daria und stichelte: „Ich wusste gar nicht, dass du allein im Haus bleiben darfst. Ich dachte, du lebst in der Garage.“

„Keine Sorge, ich bin mit meinen Jungs auf der Promenade verabredet. In wenigen Minuten seid ihr ungestört und könnt die gute Luft genießen“, konterte Lina.

„Wir haben Eistorte gekauft. Lasst uns doch bitte reingehen und zusammen auf der Terrasse Kaffee trinken“, schlug Nico vor.

„Warum hat dieser Grobian dich eigentlich so angefahren?“, fragte Daria unvermittelt.

„Er ist Polizist und macht nur seinen Job“, entgegnete Nico.

„Ihr hattet einen Autounfall?“, fragte Lina.

„Nein, wir hatten keinen Unfall. Aber wir wurden von einem Polizisten angehalten und eine Viertelstunde lang befragt“, antwortete Nico.

„Seid ihr falsch abgebogen? Oder habt ihr ein Reh überfahren?“, fragte Lina.

„Die Militärpolizei hat die Zufahrtstraße zur Siedlung abgesperrt. Sie kontrollieren alle, die in die Siedlung wollen“, erwiderte Daria.

„Die Warteschlange, die sich draus ergeben hat, kannst du dir vorstellen. Erst standen wir im Stau, dann musste ich noch Fragen zur Person beantworten“, klagte Nico.

„Aber was soll die ganze Nummer?“, fragte Lina.

„Ich glaube, sie suchen nach einem Deserteur. Es wäre das dritte Mal in diesem Jahr“, antwortete Nico.

„Bei Fahnenflucht versteht die Armee keinen Spaß“, ergänzte Daria.

„Wusstet ihr, dass in der Sowjetarmee mehr Wehrdienstleistende tödlich verunglücken als in allen Armeen Europas?“

„Lina, hör sofort auf mit deiner politischen Agitation. Wenn dich jemand von den Nachbarn hört, bekomme ich Probleme", zischte Nico.

„Wir haben der UNO eine Plastik geschenkt. *Schwerter zu Pflugscharen,* eine wundervolle Arbeit von Jewgeni Wiktorowitsch Wutschetitsch. Wieso glaubst du, hat er sein Werk so genannt?", fragte Lina.

„Also, Kinder, wer hat Lust auf Torte und Kaffee?", fragte Nico zurück.

„Ich habe gerade keinen Appetit auf Süßes …", antwortete ihm Daria.

Sie wurde von Lina unterbrochen: „Und ich muss los. Ich bin spät dran!"

Daria redete weiter: „Du kannst mir den Rücken mit Sonnenmilch eincremen."

„Das mache ich gleich … ausgiebig", frohlockte Nico.

„Wartet bitte, bis ich weg bin. Sonst muss ich brechen", entgegnete Lina.

„Was für ein Biest!", fauchte Daria.

„Bis später, Sonnenschein!", lächelte Nico.

Ich hörte, wie Lina ihre Vyatka startete und davonfuhr. Nico und Daria verschwanden im Haus. Ich atmete aus und sah zur Leiter.

„Wie soll ich da runterkommen?", fragte ich mich.

„Du musst rückwärts draufsteigen. Vorwärts geht es nicht. Da fällst du wie ein Sack auf die Erde und brichst dir die Beine", erklärte eine mir vertraute Stimme.

Ich drehte den Kopf und sah Timur im Nussbaum sitzen. Er aß einen Apfel.

„Sind die Nüsse schon so weit?", fragte ich.

Der Schweiß lief mir in Strömen über den Körper.

„Grün, aber essbar", befand Timur und fragte mich seinerseits: „Warum gehst du mir seit Tagen aus dem Weg?"

Ich überlegte einen Moment, was ich ihm antworten sollte.

„Das Moor, das Wäldchen, der Geist des Mädchens, das alles hat mir Angst gemacht. Deswegen bin ich dir aus dem Weg gegangen."

„Du musst mir aber noch eine Aufgabe stellen. Schon vergessen? Oder hast du mich und unser Duell über?", fragte Timur.

„Nein, ich habe dich nicht über. Ich habe mich nur gedrückt", gab ich zu.

„Und wieso willst du mit Lina nach New York?"

„Ich will nirgendwo hin. Höchstens runter von diesem blöden Dach", maulte ich und wischte mir die nasse Stirn ab.

„Und wieso warst du in Linas Zimmer?"

„Sie hat mir *Pissing in a River* von Patti Smith vorgespielt. Ein großartiger Song."

„Erst lässt du dich vor allen Leuten von Lina küssen. Und jetzt erwische ich euch in ihrem Zimmer", entgegnete Timur.

„Aber ich stehe doch gar nicht auf Mädchen", platze es aus mir heraus.

Timur sah mich prüfend an. Er zeigte keinerlei Emotionen.

„Ich glaube, du hast Angst, deinen Dirigentenstab zu verlieren. Deswegen denkst du dir diese ganze Nummer aus, um mich zu verwirren", erwiderte er.

„Ja, stimmt, Swetlanows Taktstock ist mir heilig. Er ist mir ans Herz gewachsen. Es war dumm, ihn als Einsatz im Duell einzusetzen", gab ich zu.

„Du hast deinen Einsatz, ich meinen. Jeder von uns hat was zu verlieren."

„Du hast recht, tut mir leid,“, nuschelte ich kleinlaut.

Timur spuckte den Griebsch aus und wischte sich mit dem Unterarm den Mund ab. Er sprang mit einem Satz vom Baum herunter.

„Also, ich helfe dir vom Dach runter, ohne, dass du dir die Knochen brichst. Aber nur, wenn du mir deine letzte Aufgabe stellst.“

„Einverstanden, so machen wir es“, entgegnete ich von oben.

Timur stellte sich unten an die Obstleiter und hielt sie mit den Händen fest. Ich drehte mich rückwärts in die Leiter hinein.

„Links tief. Noch tiefer“, forderte Timur.

Langsam stieg ich hinunter, dabei folgte ich blind seinen Anweisungen.

„Rechts, rechts, höher.“

Mein Fuß suchte die nächste Sprosse. Ich hielt mich an den Leiterstangen fest.

„Jetzt dirigiere ich dich“, kicherte er.

„Wie weit noch?“, fragte ich.

„Zweieinhalb Meter.“

„Danke, dass du mir hilfst.“

Endlich spürte ich wieder Boden unter den Füßen. Das gab mir meine Sicherheit zurück. Ich drehte mich zu Timur um.

„Die Militärpolizei hat die Zufahrtsstraße zur Siedlung abgesperrt. Sie kontrollieren alle, die in die Siedlung wollen“, redete ich drauflos.

„Sie suchen sicher den Bärtigen“, entgegnete Timur.

Ich zuckte zusammen. Alles, was ich zuvor von Nico und Daria gehört hatte, war weit weg und unbestimmt. Nun wurde der Sachverhalt konkret und betraf mich, denn ich kannte die Person, die gesucht wurde.

„Sollten wir den Bärtigen nicht warnen?“, fragte ich.

„Mir ist der Typ egal.“

„Aber der Bärtige hat mich aus dem Dnjepr gezogen. Er hat mich gerettet!“

Timur zuckte mit den Schultern.

„Hätte er das nicht getan, hättest du mich auf dem Gewissen“, warf ich ein.

„Wenn die Militärpolizei die Siedlung umstellt hat, wird es schmutzig. Da sollten wir Kleinen uns besser raushalten.“

„Aber wenn wir nichts tun, ist das so, als würden wir ihn an die Polizei ausliefern“, argumentierte ich weiter.

„Der Bärtige ist schon groß, der kann auf sich selbst aufpassen.“

„Ein Punk kooperiert niemals mit der Polizei, das hast du gesagt“, erwiderte ich.

„Das habe ich gesagt, stimmt“, gab Timur zu.

„Der Staat hat kein Recht, seine Bürger zum Wehrdienst zu zwingen.“

„Ich sehe schon, Lina hat dir den Kopf verdreht.“

„Das hat nichts mit Lina zu tun.“

„Meinetwegen, dann warnen wir ihn eben“, gab sich Timur geschlagen.

„Danke, das vergesse ich dir nie.“

„Bevor du mir nicht die letzte Aufgabe gestellt hast, verlassen wir nicht den Garten“, entgegnete er.

Timur fasste mich an der Schulter und hielt mich fest. Sein Griff war stark.

„Du tust mir weh“, klagte ich.

„Deine letzte Aufgabe!“

Ich sah um die Ecke des Hauses und suchte im Garten nach

einer Herausforderung. Es musste doch was geben. Daria rannte mit freiem Oberkörper kichernd über die Wiese. Nico lief ihr gackernd nach. Die zwei alberten herum, wie Halbwüchsige.

Im Wohnzimmer klingelte das Telefon. Nico hob entschuldigend die Hände.

„Das ist meine Betriebsleiterin", erklärte Nico und ging in die Datsche.

„Irgendwas ist immer", stöhnte Daria.

Sie spannte ihr Handtuch über die Klappliege, blinzelte in die Sonne und legte sich auf den Rücken. Die Sonnencreme stand neben ihr.

„Gib ihr einen Kuss auf den Mund", forderte ich.

„Wem, Daria?", fragte Timur.

Ich nickte. Timur sah zu Daria. Ihre Brüste bewegten sich beim Atmen auf und ab.

„Aber Daria bringt mich um", flüsterte Timur.

„Gib ihr einen Kuss auf den Mund und du gewinnst das Duell!"

„Einen richtigen Kuss?"

„Mindestens drei Sekunden und mit Zunge", sagte ich bestimmt.

Timur atmete tief ein und aus: „Gut, ich mach es!"

Er schlug sich auf die Brust und lief los. Nahezu geräuschlos schlich er sich an das Opfer heran. Daria räkelte sich in der Sonne. Sie hatte die Augen geschlossen und bemerkte, dass sich ihr jemand näherte. Daria tastete mit ihrer Hand nach Timurs Bein. Timur blieb wie angewurzelt stehen.

„Du wolltest mich doch einreiben, Liebling", flüsterte sie.

Timur kniete sich vorsichtig neben die Klappliege. Seine Hände griffen nach der Sonnenmilch. Daria lag vor ihm wie eine griechische Göttin. Timur tröpfelte Milch auf ihren Bauch und über ihre Brüste. Daria schnurrte wie ein Kätzchen. Als er ihren Bauch mit den Händen berührte, stöhnte sie vor Wonne auf.

„Möchtest du deine Pina Colada mit oder ohne Eis?", fragte Nico aus der Datsche.

Daria öffnete die Augen. Sie betrachtete die Silhouette im Gegenlicht.

Mutig beugte sich Timur über sie und gab ihr einen Kuss auf den Mund. Daria ließ ihn drei Sekunden gewähren. Sie schmeckte einen Unterschied. Als ihr klar wurde, dass der Küsser nicht Nico sein konnte, stieß sie ihn mit aller Kraft zurück. Sie holte mit der Rechten aus und gab Timur eine Backpfeife. Es schepperte wie zwei Becken im Finale furioso.

Timur biss sich auf die Zähne, rappelte sich auf und wieherte vor Freude.

„Ich habe gewonnen", rief er begeistert.

Nico trat auf die Terrasse. Er hatte zwei Cocktailgläser in der Hand. Daria suchte nach ihrem Oberteil, um sich zu bedecken. Als sie den am Birnbaum lehnenden Rechen sah, kam ihr eine andere Idee.

„Ich habe das Duell und deinen goldenen Taktstock gewonnen", kreischte Timur. Lachend rannte er auf mich zu und schrie: „Los, wir müssen weg hier!"

Daria griff sich den Rechen, schwang ihn über ihrem Kopf und kam auf uns nachgelaufen. Die griechische Göttin war auf dem Rachefeldzug.

„Ihr Mistmaden, euch mache ich platt!", drohte Daria.

Nico stellte die Cocktails ab. Er löste die Schnalle seines Gürtels und zog ihn raus.

Auch er kam in unsere Richtung gestapft.

„Na wartet, ihr Spanner, euch verpasse ich eine mit dem Gürtel!“, schwor Nico.

Timur raste an mir vorbei, griff nach meiner Hand und riss mich aus meiner Erstarrung. Nun rannten wir beide um unser Leben.

„Lauf schneller!“, forderte Timur.

Am Ende der Wiese sprang Timur auf den Brennholzstapel und von da über die Hecke. Ich wählte denselben Weg und hechtete ihm hinterher. Dabei blieb ich mit dem Fuß in den Dornen hängen.

„Nicht stehenbleiben, Daria bringt uns um“, schrie Timur.

„Ich hänge fest“, schrie ich zurück.

„Zieh ihn raus!“, brüllte er.

Mit letzter Kraft riss ich meinen Fuß aus der Hecke, rettete mich auf die Straße und humpelte, so schnell es ging, über sie hinweg.

Timur drehte sich immer wieder um. Da uns aber weder Daria noch Nico folgten, wurde mein Freund langsamer. Er betrachtete mich von der Seite.

„Wir sollten mein Fahrrad holen“, schlug Timur vor.

„Und dann?“, fragte ich.

„Zur Promenade!“

„Guter Plan“, bemerkte ich.

„Ach, und mir ist völlig egal, ob du auf Mädchen oder Jungs stehst“, erklärte Timur.

„Du Mistmade, ich mache dich platt“, äffte ich Daria nach.

„Dir verpasse ich eine mit dem Gürtel“, imitierte er den Hausherren.

Timur und ich brachen vor Lachen fast zusammen. Fröhlich gackernd liefen wir die Straße runter und bogen in den Weg zu Fedors Datsche.

Oma Mina und Nelli standen im Moor. Sie sahen zur alten Eiche. Wind und Regen hatten ihre Spuren in Form tiefer Furchen in den Stamm gefräst. Der Baum war vom Blitz getroffen worden, hatte Schneestürme und Frost überlebt.

„Alles, was diese Eiche erleiden musste, hat sie widerstandsfähiger werden lassen. Kein Sturm, kein Blitz hat sie gefällt. Doch die Borke wird mit den Jahren härter. So hart, dass der Austausch mit der Außenwelt darunter leidet", gestand Mina.

Nelli betrachtete den halbverkohlten Stamm und die Feuerstelle davor.

„Du meinst, die olle Eiche hat einen psychischen Schaden, so wie du?", fragte sie.

Oma Mina schmunzelte und zeigte mit der Hand geradeaus.

„Wenn du diesen Pfad weiterläufst, kommst du auf die Insel. Auch wenn die alte Brücke im Wasser versunken ist", verriet Mina.

Sie ging in die Knie und tastete den Boden unter ihren Füßen ab.

„Du kannst die Feuchtigkeit messen. Wenn die Finger tiefer als zehn Zentimeter versinken, ist der Boden zu nass. Aber an dieser Stelle ist er natürlich verdichtet. Darum trägt der Morast, obwohl es gar nicht so aussieht."

„Das heißt, es sieht nur so aus, als würde man versinken?", fragte Nelli.

„Ein Laie glaubt, dass er im Moor versinkt und bekommt Panik. Allein die Vorstellung macht ihm Angst."

„Das ist also eine Art gemeiner Morast?"

„Die deutschen Soldaten hatten die Hosen voll. Sie weigerten sich, uns ins Moor zu folgen, egal wie ihre Offiziere tobten", antwortete Oma Mina, „so konnten wir sie Dutzende Male abschütteln und uns auf der Insel verstecken."

Nelli bückte sich und befühlte mit der Hand den feuchten Untergrund.

„Wie hast du das herausgefunden, also, dass der Boden verdichtet ist?", fragte sie.

„Elche und Rehe haben den Pfad über Jahre hin angelegt. Auf der Insel gibt es Wiesen mit besonders schmackhaften Gräsern. Das wissen die Tiere."

„Und die Insel ist unbewohnt", bemerkte Nelli.

„Seit dem Brand in der Psychiatrie ist sie unbewohnt. Davor war sie dünn besiedelt, das zog viele Tiere magisch an", bestätigte Mina.

„Und was habt ihr im Winter gemacht, wenn der Pfad zuschneit?"

„Siehst du die Erle da drüben? Wenn du Eiche und die Erle verbindest, ergibt sich eine Linie. Wenn du in dieser Flucht bleibst, trägt dich der Boden."

„Ich bin beeindruckt. Du bist eine echte Partisanenführerin. Eine, die in keinem Lehrbuch steht", lobte Nelli ihre Mutter.

Die Frauen standen nebeneinander und blickten in die Ferne. Es sah aus, als suchten sie den Horizont nach den Umrissen einer Person ab. Doch da war nichts, nur der aufsteigende Bodennebel, der kurzlebige Figuren aus Dampf bildete.

„Ich war überzeugt, dass sich Isaaks Verhaftung als Missverständnis aufklärt. Dass sein Fall ein Justizirrtum ist. Ich schrieb Eingaben an Partei und Staatsanwaltschaft. Ich setzte mich für ihn ein. Da machten sie mir klar, dass ich die Nächste bin, wenn ich keine Ruhe gebe. Also verstummte ich. Aber als ich in den

Untergrund ging, hoffte ich, dass, wenn ich wie eine Löwin für dieses Land kämpfte, Isaak nach dem Krieg begnadigt werden würde. Stalin sollte sehen, dass selbst wir intellektuellen Juden zu etwas nütze sind", erzählte Mina.

„Aber es passierte nichts?", fragte Nelli als kenne sie die Antwort.

Oma Mina nickte. „Isaak blieb in Lagerhaft. Ich hörte mich um, sammelte mit Freunden Informationen. Nun erst begriff ich die Größenordnung der Säuberungen. Allein im Sommer des Jahres 1937 verschwanden Hunderttausende Parteimitglieder über Nacht."

„Aber weswegen?"

„1934 auf dem *Parteitag der Sieger* feierte die politische Führung ihre Erfolge bei der Industrialisierung des Landes und der Kollektivierung der Bauern. Über die Hungertoten in der Ukraine verlor man kein Wort. Doch es folgte ein stiller Protest. Bei der Wahl ins ZK erhielt Stalin mehr Gegenstimmen als Kirow. Stalin sah in Kirow eine Gefahr und befahl, ihn zu ermorden. Dann ließ Stalin die Mörder umbringen und behauptete, die Morde seien Teil einer großen Verschwörung. Einer Verschwörung, in die Genossen verstrickt seien. Genossen, welche ihm nach dem Leben trachteten. Stalin behauptete: ‚Der wahre Gegner tarnt sich mit unserem Parteibuch.' Er wies den NKWD-Chef Jeschow an, Listen anzufertigen. Alle, die gegen Stalin gestimmt oder sich kritisch geäußert hatten, sollten kaltstellt werden", verriet Mina.

„Alles nur weil der Mann einen Konkurrenten ausschalten wollte und sein Ego verletzt wurde … ", Nelli schüttelte den Kopf und fragte: „Und wie kam Isaak auf die Liste?"

„In Kiew fiel fast die komplette politische Führung Jeschows

Säuberungen zum Opfer. Alle Volkskommissare Ukraine, samt ihrer Stellvertreter wurden von den Geheimdienstlern des NKWD überprüft und kassiert."

„Ich hatte mir so was gedacht. Aber keine Ahnung von den Ausmaßen."

„Jeschows Aktion lief völlig aus dem Ruder. Jeder Parteifunktionär wollte in seinem Bezirk mehr ‚Feinde des Volkes' entlarvt wissen als der andere. Es entbrannte ein Wettstreit, um Stalin zu gefallen", berichtete Mina weiter.

„Und keiner der Beschuldigten hat sich gegen die abstrusen Vorwürfe verteidigt?"

„Die meisten wurden über Nacht im Schnellverfahren verurteilt, ohne Gerichtsprozess. Wer sich schuldig bekannte, konnte auf 20 Jahre Lagerhaft hoffen. Wer sich weigerte, sich zu den Vorwürfen zu bekennen, wurde gefoltert."

„Was für ein Wahnsinn", sagte Nelli leise.

„Von 1937 bis 1938 wurden 1,5 Millionen Menschen verhaftet. Die Hälfte von ihnen wurde erschossen, die andere Hälfte nach Sibirien deportiert. So gesehen hatte Isaak Glück, dass er ins Lager kam", merkte Mina an.

Eine Schar Stare erhob sich lärmend aus dem Wäldchen. Die Vögel bildeten eine Formation und kreisten am Himmel über der Lichtung.

„Aber warum ging niemand auf die Straße? Warum protestierte die Bevölkerung nicht dagegen?"

„Wir Menschen sind wie Schafe. Wenn wir Gefahr wittern, bleiben wir zusammen. Keiner bricht aus der Herde aus. Jeder drängt sich in die Mitte, in der Hoffnung, es möge besser seinen Nachbarn erwischen", entgegnete Mina.

„Dieses Land ist krank. Wir haben so lange am ‚Neuen Menschen‘ herumgebastelt, dass uns jede Menschlichkeit verloren gegangen ist“, stellte Nelli fest.

„Schwer, dem zu widersprechen. Zum Glück sind nicht alle Opportunisten.“

„Was wurde meinem Vater von der Staatsanwaltschaft vorgeworfen?“

„Isaak wurde wegen angeblicher Spionage für die Japaner zu 20 Jahren Lagerhaft verurteilt“, antwortete Mina.

Nelli schüttelte den Kopf. Sie schaute ihre Mutter fragend an: „Warum hast du mir die ganze Wahrheit so lange vorenthalten?“

Oma Mina atmete aus. „Ich hätte viel früher mit dir überall das reden müssen. Aber mein Schmerz über Isaaks Verlust war zu groß. Und deine Wut über die fingierte Trennung gab mir die Schuld an allem, was geschehen war. Damit konnte ich besser leben als mit den Erinnerungen an die Schrecken des ‚Großen Terrors‘.“

„Ich war acht Jahre alt. Ich verstand nicht, wieso Isaak ins vordere Zimmer zog. Warum wir nicht mehr gemeinsam in der Küche aßen. Ich wunderte mich, dass ihr am Abend nicht mehr das Schlafzimmer geteilt habt.“

„Wir mussten so vorgehen, wir standen unter Beobachtung. Jeder unserer Schritte wurde protokolliert.“

„Ich erinnere mich, wie Vater mich einmal von der Schule abholte. Er hatte einen Dienstwagen bekommen, einen GAZ-A. Ein schwarzes Cabriolet mit braunem Lederdach. Ein Automobil wie aus einem Gangsterfilm. ‚Komm, setzt dich neben mich, mein Engel‘, sagte Vater zu mir. Ich stieg ein und setzte mich neben ihn. Der Motor heulte auf, wir fuhren los und machten eine Spritztour durch das Kiewer Stadtzentrum. Überall drehten sich die Leute nach uns und dem Wagen um. So ein Auto hatte noch keiner zuvor gesehen“, schwärmte Nelli.

„Ein schöner Wagen, stimmt. Ich weiß nicht, wie lange wir ihn zur Verfügung hatten. An den Wochenenden sind wir auf die Datsche deiner Großmutter kutschiert. Isaak liebte es, mit dem GAZ-A vorzufahren", erinnerte sich Mina.

„Vater trug immer einen Ledermantel und dazu Handschuhe. Er sah verwegen aus, wie ein echter Revolutionär."

„Isaak war ein echter Revolutionär. Und er war ein anerkannter Chemiker und ein liebevoller Vater", erwiderte Mina. „Und er konnte elegant aussehen, wenn er wollte. Wenn wir ins Theater oder in Konzert gingen, zog er seinen maßgeschneiderten Anzug an. Darin sah er aus wie ein Filmstar."

„Ich vermisse meinen Vater."

„Ich vermisse Isaak auch."

Die Frauen nahmen einander in die Arme. Sie hielten sich gegenseitig fest. Mina streichelte ihrer Tochter über den Rücken.

Mit leiser Stimme begann Nelli zu erzählen: „Manchmal höre ich im Schlaf noch das Klopfen an der Wohnungstür. Ich stehe im Traum auf, rufe nach Vater und laufe durch die leere Wohnung. Ich renne in die Küche und sehe hinunter in den Hof. Vater steigt gerade ins Auto ein. Ich öffne das Fenster und rufe seinen Namen. Isaak schaut zu mir nach oben, da drücken ihn die NKWDler in den Wagen. Mir wird schlecht und ich muss mich übergeben."

„Was für ein Albtraum!", flüsterte Mina.

Nelli redete weiter: „Inzwischen träume ich seltener von Vater. Und ich weiß nicht mehr, was Erinnerung und was Traum ist."

„Ich habe versucht, meine Erinnerung zu verdrängen. Mit extra Seminaren, Dissertationen, mit Übersetzungen. Es ist mir nicht gelungen. Fast jede Nacht sehe ich, wie mein Mann abgeholt wird. Wie Isaak aus der Wohnung tritt. Wie er mir zulächelt und im

Treppenhaus verschwindet. Ich habe nichts aus dieser Nacht vergessen können. Und euch Kinder habe ich mit eurer Angst allein gelassen, das tut mir leid", gestand Mina.

„Ich kann dir nicht einfach vergeben. Die Zeit ist noch nicht gekommen. Da wirst du dich gedulden müssen", entgegnete Nelli.

„Du brauchst Zeit, das verstehe ich."

„Außerdem habe ich den Verdacht, dass du was im Schilde führst. Du hast dich noch nie für irgendwas bei mir entschuldigt", stellte Nelli fest.

Oma Mina schaute in den Himmel und überlegte ein paar Sekunden.

„Also, wieso erzählst du mir das alles? Was ist dein wahres Anliegen?", fragte Nelli.

„Ich brauche deine Hilfe", antwortete Mina.

Nelli machte einen Schritt zurück und betrachtete ihre Mutter.

„Du entschuldigst dich für jahrzehntelanges Schweigen, weil du meine Hilfe brauchst? Was ist deine Entschuldigung dann noch wert?", fragte sie.

Nelli drehte sich um und ging wortlos davon. Sie lief auf die Erle zu, immer weiter geradeaus.

„Du hast allen Grund, böse zu sein. Aber wir müssen unseren Disput dieses eine Mal beiseitelegen, um jemandem zu helfen", rief Oma Mina ihr nach.

„Ich muss gar nichts", rief Nelli zurück.

Sie blieb stehen und betrachtete die Erle.

„Jemandem in Not hilft man, ohne nachzudenken. Alle Fragen stellt man erst danach. Das war ein Credo deines Vaters. Isaak hat immer Menschen geholfen. Freunden, Verwandten, aber auch völlig Fremden", erklärte Mina.

Nelli drehte sich um und kam zurück. Sie sah ihrer Mutter in die Augen.

„Bevor du dein Parteibuch nicht zurückgibst, brauchst du von mir keine Unterstützung zu erwarten", sagte Nelli mit entschlossener Stimme.

„Gib mir dein Feuerzeug. Ich verbrenne mein Parteibuch auf der Stelle. Hier auf der Lichtung im Moor, vor deinen Augen", bot Mina an.

Sie zückte ihr Parteibuch aus der Brusttasche und hielt es demonstrativ in die Luft. Nelli reichte ihrer Mutter das Feuerzeug. Mina zündetet ihr Parteibuch in der Mitte an. Die Flamme griff auf die Papierseiten über. Mina warf das brennende Buch an den Fuß der alten Eiche in die Feuerstelle. Der verstärkte rote Einband und das darin befindliche Lenin-Porträt begannen, sich aufzulösen.

„Ich bin als eine der Ersten dieser Partei beigetreten. Jetzt ist es vorbei", sagte Mina.

„Also, gut, ich helfe dir", erwiderte Nelli.

• *Alarm an der Anlegestelle* •

Der Waldweg zum Strand war mit Urlaubern verstopft. Um den Pulk überholen zu können, wich Timur mit dem Rad in den Wald aus. Ich stand auf den Flügelschrauben der Hinterachse und hielt mich an Timurs Schultern fest. Die Wurzeln rüttelten uns durch.

„Nicht so schnell!", bat ich.

„Sonst kommen wir zu spät", antwortete Timur.

„Aber ich falle runter."

Timur trat weiter wie ein Irrer in die Pedale. Zwischen den Kiefernstämmen zeichnete sich der blaue Himmel ab. Das Flussufer und die Bucht taten sich vor uns auf.

„Wo wollen wir ihn zuerst suchen?“, fragte ich.

„An der Anlegestelle.“

Auch die Strandpromenade war voller Urlauber. Sie genossen die Sonne. Vom Dnjepr her wehte ein frisches Lüftchen. Der August zeigte sich von seiner schönsten Seite. Mütter und Väter tranken Kaffee. Großmütter spendierten ihren Enkeln Eis. Timur steuerte sein Rad zwischen den Stühlen der Fress- und Saufbuden hindurch.

„Halt stehen bleiben!“, forderte der Mann im Trainingsanzug.

Er breitete seine Arme aus und stellte sich uns in den Weg.

„Ach, du Scheiße“, fluchte ich.

„Hier ist das Fahren verboten!“, rief der Mann.

„Wir fahren nicht, wir rollen“, entgegnete Timur.

Er bremste ab, umkurvte den Mann und fuhr weiter. Dabei übersahen wir die eigentliche Gefahr. Sie lauerte an der nächsten Eisbude.

„Wohin wollen die Herrschaften?“, fragte eine Polizistin.

„Zur Anlegestelle“, antwortete Timur.

„Absteigen, alle beide! Aber ganz, ganz schnell! Sonst lernt ihr Rabauken mich kennen!“, drohte die Polizistin.

Wir stiegen ab und sahen bedröppelt zur Ordnungshüterin hoch.

„Jungs, seht ihr nicht, dass die Promenade voller Leute ist? Was, wenn ihr ein Kleinkind umfahrt?“, fragte die Polizistin.

„Tut uns leid, daran haben wir nicht gedacht“, keuchte Timur.

„Verkehrsteilnehmer müssen Rücksicht aufeinander nehmen“, belehrte sie uns.

„Tut uns leid, daran haben wir nicht gedacht“, wiederholte Timur.

„Ist bei dir im Oberstübchen noch alles am Platz? Oder seid ihr Spezis auf der Förderschule?“, fragte die Polizistin.

Ich versuchte, die Situation zu entschärfen: „Wir wollten niemanden gefährden, weder Fußgänger noch Kleinkinder. Wir machen langsamer. Das versprechen wir Ihnen.“

„Natürlich macht ihr das, weil ihr sonst Ärger bekommt“, erwiderte die Polizistin.

Sie betrachtete skeptisch Timurs Fahrrad. „Kein Sattel, keine Schutzbleche, kein Licht? Und was ist das hier, die Reste der Vorderbremse?“

„Ich bremse mit dem Rücktritt“, antwortete Timur.

„Du bremst gar nicht mehr! Weil ihr das Rad über die Promenade schiebt. Sonst ziehe ich die Krücke auf der Stelle ein, verstanden?“

Wir nickten beide. Jemand packte mich an der Schulter.

„Was wollen Sie denn?“, fragte die Polizistin unwirsch.

„Die Junge hat mir mein Halfter gestohlen“, behauptete der Mann im Trainingsanzug.

„Was für ein Halfter?“, fragte sie ihn.

„Ein Pistolenhalter für die Makarow meines Vaters.“

„Zuerst lassen Sie den Jungen los. Aber ganz, ganz schnell!“, fauchte die Polizistin.

Widerwillig ließ der Mann im Trainingsanzug von mir ab.

„Abfahrt, Jungs! Aber zu Fuß!“, forderte die Polizistin.

„Hören Sie, der Junge ist ein Dieb …“, begann der Mann und wurde prompt von der Polizistin unterbrochen: „Und jetzt hauchen Sie mich mal an!“

Der Mann versuchte sich zu erklären. Timur und ich nutzten

unsere Chance. Wir nahmen die Beine in die Hand. Hinter uns begann eine Diskussion. Die Polizistin belehrte den Mann über seine Rechte. Der Mann wiederum zeigte ihr seinen Ausweis. Wir tauchten in der Menge unter. Immer wieder sah sich Timur um.

„Ich glaube, unser Freund ist im Dienst", bemerkte Timur.

„Wie kommst du darauf?", fragte ich.

„Er hat die Polizistin strammstehen lassen und verfolgt uns weiter."

„Was ist das für ein Dienst, der keine Uniform vorschreibt?"

„Da ist die Anlegestelle", sagte Timur, „kannst du den Bärtigen irgendwo sehen?"

„Nein, ihn sehe nicht", gab ich zurück.

An der Anlegestelle legte ein Militärboot an. Die Militärpolizei besetzte den Steg. Anlegestelle und Steg wurden mit Absperrband gesichert. Von jetzt auf gleich war die Bucht für Zivilisten gesperrt. Auch der Bootsverleih musste schließen.

„Wir sind zu spät", ärgerte sich Timur.

„Das ging alles so schnell", fand ich und fragte laut „aber warum schließen sie die Bucht?"

„Wegen Algenalarm" entgegnete eine Urlauberin.

„Die wissen, wie man einen Menschen jagt", flüsterte Timur.

„Was sagst du, Junge?", fragte die Urlauberin.

„Morgen ist Markttag", antwortete Timur.

Mir wurde flau im Magen. Ein Druck kroch mir die Speiseröhre hoch.

„Mir wird schlecht", stellte ich fest, „ich glaube, ich muss brechen."

Die Urlauberin schüttelte den Kopf und lief weiter.

„Warte!", forderte Timur und deutete mit dem Kopf nach rechts.

Ein junges Mädchen mit blonden Haaren nahm den freien Platz am Geländer ein.

„Was macht ihr in der Bucht?", wollte Lina wissen.

„Wir wollten zum Bootsverleih", antwortete Timur.

„Und du, wolltest du nicht mit den Jungs proben?", fragte ich zurück.

Sie sagte: „Möhre hat sich die Hand verstaucht und Speiche muss Ställe ausmisten. Wieso wolltet ihr zum Bootsverleih?"

Ich erbrach mich vor Linas Füßen.

„Alles gut bei dir?", sorgte sich Lina und reichte mir ein Taschentuch.

Ich wischte mir den Mund ab und lächelte schief.

„Ich habe wohl Omas Eierkuchen nicht vertragen."

„Der Bootsverleih ist gerade geschlossen worden", entgegnete Timur.

„Wir wollten den Bärtigen warnen", verriet ich.

Wir drei sahen uns an, jeder versuchte, dem anderen in den Kopf zu schauen.

„Und wie kommt ihr darauf, dass Maksym hier ist?", fragte Lina.

„Wir haben ihn das letzte Mal am Steg gesehen. Du hast ihn, nach eurem Auftritt, heimlich an der Anlegestelle getroffen", erwiderte Timur.

„Maksym wollte mich singen hören. Und er wollte unter Menschen sein. Die vielen Nächte allein im Wald haben ihm zugesetzt", erklärte Lina.

„Und warum hattet ihr Streit?", fragte ich.

„Niemand darf wissen, dass Maksym sich auf der Insel versteckt. Auf der Promenade herumzuspazieren, war dumm. Man hätte ihn erkennen können."

„Bist du mit dem Bärtigen zusammen?", fragte ich.

„Ich bin 15 Jahre alt … also, nein, bin ich nicht", antwortete Lina.

„Alt genug, um Spaß zu haben", frotzelte Timur.

„Ach, du Hosenscheißer kennst dich mit Spaß aus?", fragte sie.

„Ich bin reifer, als mein Alter vermuten lässt", erwiderte Timur.

Er stand breitbeinig da und klopfte auf seine Brust.

„Er schaut seinem Onkel über die Schulter, wenn Fedor Damenbesuch hat. Oder schmökert in dessen Nacktheften", verriet ich.

„Du bist also ein kleiner Spanner", stellte Lina fest.

„Ich wäre eine gute Partie für dich, Lina", behauptete Timur.

„Ich bin leider schon vergeben. Ich habe einen neuen besten Freund. Er hat die Geliebte meines Vaters vergrault", strahlte Lina.

„Stimmt, wir sind wie Patti und Robert", kicherte ich.

„Wieso das denn?", fragte Timur.

„Nach eurem Auftritt im Garten ist Daria mit dem Bus nach Kiew zurück. Mein Vater konnte sie nicht überreden zu bleiben. Und er hasst es, allein auf der Datsche sein", antwortete Lina.

„Wir haben nur ein bisschen nachgeholfen", gestand ich.

Lina nahm mich in den Arm und küsste mich vor Timur auf den Mund. Ich und strahlte über das ganze Gesicht.

„Wieso bekommt nur der Musiker die Küsse?", fragte Timur.

„Weil Anton, ihm Gegensatz zu dir, nicht mit dem Schwanz denkt."

„Ich denke mit dem Kopf und fühle mit meinem Herzen. Außerdem war ich an Darias Vergraulen beteiligt", merkte Timur an.

„So poetisch, der kleine Mann", kicherte Lina.

„Dein Pech, Lina. Du weißt nicht, was dir entgeht", sagte Timur trotzig.

„Oh doch, dass weiß ich sehr genau", konterte Lina.

Ich stellte mich zwischen die zwei Streithähne und hob die Hände: „Hört endlich auf mit dem Gezänk. Wieso bist du hier, Lina?"

„Wir brauchen ein neues Boot, für Maksym."

„Was ist mit dem alten passiert?", fragte Timur.

„Wurde von der Wasserschutzpolizei konfisziert", antwortete Lina.

„Der Bootsverleih ist geschlossen", wiederholte Timur.

Ich hatte mich zurückgehalten, doch jetzt musste ich fragen: „Aber wer ist denn bitte sehr WIR?"

„Wir Frauen helfen Maksym mit Kleidung und Proviant. Und deine Oma Mina organisiert diese Hilfe."

„Ha, ich hab' doch gewusst, dass die viele Wobla für jemand anderen bestimmt war", sagte ich und fragte: „Und das Mädchen aus dem Moor, wer ist das?"

Lina grinste: „Viele Mädchen … im selben Kostüm."

„Es gibt noch eine andere Möglichkeit, sich auf dem Fluss fortzubewegen. Aber du solltest das mit dem Spanner zurücknehmen", bot Timur an.

„Warum sollte ich das zurücknehmen?", fragte Lina.

„Weil ich kein Spanner bin", entgegnete Timur.

„Du solltest nicht auf Timur wütend sein", warf ich ein.

Lina sah mich verdutzt an, leider verstand sie meinen Gedankengang nicht.

„Ihr Jungs leidet oft an einer gestörten Selbstwahrnehmung", witzelte sie.

„Wir haben ein Floß!", platzte es aus mir heraus.

„Das hättest du ihr nicht verraten dürfen", fauchte Timur.

„Ich weiß, aber es handelt sich um einen Notfall. Darum sollten wir unsere Kräfte bündeln", erwiderte ich.

„Eine gute Idee, das sehe ich genauso", stimmte Lina zu.

„Ihr meint, wir sollten uns zusammentun?“, fragte Timur.

Lina und ich nickten eifrig.

„Gut, von mir aus. Aber wir kommen eh wieder zu spät“, unkte Timur.

„Also, wo ist euer Floß?“, fragte Lina.

Ich wies mit beiden Händen auf meinem Freund und ließ ihn antworten.

„Das Floß ist unter einer Weide versteckt“, verriet Timur.

„Im Moor, da wo die kleine Lichtung ist“, ergänzte ich.

„Alles klar, dann folge ich euch“, bot Lina an.

„Oh, oh, schaut mal da, wir bekommen Besuch“, bemerkte ich.

Der Mann im Trainingsanzug drängte sich auf der Promenade an den Leuten vorbei. Er sah zu uns und kam auf die Anlegestelle zugelaufen.

„Der ist sicher vom Dienst“, vermutete Lina.

„Sage ich doch“, feierte Timur.

Ein schwarzer Schiguli kam ins Bild, er hatte sich durch die Massen manövriert und hielt nun neben dem Mann mit dem Trainingsanzug. Ein Glatzkopf und ein Brünetter stiegen aus. Der Mann gab den beiden Auskunft.

„Die sind alle vom Dienst“, sagte Lina überzeugt.

Timur drängte: „Wir müssen los, sonst gibt es Ärger!“

• *Finale Grande* •

Die Stimmung in der Siedlung kippte. Die Männer bewaffneten sich mit Knüppeln. Axtstiele lugten aus ihren Jacken hervor. Wege, Straßen und Kreuzungen wurden von Trupps besetzt. Familienväter, Rentner und Reservisten verwandelten sich in willfährige Handlanger der Militärpolizei.

„Erschreckend, wie schnell Menschen ihr Wesen verändern", bemerkte Lina.

„Ist jedes Individuum ein Mensch?", fragte ich.

„Meine Heimerzieher eindeutig nein", antwortete Timur.

„Nicht jeder verdient das Prädikat Mensch. Viele von uns verhalten sich unter Stress wie opportune Einzeller", entgegnete Lina.

„In der Gefahr zeigt sich der wahre Charakter", befand Timur.

„Dem ist nicht zu widersprechen", stimme ich zu.

Langsam liefen wir auf die Kreuzung vor uns zu. Aus der Truppe, welche die Kreuzung bewachte, löste sich ein junger Mann.

„Tut mir leid wegen vorhin", flüsterte Lina.

„Was genau jetzt?", fragte Timur.

„Du bist kein kleiner Spanner, du bist schon ein großer", kicherte Lina.

Timur gab sich generös: „Das lasse ich als Entschuldigung gelten."

Der junge Mann blieb zwei Meter vor uns stehen und empfahl: „Kinder, ihr solltet nach Hause gehen."

„Wir sind auf dem Weg. Aber fast an jeder Kreuzung stehen Posten, die niemanden mehr durchlassen", erwiderte Lina.

„Meine Oma Mina wartet auf uns mit dem Mittag", behauptete ich.

„Und was ist mit dir? Wohnst du auch in der Siedlung?", fragte der junge Mann.

„Ich wohne bei Onkel Fedor", antwortete Timur und fügte an: „Aber ich bin bei Antons Oma zum Essen eingeladen. Mina ist berühmt für ihre Rinderbuletten. Alle in der Siedlung schwärmen davon. Wer diese Buletten noch nicht gegessen hat, stirbt unwissend."

Der junge Mann lächelte und bedeutete uns weiterzulaufen.

„Lasst die drei durch! Sie wollen nach Hause zu ihrer Oma zum Mittagessen", wies der junge Mann seine Kollegen an.

Wir hasteten zu dritt den Weg bis zum Ende und betraten das Grundstück des Generals. Die Tür der Datsche stand offen. In der Küche summte der Kühlschrank vor sich hin. Das Geschirr war mit einem Tuch abgedeckt. Timur stellte sein Rad ab und nahm sich ein Glas Wasser. Lina setzte sich in den Sessel des Generals.

„Und Mark hat dir beim Einbauen des Ruders geholfen?", fragte Lina.

„Er ist ein guter Handwerker. Ohne ihn, wäre ich nie fertiggeworden", antwortete Timur.

Ich lugte ins Wohnzimmer, auf dem Couchtisch lagen Omas Buch und ihre Brille. Als wären alle gerade ausgeflogen. Ich betrat mein Zimmer, suchte den goldenen Taktstock. Ich hatte ihn im ersten Schubfach der Kommode in einem Schal versteckt.

„Da bist du ja, mein Schatz", hauchte ich.

Vorsichtig nahm ich Swetlanows Dirigentenstab heraus. Unsicher sah ich zum Plakat. Jewgeni Fjodorowitsch schaute mich streng an. Diesmal nicht von oben herab, sondern auf Augenhöhe. Als wäre ich ein kleines Stückchen gewachsen.

„Es braucht keinen Wettstreit zwischen Klassik und Punk. Jede einzelne Gattung hat ihren Reiz. Am Ende lebt Musik, egal welche, immer von der Ernsthaftigkeit ihrer Interpretinnen", stellte ich fest.

Jewgeni Fjodorowitsch intervenierte nicht.

Ich trat auf die Veranda. Feierlich trug ich den Dirigentenstab vor mir her, wie eine Olympische Medaille bei der Siegerehrung.

„Was wird das jetzt?", fragte Lina.

Timurs Augen weiteten sich. Ich überreichte ihm Swetlanows goldenen Taktstock.

„Dieses Stück gedrechseltes Ahornholz war für mich etwas Heiliges", erklärte ich.

Timur nahm seinen Preis entgegen.

„Du hast ihn dir im Duell ehrlich erstritten. Ergo, Punk schlägt Revolutionär. Nun soll Swetlanows Taktstock dein Herz erfreuen. Ich habe zwar einen Taktstock verloren, dafür aber einen Freund gewonnen."

„Ich bin sprachlos", flüsterte Timur. Seine Augen wurden feucht, er schaute mich freudestrahlend an: „Du bist auch mein Freund. Und stark, dass du verzaubert bist."

„Danke dir für diesen Sommer, Timur", erwiderte ich.

„Ich würde auch gern was Pathetisches in die Runde werfen. Aber wir haben keine Zeit zu verlieren. Wir müssen euer Floß finden", mahnte Lina.

Lina und Timur nahmen den Weg runter zur Feuchtwiese. Ich trabte ihnen hinterher. Das Gras war nass, der Boden aufgeweicht. Timur umkurvte gekonnt die Pfützen. Auch die Füße von Lina und mir blieben trocken, weil wir uns dicht hinter unserem Anführer hielten. Unbeschadet erreichten wir das Wäldchen. Der Weg wurde fester, die Bäume gaben uns Sichtschutz. Nun konnte uns niemand aus der Siedlung erspähen, nicht mal mit einem guten Fernglas. Doch auch im Wald bestand die Gefahr, auf einen Suchtrupp zustoßen.

„Seht ihr die Bäuerin, die mit dem Brennholz auf dem Handwagen?", fragte Timur.

Ich erwiderte: „Vielleicht eine Freundin von Oma?"

„Die macht mich nervös", murrte Timur.

„Lasst uns in den Wald abbiegen. Aber ganz entspannt, ohne Hektik“, schlug Lina vor.

„Das ist aber nicht der kürzeste Weg zum Floß“, warf ich ein.

„Dafür kommen wir ungesehen bis zur Lichtung“, glaubte Lina.

„Ein Umweg von einer Viertelstunde“, bemerkte Timur.

„Hauptsache wir laufen niemandem in die Arme“, entgegnete Lina.

„Wir biegen in den Wald ab“, entschied Timur.

Er ging in den Wald hinein. Lina und ich folgten ihm. Der Weg wurde schmaler. Es ging einen kleinen Hügel hinauf und gleich wieder bergab.

„Wozu habt ihr euch das Floß gebaut?“, fragte Lina.

„Wir wollten damit ins Schwarze Meer schippern“, antwortete Timur.

„Mit einem selbstgebauten Floß?“, fragte Lina.

„Warum nicht?“, entgegnete Timur.

„Der Dnjepr ist über 1300 Kilometer lang. Es gibt unzählige Staumauern und Dämme. Außerdem würde euch die Wasserschutzpolizei schnappen“, sagte Lina.

„Wir wollten in der Dämmerung schippern“, antwortete Timur.

„Dafür haben wir uns eine Petroleumlampe besorgt“, verriet ich.

„Der Dnjepr ist über 20 Kilometer breit, woran wollt ihr euch orientieren? Und ist so ein Floß für zwei Leute überhaupt stabil genug?“, fragte Lina.

„Ist sicher riskant“, stimmte ich zu.

„Aber ich will nicht wieder ins Heim“, maulte Timur.

„Und was ist mit deiner Mutter?“, fragte Lina.

Timur antwortete nach einem kurzen Schweigen: „Meine Mutter bleibt länger im Sanatorium … Und wenn mich am Ende der

Sommerferien niemand aus der Familie nimmt, holt mich das Jugendamt ab."

„Gibt es denn jemanden, der in Frage käme?", fragte Lina.

Timur schüttelte den Kopf.

„Ich würde auch nicht ins Heim wollen", sagte ich.

Im Unterholz knackte es bedrohlich. Wir blieben wie angewurzelt stehen. Stumm sahen wir uns einander an. Eine Elchkuh trat mit ihrem Kalb aus dem Dickicht. Seelenruhig passierten sie den Weg und verschwanden wieder im Wald.

„Habt ihr das gesehen?", fragte Timur.

„Das war wunderschön", fand ich.

„Warum bleibst du nicht bei deinem Onkel?", fragte Lina.

Timur zuckte mit den Schultern.

„Fedor sagt, dass ich ihm auf die Nerven gehe. Wenn er von der Nachtschicht kommt, möchte er seine Ruhe haben. Und tagsüber ist er mit seinen Freundinnen ausgelastet. Ich störe ihn und ich fühle mich dort fremd", antwortete er.

Seine Augen wurden feucht. Er strich sie mit der Hand trocken. Ich legte meinen Arm auf Timurs Schulter und versuchte, ihn zu trösten.

„Ich war immer der, der nicht dazugehört, den keiner haben will", schniefte Timur.

„Aber wir wollen dich dabeihaben", sagte ich.

„Nur weil ich weiß, wo das Floß versteckt ist", antwortete er.

Lina fasste Timur an den Schultern.

„Wusstest du, dass Sid gar kein Instrument spielte?", fragte Lina.

Timur sah Lina an und runzelte die Stirn.

„Sid kam als Letzter zu den Pistols. Sie haben ihn ausgelacht, weil er keinen Bass spielen konnte. Auf keiner einzigen Platte ist er zuhören. Sid war ein musikalischer Totalausfall. Darum wollte ihn niemand dabeihaben", erzählte Lina weiter.

Timur schüttelte den Kopf.

„Dafür lebte er das Punk-Sein mit jeder Faser seines Körpers. Er pöbelte und pogte auf der Bühne, ekstatischer als irgendwer sonst. Erst dank seiner Auftritte erlangte die Band Kultstatus. Ohne Sid wären die Pistols nie so erfolgreich geworden", erklärte Lina.

Timur stand mit offenem Mund da. Auch ich hatte Gänsehaut.

„Diese Details über Sid hörst du sicher zum ersten Mal", merkte ich an.

„Du hast mich echt erwischt, Lina. Ich bin beeindruckt", gestand Timur.

Ein Lächeln huschte über seine Lippen.

„Bitte, gern geschehen", entgegnete Lina und fügte hinzu: „Und jetzt gehen wir weiter und finden dieses verdammte Floß."

Der Weg ging steil hinab. Timur stieg geschickt bergab. Er bremste mit der Seite seiner Schuhe ab und hielt sich mit der Hand an den aus dem Boden ragenden Wurzeln fest. Lina und ich beobachteten ihn dabei und taten es ihm gleich. Unten angekommen sah ich ungläubig geradeaus. Wenige Meter vor uns lag ein kleiner Teich, der von Schilf und Blattwerk überwuchert war. Ein beißender Geruch stieg mir in die Nase.

„Was für ein Gestank", schimpfte Timur.

„Was ist das?", fragte ich.

Wir traten näher ans Wasser. Ich versuchte die Quelle des Gestanks zu lokalisieren. Über dem Teich hing ein Stahlseil, in dessen Mitte baumelte ein Metallkäfig.

„Ein wild angelegter Fischteich", antwortete Lina.

„Sind das Fellreste hinter den Gitterstäben? ", fragte Timur.

„Genau das“, bestätigte Lina.

„Warum hängt man tote Tiere über einen Teich?“, fragte ich.

„In den Kadavern nisten sich Maden ein. Die fressen den Tieren das Fleisch von den Knochen. Wenn alles verrottet ist, fallen die fetten Maden ins Wasser. Auch sie enden als Futter, für die noch größeren Räuber, die Forellen“, erklärte Lina.

„Was für ein mörderisches System“, sagte ich.

„Und am Ende schnappen sich die Großen die Kleinen“, bemerkte Timur.

„Ist das nicht verboten?“, fragte ich.

„Wenn keiner gesehen hat, wer den Teich angelegt hat, kannst du niemanden zur Verantwortung ziehen“, antwortete Lina.

„Ich glaube, wir kennen den Mann, der für diese Sauerei verantwortlich ist“, erwiderte Timur.

„Der Mann im Trainingsanzug, Alias-Iwanow“, flüsterte ich.

Timur nickte. Er trat an den Rand des Teiches und zeigte ins Wasser.

„Da sind nicht nur Forellen, da sind auch Schleie“, sagte er.

Ich schüttelte den Kopf, die Vorstellung, dass die Fische mit Maden gemästet wurden, drehte mir den Magen um. Es kam mir hoch, ich kotzte eine Fontäne.

• *Treibjagd* •

Ein Hornsignal ertönte aus der Ferne. Ein zweites folgte. Nun hörten wir das Bellen der Hunde. Auch die Rufe der Treiber schallten durch den Wald zu uns herüber.

„Die Jagd hat begonnen“, bemerkte Timur.

Er war kreideweiß, seine Angst vor Hunden war ihm anzusehen.

„Die haben es doch gar nicht auf uns abgesehen", behauptete Lina.

„Glaub mir, die machen keine Unterschiede. Wer sich jetzt noch im Wald aufhält, wird es bitter bereuen", entgegnete Timur.

„Noch haben sie uns nicht gefunden", beschwichtigte ich.

„Das wird noch richtig schmutzig", stammelte Timur.

Lina überlegte. Ihre Augen leuchteten auf, sie sah mich auffordernd an.

„Was ist los?", fragte ich.

„Kannst du hören, aus welcher Himmelsrichtung die Treiber kommen?", fragte Lina.

Ich schloss die Augen, konzentrierte mich auf die Geräusche. Das Bellen der Hunde war zu weit weg. Die Rufe der Treiber ebenso. Beides vermischte sich.

„Schwer festzustellen, wo die Geräusche genau herkommen. Der Schall wird reflektiert. Mal scheint das Hundebellen aus dem Süden zu kommen, mal aus dem Norden. Ich müsste auf einen Baum, um besser zu hören."

Lina und Timur sahen sich hektisch um, sie suchten den perfekten Baum.

„Was ist mit der Erle?", fragte Lina.

„Die ist zu dünn, die bricht weg", antwortete Timur.

„Und da, die Kastanie?", fragte Lina.

„Der Stamm ist zu stark", entgegnete Timur.

Ich lief auf eine Birke zu. Ihre Blätter säuselten mir zu, als würde sie mir etwas zuflüstern wollen. Ihr starker Stamm wand sich wie ein Korkendreher in die Höhe.

„Ist die Birke nicht zu hoch?“, fragte Lina.

„Sie ist perfekt“, sagte ich mit mulmigem Gefühl.

Mein Herz begann zu klopfen, die Hände schwitzten.

„Soll ich dich wieder dirigieren, wie bei der Obstleiter?“, fragte Timur.

„Das können wir probieren“, antwortete ich.

Meine Hände umklammerten den Birkenstamm. Die Füße suchten nach Halt.

„Ich rutsche ab, die Borke ist zu glatt.“

„Die Handschuhe ausziehen? Und ich kann Räuberleiter“, bot Lina an.

„Aber für Anton sind seine Hände sein größter Schatz“, warf Timur ein.

„Die Zeit der Handschuhe ist vorbei“, entschied ich.

Ich zog die fingerlosen Schwarzen aus und legte sie auf den Waldboden. Lina machte eine Räuberleiter. Ich stieg mit dem Fuß auf ihre Hände, drückte mich ab, griff mit der Rechten nach dem ersten Ast und zog mich hoch.

„Links tief ist ein Knubbel am Stamm“, riet Timur.

Mein Fuß fühlte nach dem Vorsprung und stütze sich darauf ab. Ich schaute am Stamm hinauf, griff mit der linken Hand nach dem nächsten Ast.

„Rechts unten von dir gibt's noch einen Knubbel … etwas tiefer“, gab Timur vor.

Auch diesmal fand mein Fuß den Abtritt. Ich kletterte weiter. Timur dirigierte die Füße, ich die Arme. Die harte Borke bohrte sich in meine Hände. Die weiche Haut riss auf, als würde sie mit einem Hobel abgezogen. Verzagt sah ich nach oben.

„Nicht aufgeben, mach weiter!“, ermutigte mich Lina.

Ich biss die Zähne zusammen und kletterte wie im Rausch weiter. Oben angekommen zitterte ich am ganzen Körper. Handflächen und Fingerkuppen bluteten. Seltsamerweise fühlte ich keinen Schmerz mehr. Als ich einen Ausblick über die Baumkronen des Wäldchens wagte, durchflutete mich ein ungekanntes Glücksgefühl.

„Kannst du hören, woher die Treiber kommen?", fragte Lina.

Ich schloss die Augen. Wieder konzentrierte ich mich auf die Geräusche. Dabei versuchte ich alles Piepsen, Wispern und Knistern um mich herum auszublenden. Nun kam das Bellen der Hunde eindeutig aus dem Süden, ebenso die Rufe der Treiber.

„Die Treiber und die Hunde sind gestartet", rief ich.

„Von wo kommen die Hunde?", fragte Timur.

„Sie kommen aus dem Süden."

„Kannst du sehen, wo genau der Feind steht?", fragte Timur.

„Komm lieber wieder runter", bat Lina.

Ich öffnete die Augen ganz und atmete durch. Meine Höhenangst war verschwunden. Vorsichtig verlagerte ich mein Gewicht auf den linken Fuß und spähte durch das Blattwerk zum Wäldchen hinüber. Nun entdeckte ich die Treiber.

„Ich sehe sie", schrie ich.

Die Meute der Hunde hetzte durch das Wäldchen. Die Zungen der Tiere hingen weit heraus, der Geifer floss in Strömen. Die Männer hatten Mühe, ihren Tieren zu folgen. Alias-Iwanow hatte seinen Trainingsanzug abgelegt, er trug Cordhose und Blouson und führte die Truppe mit seinem Moskauer Wachhund an. An seinem Gürtel baumelte das Jagdhorn. Neben ihm lief der Glatzkopf, ohne Hund.

„Wieso glauben Sie, dass wir ihm auf der Spur sind?", fragte der Glatzkopf.

„Die Wasserschutzpolizei hat ein Boot im Schilf gefunden, mit Klamotten. Ich habe mir seine Unterhose gesichert. Die habe ich meinem Hund unter die Nase gehalten. Berija hat mich noch nie enttäuscht."

Die Meute der Hunde und ihre Herrchen bogen auf den Weg an der alten Eiche ein. Iwanow passierte als Erster die morastige Stelle. Der Boden hielt. Seine Männer folgten mit ihren Hunden. Iwanow riss die Leine zurück, als er mit seinem Hund auf die Lichtung im Moor hinaustrat.

„Mach Platz, Berija!", herrschte er das Tier an.

Der Wachhund blieb stehen, leckte sich über die Zähne und setzte sich auf den Hintern. Aufmerksam betrachtete Iwanow die Feuerstelle.

„Er muss hier gewesen sein, die Asche ist noch warm", bemerkte er.

„Viele Menschen könnten sich an der Feuerstelle aufgewärmt haben. Das Wäldchen ist kein Sperrgebiet", entgegnete der Glatzkopf.

„Die Menge der Asche lässt vermuten, dass jemand ein paar Tage am Feuer geschlafen hat. Da kommen nicht viele in Frage", antwortete Iwanow.

„Ich hoffe für Sie, dass wir dieses Mal den Richtigen stellen, ansonsten wird es unangenehm für Sie werden", entgegnete der Glatzkopf.

Hinter den Männern waren mehrere Hunde aufgelaufen. Einige der Hunde gingen aufeinander los. Ihre Leinen verfingen sich. Es entstand ein großes Kuddelmuddel.

„Männer, wir sind ihm auf der Spur. Wenn wir den Burschen vor allen anderen stellen, gebe ich eine Runde Wodka aus", motivierte Iwanow die Truppe.

Die Männer johlten freudig. Hektisch versuchten sie, ihre Hunde und die Leinen voneinander zu trennen, um die alte Ordnung wiederherzustellen.

„Startklar?", fragte der Glatzkopf.

Die Männer nickten. Sie hatten die Leinen ihrer Tiere entwirrt. Die Treibjagd durch das Moor ging weiter.

Ich wechselte meine Position auf dem Ast. Jetzt sah ich zur Insel und zur alten Brücke.

„Ich sehe unsere Leute", rief ich.

Der Bärtige zog an einem Seil einen Haselnussbusch durch das Rinnsal im Moor. Sein Ledermantel wehte im Wind, der Strohhut war tief ins Gesicht gezogen. Hinter ihm liefen Nelli und Oma Mina, beide schleppten Sachen.

Oma Mina hob ihre linke Hand. Der Bärtige und Nelli blieben stehen.

„Wir sind da", erklärte Mina.

„Ich dachte schon, wir kommen nie an", maulte Nelli.

Sie setzte die Kiste mit dem Proviant und dem Schlafsack auf dem Boden ab.

„Phase zwei startet jetzt!", entgegnete ihr Oma.

Der Bärtige vertäute das Seil am Brückenpfeiler. Er zog den Haselnussbusch zur Seite. Unter dem Busch kam das Floß zum Vorschein. Oma reichte ihm die Petroleumlampe.

„Wir müssen uns beeilen", mahnte sie.

Der Bärtige hängte das Ruder ein. Nelli sicherte die Proviantkiste. Mina fixierte den Schlafsack. Der Bärtige stellte den Mast auf. Das Floß war zur Abfahrt bereit.

„Wir sehen uns im Himmel oder in der Hölle", sagte Mina lachend.

Der Bärtige zeigte den Daumen hoch. Der Hut verdeckte noch immer sein Gesicht.

Ich kletterte eilig die Birke hinunter. In meinem Kopf ratterte es. Wie waren Nelli und Oma Mina an unser Floß gelangt? Und wieso halfen sie Maksym bei seiner Flucht?

„Spring, dann geht es schneller", drängelte Timur.

„Unsere Leute sind an der alten Brücke", berichtete ich und sprang.

Timur, Lina und ich hasteten durch das dichte Unterholz. Wir traten aus dem Wäldchen auf die Wiese heraus.

Nelli drückte das Floß mit einer Stange ab. Oma Mina warf dem Bärtigen das Seil zu.

„Hals- und Beinbruch!", wünschte Nelli.

Das Floß stach in See. Der Bärtige stand allein auf den Stämmen. Langsam bog das Floß vom Rinnsal in den Nebenarm des Dnjepr ein.

Timur stupste Lina an der Schulter und zeigte geradeaus: „Schau, da, auf dem Fluss!"

„Das Floß schwimmt schon", stellte ich fest.

„Wo denn bloß?", fragte Lina.

Sie war aufgeregt und starrte in die falsche Richtung.

„Hinter der alten Brücke", sagte Timur.

Lina riss ihre Augen auf. Nun sah auch sie das Floß und den Bärtigen. Sie rannte los und versuchte, das Floß vom Ufer aus einzuholen.

Lina schrie sich die Kehle wund: „Maksym, nimm mich mit!"

Doch das Floß war schon zu weit draußen. Die Strömung des Dnjepr hatte das Fluchtgefährt erfasst.

„Maksym, komm zurück, der Dnjepr ist gefährlich!", schrie Lina.

Sie rannte weiter. Der Bärtige reagierte nicht auf ihre Rufe.

„Er kann dich nicht hören, Lina“, warf ich ein.

„Warum bist du ohne mich los? Wir wollten doch …“, ihre Stimme brach ab.

Lina blieb stehen, sah auf den Fluss und weinte.

„Dafür hören uns die anderen umso besser“, merkte Timur an.

„Wen zum Teufel meinst du?“, fragte ich.

Ich reichte Lina mein Taschentuch. Sie wischte sich die Tränen weg.

Timur zeigte zum Horizont. Die Treiber und ihre Hunde hasteten auf uns zu. Sie hatten den Weg über die Moorwiesen genommen. Wenige hundert Meter trennten uns.

Das Floß verschwand hinter einer Biegung. Oma Mina und Nelli winkten uns. Wir liefen ihnen entgegen. Nelli breitete ihre Arme aus, ich umarmte meine Tante.

„Ihr habt euch Zeit gelassen“, befand Oma Mina.

„Aber es hat funktioniert“, entgegnete Timur.

Oma Mina knuffte Timur in den Arm und strich ihm liebevoll über den Kopf.

„Das wird sich gleich herausstellen“, kicherte Oma.

„Was genau meinst du?“, fragte ich.

Alias-Iwanow kam auf uns zugelaufen. Er hielt seinen Wachhund an der kurzen Leine. Berija knurrte. Seine Männer und ihre Hunde waren über die Moorwiese versprengt. Auch der Glatzkopf stapfte noch durch den weichen Untergrund.

„Was zum Teufel machen Sie hier?“, fragte Iwanow gereizt.

„Und Sie? Sie jagen Kinder mit scharfen Hunden?“, konterte Oma Mina.

Sie stellte sich schützend vor Timur und mich und sah dem Mann in die Augen.

„Ich schulde Ihnen keine Rechenschaft. Und sollte sich herausstellen, dass Sie einem Fahnenflüchtigen geholfen haben, werden Sie sich vor Gericht verantworten müssen. Ebenso wie die Kinder hinter ihnen“, drohte Iwanow unverhohlen.

„Sie haben wohl Beeren genascht? Von uns ist keiner auf der Flucht. Und eine Fahne habe ich nicht“, erwiderte Nelli, ihre Stimme war klar, ohne jede Angst.

„Sie wollen vor Gericht, das können Sie haben. Ich werde Beweise für Ihre Inkompetenz beibringen. Ein Mann, der Kindern im Moor nachstellt, dazu fällt der Richterin sicher ein Strafmaß ein“, ereiferte sich Mina.

„Jetzt reicht es aber. Sie werden sich sofort bei mir entschuldigen“, wütete Iwanow.

Er drückte seinen Zeigefinger gegen Oma Minas Stirn.

„Ich denke gar nicht daran“, erwiderte Mina und wischte seine Hand beiseite.

Iwanow ging auf Oma Mina los. Nelli und Lina sprangen dazwischen. Die drei Frauen schupsten den Mann zurück. Berija schlug an und fletschte die Zähne. Ich zog Timur vom Hund weg und stellte mich vor meinen Freund.

„Spielst dich mit deinem Pudel auf, als wärst du der Bürgermeister“, fauchte Mina.

„Du Möchtegern-Agent! Hast wohl nur ein Ei in der Hose, dass du dich an Frauen und Kindern vergreifst“, pöbelte Nelli.

„Ich zeige Sie an, ich sage gegen Sie aus“, schrie Lina und stieß den Mann beidhändig und mit aller Kraft gegen die Brust. Iwanow verlor sein Gleichgewicht und ging auf die Knie. In seinen Augen sah man die Angst.

„Das ist ein Moskauer Wachhund, kein Pudel“, stammelte er.

Der Glatzkopf kam schnaufend heran. Die Jagd durch den Morast hatte ihn erschöpft. Er hielt kurz inne, dann verkündete er: „Leutnant Peskow. Ich rate allen Anwesenden, sich sofort zu beruhigen. Und ich möchte von allen die Ausweise sehen!"

Dann schnaufte er wieder. Iwanow rappelt sich auf.

„Mach Platz, Berija!", forderte der Glatzkopf.

Der Pudel gehorchte und legte sich auf den Boden.

Oma Mina und Tante Nelli zeigten dem Glatzkopf ihre Ausweise. Er überflog ihre Dokumente, überprüfte Namen und Ausstellungsdaten.

„Aber was wollen Sie von uns?", fragte Nelli.

„Wir suchen einen jungen Mann. Maksym Melnik ist 19 Jahre alt und hat vorzeitig den Armeedienst quittiert", antwortete der Glatzkopf.

„Ich bin 15 Jahre", erwiderte Lina mit zitternder Stimme.

Mina und Nelli sahen besorgt zu Lina und klopften ihr auf die Schulter.

„Und ich werde zehn", murrte ich.

„Das ist mein Enkel Anton mit seinem Freund Timur und seiner Freundin Lina", erklärte Oma Mina mit ruhiger Stimme.

„Verstehe", sagte der Glatzkopf und fragte: „Wo sind Sie mit Ihrem Enkel untergekommen? Nur falls es noch Fragen geben sollte?"

„Wir sind Gäste des Generals", entgegnete Oma Mina.

Der Glatzkopf bekam große Augen. Er sah noch mal in Minas Ausweis.

„Sie sind Mina Lwowna, die Partisanin?", fragte der Glatzkopf.

„Ja, das ist sie", antwortete Nelli stolz.

Oma Mina nickte. Der Glatzkopf gab den Frauen die Ausweise zurück.

„Ich bitte das Verhalten des Kollegen zu entschuldigen. Er war wohl übermotiviert. Sollte es Fragen geben, melde ich mich bei Ihnen", stellte der Glatzkopf klar.

„Das sagten Sie bereits", antwortete Oma Mina.

Sie steckte ihren Ausweis wieder ein.

„Ich wünsche allen noch einen schönen Tag", entgegnete der Glatzkopf.

„Eine Entschuldigung war das nicht", frotzelte Nelli.

Der Glatzkopf winkte dem nahenden Militär-Geländewagen zu. Er stieg ein und wies den Fahrer an, ihn zurück in die Bucht zu bringen.

„Und was ist mit mir?", fragte Iwanow.

„Was man nicht im Kopf hat, hat man in den Beinen", erwiderte der Glatzkopf.

Der Geländewagen fuhr los, die Räder drehten durch. Iwanow wurde mit Schlamm und Hasenkacke vollgespritzt. Auch Berija bekam sein Muster. Mit hängenden Schultern zogen Iwanow und sein Wachhund ab. Die Männer mit den Hunden folgten, für die Hobbyjäger ging es nach Hause. Oma Mina und Nelli kicherten los.

„Was für Idioten", flüsterte Oma Mina.

„Dümmer als Dick und Doof", stimmte Nelli zu.

„Die haben wir nass gemacht", feierte Timur.

„Du warst gut, Timur", lobte ihn meine Oma.

Sie klopfte ihm auf die Schulter und herzte Timur innig. Als hätten sie etwas ausgeheckt, von dem wir keine Kenntnis hatten.

„Ich verstehe nicht, was so komisch ist?", fragte Lina.

„Dümmer als Dick und Doof", kicherte Nelli.

Lina und ich sahen uns fragend an. Ich sah zu meiner Oma und fauchte: „Kann mir bitte mal jemand erklären, was hier gespielt wird?"

Das Floß schwamm in der Mitte des Dnjepr. Der Bärtige stand auf den Stämmen, den Strohhut tief ins Gesicht gezogen. Er machte sich ein Pfeifchen an. Der Tabak glühte. Graue Kringel stiegen aus der Pfeife. Sie vermischten sich mit der kühlen Abendluft. In der Dämmerung wirkte der Fluss unheimlich. Das Ufer war kaum noch zu sehen. Nur die Lichter verrieten die Menschen. Der Bärtige kam mit dem Floß der gesperrten Bucht immer näher. Offenbar hatten weder er noch seine Unterstützerinnen an die Strömung des Dnjepr gedacht. Diese trieb das Floß in die Hände der wartenden Militärpolizei und der Männer vom Dienst.

Der Mond trat hinter den Wolken hervor und erleuchtete die Bucht. Die Anlegestelle und die Promenade waren menschenleer. Die Boote schaukelten still in der Brandung des Flusses. Unter den Planen in den Booten und hinter den Autos waren ein Dutzend Militärpolizisten in Deckung gegangen. Auch der Glatzkopf und der Brünette hatten sich in das Empfangskomitee gemischt. Sie saßen in ihrem schwarzem Schiguli und starrten auf das Wasser der Bucht.

„Mein Vater hat mir erzählt, wie Mina Lwowna mit einer Gruppe Halbwüchsiger gegen die Deutschen gekämpft hat. Sie hatte ein Tunnel- und Wegesystem entwickelt. Sie verübten Anschläge auf die Unterkünfte der SS und die Depots der Wehrmacht. Die Nazis haben kein Land gegen diese Frau gesehen“, erzählte der Glatzkopf.

„Ich hab' von ihr gehört. Aber mit einem Floß den Dnjepr runtertreiben, das klingt nach einer Schnapsidee“, entgegnete der Brünette.

„So ein Fluchtgerät fällt viel zu sehr auf. Und den Frachtschiffen und Dampfern kannst du damit auch nicht ausweichen", stimmte der Glatzkopf zu.

Der Brünette, zuvor schläfrig, war plötzlich hellwach: „Da! In der Bucht! Da ist was!"

Im Dunkel vor ihnen sahen die Männer ein glimmendes Licht. Der Glatzkopf und der Brünette sprangen aus ihrem Dienstwagen. Sie zückten ihre Pistolen und luden durch. Mit vorgehaltener Waffe liefen sie auf die Anlegestelle zu. Auch die Männer der Militärpolizei kamen aus ihrer Deckung hervor. Alle Blicke richteten sich auf die Bucht. Nun sah man die Umrisse eines Floßes.

„Nehmen Sie die Hände hoch!", schrie der Brünette.

„Und lassen Sie die Pfeife fallen!", brüllte der Glatzkopf.

Der Bärtige ließ die Pfeife fallen. Ohne Hast hob er die Hände. Es sah aus, als hätte er sich mit dem Schicksal abgefunden.

„Kommen Sie hier rüber", forderte der Glatzkopf.

Der Bärtige stieg vom Floß und ging langsam durchs strudelnde Wasser zum Ufer. Die Militärpolizisten stürzten sich auf den Deserteur. Sie drehten ihm die Arme auf den Rücken und fixierten ihn mit Handschellen.

„Die Reise ist zu Ende", sagte einer von ihnen.

„Ich wollte gar nicht weg", antwortete ihm der Bärtige.

Er sah unter dem Sonnenhut hervor und lächelte.

„Wer sind Sie denn?", fragte der Brünette.

„Ich bin Mark Solomonowitsch, ein alter Seebär."

„Wie zum Teufel kommen Sie auf das Floß?", fragte der Glatzkopf.

„Ich wollte an der alten Brücke auf Wels angeln. Dabei muss ich auf dem Floß eingeschlafen sein. Und als ich aufwachte, war ich mitten im Fluss", antwortete Mark mit ruhiger Stimme.

„Verdammte Scheiße!", schrie der Brünette.

Er fuchtelte wild mit der Pistole herum.

„Junger Mann, ich wäre Ihnen sehr verbunden, wenn Sie damit aufhören könnten. Ihre Pistole ist kein Spielzeug", bat Mark.

„Mina Lwowna, die Frau hat uns vernascht", bemerkte der Glatzkopf.

Er sah sich suchend in der Dunkelheit um, als würde er nach einer unsichtbaren Gegnerin Ausschau halten. Der Brünette steckte seine Pistole weg und ging zum Auto.

„Ich habe genug von dieser Scheiße!", schimpfte er.

„Lasst den Alten gehen!", befahl der Glatzkopf.

Die Militärpolizisten nickten. Sie lösten Mark Solomonowitsch die Handschellen.

Die Männer vom Dienst stiegen in ihren schwarzen Schiguli. Mit quietschenden Reifen fuhren sie über die Promenade davon.

„Sehr aufmerksam! Und einen schönen Abend euch noch!", bedankte sich Mark.

„Nichts für ungut", entschuldigte sich der Militärpolizist.

Mark Solomonowitsch rieb sich seine aufgeriebenen Handgelenke. Dabei sah er in die Dunkelheit und griente wie ein Lausbub.

„Respekt", hauchte Mark.

Auf der Anhöhe über der Bucht stand Oma Mina. Sie hielt ein Fernglas in den Händen. Damit sah sie den wegfahrenden Männern hinterher.

„Was für Parasiten", flüsterte Mina.

Sie reichte mir das Fernglas. Ich spähte zur Anlegestelle, auch die Militärpolizei zog ab.

„Amateure", sagte ich leise.

Ich verstaute das Fernglas lautlos in meinem Rucksack. Das Mondlicht spiegelte sich im schwarzen Wasser des Dnjepr.

„Wie ist Opa Isaak gestorben?", fragte ich.

Oma Mina legte den Finger auf den Mund und flüsterte: „Wenn die Wolken sich vor den Mond schieben, hauen wir ab."

Wir warteten, bis die Wolke den Mond verschluckte. Auf Zehenspitzen verließen wir die Anhöhe und nahmen den Pfad ins Dorf hinunter.

Die Bäuerin zog den Handwagen mit dem im Wald gesammelten Brennholz über die Dorfstraße. Die Männer an der Straßensperre erörterten die Lage.

„Der Junge ist längst über alle Berge", maulte der Dünne.

„Und die Männer vom Dienst sind nach Hause", wusste der Kurze.

„Und was, wenn er sich im Wäldchen verschanzt hat?", fragte der Dicke.

„Früher habt ihr mir noch hinterher gepfiffen", witzelte die Bäuerin.

„Früher sah dein Arsch auch nicht aus wie ein Faltengebirge", erwiderte der Dicke.

Die Bäuerin lachte und passierte unbehelligt die Straßensperre.

„Aber wozu stehen wir jetzt noch auf der Dorfstraße?", fragte der Kurze.

„Wenn er im Wäldchen wäre, könnte er hier vorbeikommen", sagte der Dicke.

„So blöd ist nicht mal ein besoffener Elch", nölte der Kurze.

„Ich mache Feierabend", erklärte der Dünne.

Er warf seinen Knüppel in den Straßengraben und lief los.

„Wir halbieren die Wache, der Rest macht Feierabend", entschied der Dicke.

„Ich muss auch nach Hause", murrte der Kurze.

„Gut, ich bleibe allein hier", gab der Dicke auf.

Die Bäuerin bog mit ihrem Handwagen in den Hof des Dorfladens ein. Swetlana kam ihr entgegen. Sie schloss das Stahltor zur Straße. Die Bäuerin lichtete das Geäst. Darunter kam das Gesicht des Bärtigen zum Vorschein. Maksym richtete sich auf und schaute die Frauen mit großen Augen an. Swetlana öffnete ihm den Kellerschacht.

„Essen und Trinken sind schon im Keller", flüsterte sie.

„Danke euch, ihr Lieben", entgegnete Maksym.

Er stieg aus dem Wagen. Swetlana deutete wortlos auf das Versteck. Maksym nickte und stieg in den Kellerschacht des Dorfladens. Er hielt inne, zog aus seiner Hosentasche einen Brief und reichte ihn Swetlana.

Auf der Veranda hatte sich eine illustre Runde versammelt. Nelli öffnete einen Sekt, Mark Solomonowitsch ein großes Marmeladenglas. Lina schenkte den drei Frauen aus der Kolchose Rotwein ein. Wir alle feierten mit Oma Mina den Sieg über die Männer vom Dienst und den Abzug der Militärpolizei.

„Ich habe mir vor Angst fast in die Hosen gemacht, als der Idiot mit dem Kampfhund auf uns los ist. Der Hund wollte mich fressen", erzählte Timur.

Er zog Buchse und Stecker auseinander und steckte sie wieder zusammen.

„Zum Glück hat der Glatzkopf dazwischengefunkt", ergänzte Nelli.

„Er wollte die Ausweis sehen, als wären wir nicht volljährig", kicherte Oma.

„Da hat Mina den Glatzkopf gefragt, ob er die Dienstmarke

dabeihat“, Timur griente und fragte mich: „Und hat der Plattenspieler Strom?“

„Der hat geguckt, wie ein Schwein ins Uhrwerk“, Nelli lachte.

„Und Mina hat den Wachhund als Pudel diffamiert?“, fragte Mark.

Mina nickte. „Den Pudel hat mir er übelgenommen.“

„Genau … als Pudel“, feixte ich.

„Da habe ich wohl das Beste verpasst“, bemerkte Mark.

„Das kann man laut sagen“, gluckste Nelli.

„Dafür durftest du eine schöne Ausfahrt auf dem Fluss machen“, kicherte Oma.

„Erinnere mich bloß nicht an das Geschaukel“, brummte Mark.

Nelli und Mina lachten Tränen. Mark stellte die Marmelade weg und schenkte sich Sekt ein. Ich drückte auf den Startknopf. Der Arm des Plattenspielers senkte sich.

„Wir haben wieder Strom!“, rief ich freudig.

„Und gleich auch wieder Musik“, verkündete Timur.

Die Scharniere des Gartentors quietschten. Die Anwesenden sahen auf. Zwei Gestalten kamen den Weg hochgelaufen. Es waren Swetlana und die Bäuerin.

„Bitte setzt euch auf ein Glas zu uns“, bot Mark an.

Swetlana nickte Oma Mina zweimal zu. Sie lief auf Lina zu und übergab ihr den Brief.

„Von Maksym“, sagte Swetlana leise.

Lina öffnete das Couvert und las die Zeilen ihres Liebsten. Die Erwachsenen nahmen Rücksicht und warteten mit dem Weiterfeiern.

Timur kroch unter dem Tisch hervor und klopfte sich auf die Brust: „Ich habe den Fehler behoben!“

„Das hast du gut gemacht“, lobte ich.

Lina wischte sich ein Tränchen weg und steckte den Brief in ihre Jeanstasche.

„Wo bleibt die Musik?“, fragte Timur.

„Die Musik kommt“, erwiderte ich.

Die von mir ausgesuchte Platte begann zu rotieren. Ich drehte die Lautstärke auf Maximum hoch. Aus den Boxen dröhnte *Azzuro* von Adriano.

„Du willst wohl mit deiner Tante tanzen?“, fragte Nelli.

Sie stand auf und schlenderte auf mich zu.

„Lieber werfe ich mich unter den Milchwagen.“

Nelli griff nach mir, verpasste mich aber, da ich mich rechtzeitig wegdrehte. Nelli machte einen Ausfallschritt und schnappte sich Timur. Sie hatte ihn kalt erwischt.

„Hilfe, ich werde von einer älteren Frau bedrängt“, kreischte Timur.

„Das hast du dir doch immer gewünscht“, gackerte ich.

Oma Mina nahm Lina in ihre Arme. Sie tröstete sie und flüsterte ihr etwas ins Ohr.

Linas Gesicht hellte sich schlagartig auf. Im Überschwang küsste sie Mina die Wange. Mark ergriff die Gelegenheit und stand auf. Er erhob sein Sektglas.

„Ich möchte auf eine wundervolle Frau anstoßen. Sie hat uns erinnert, dass man sich in der Not hilft. Sie hat uns gezeigt, wie man sich gegen einen scheinbar übermächtigen Feind zur Wehr setzt. Auf Mina Lwowna! Und auf alle, die mitgeholfen haben! Es war eine schöne Reise mit euch. Danke, dass ich dabei sein durfte“, gluckste Mark.

Er war gerührt von sich selbst und sah meine Oma ganz vernarrt an.

„Auf Mina und alle die mitgeholfen haben!", wiederholte Nelli.

Auch Oma Mina stand auf. Sie war ergriffen. Lina, Nelli, Swetlana, die Bäuerin, Mark und die Frauen der Kolchose stießen mit Oma an.

Am Morgen öffnete Swetlana das Stahltor. Sie eilte über den Hof, betrat den Laden durch den Hintereingang und entfernte das Gitter der Eingangstür. Nun stellte sie die sauberen Milchkannen heraus.

„Hoffentlich kommt er nicht wieder zu spät", murmelte Swetlana.

Sie schaute die leere Straße runter. In der Ferne erspähte sie die vertraute Rußwolke. Vor dem Dorfladen fuhr der Milchwagen vor. Der Fahrer mit der Augenklappe sprang aus dem Auto und sicherte den Laster mit dem Holzkeil.

„Tut mir leid, ich musste am Bahnübergang warten", entschuldigte er sich, ging zum Ende seines Wagens und begann, die Kannen der Reihe nach mit Milch zu befüllen.

Swetlana lief in den Hof zurück und öffnete den Kellerschacht.

„Na los, beeil dich", flüsterte Swetlana.

Aus dem Kohlenkeller entstieg ein Jüngling. Er war glattrasiert, trug einen hellblauen Anzug und ein weißes Hemd. Mit dem Bärtigen hatte er keinerlei Ähnlichkeit mehr.

Der Fahrer füllte weiter die bestellte Milch ab. Maksym stieg in den Tank des Milchwagens ein und verschwand im Inneren. Swetlana zückte das Portemonnaie und zahlte den Fahrer aus. Sie sah ihm in die Augen und legte noch zwei Scheine drauf. Der Fahrer nickte kurz zurück. Er zog den Holzkeil hinterm Vorderrad hervor, verstaute ihn, stieg ins Fahrerhaus und startete den Motor. Das Ungetüm heulte auf. Eine schwarze Rußwolke schoss aus dem Auspuff.

Der Milchwagen knatterte über die Landstraße. Er quälte sich eine Steigung hinauf. Auf einer Anhöhe hielt der Fahrer das Ungetüm an. Er stieg aus und klopfte mit der Hand gegen die Außenhaut. Maksym lugte aus dem Tank. Geschickt kletterte er die Leiter herunter und sprang auf den Asphalt.

„Kiew ist nicht mehr weit. Am Horizont siehst du schon die Vorstadt. Vom Nordbahnhof geht ein Zug nach Tallinn, alle zwei Stunden", erklärte der Fahrer.

Maksym nickte. Der Fahrer gab ihm seine Wasserflasche und steckte ihm etwas Geld zu.

„Nimm die Feldwege und Nebenstraßen, da ist weniger Verkehr", riet er und wünschte: „Also, Junge, lauf, soweit dich deine Füße tragen!"

Maksym bedankte sich und stapfte in die angezeigte Richtung davon. Kurz nachdem der Jüngling im Wald verschwunden war, donnerte die Limousine des Generals am Milchwagen vorbei und bog nach Bukowo ab.

• *Der General* •

Die Limousine rollte über die Dorfstraße. Der Chauffeur hatte Angst um seine Achse und wurde stetig langsamer. Einige der Menschen blieben stehen. Sie erkannten den Wagen ebenso wie den alten Mann, der auf der Rückbank saß und winkten ihm zu. Der General Kirill Semjonowitsch winkte zurück.

„Da vorne müssen Sie rechts abbiegen", wies der General an.

„Den Weg zu Ihrer Datsche kenne ich. Wir waren doch schon oft hier draußen", antwortete der Chauffeur.

„Es ist das letzte Grundstück in der Siedlung“, fuhr der General fort, als hätte er seinen Chauffeur nicht gehört, „der Ministerrat hat es mir als Dankeschön für meine Verdienste zugewiesen.“

Der Chauffeur verdrehte die Augen, sagte aber nichts mehr. Er hielt die Limousine vor dem Gartentor, stieg aus und öffnete dem General die Tür.

„Soll ich Ihren Koffer holen?“, fragte der Chauffeur.

„Wozu sind Sie denn mit rausgefahren, zum Beerenpflücken? Natürlich brauche ich meinen Koffer“, entgegnete der General.

Er stütze sich auf seinen Stock und betrat humpelnd sein Grundstück. Auf dem Weg fiel ihm auf, dass einige Büsche versetzt worden waren. In der Klappliege auf der Wiese lag eine schnarchende Frau. Nelli hielt noch eine Weinflasche in der Hand. Der alte Mann runzelte die Stirn und humpelte weiter bis zur Veranda.

„Was ist denn hier los?“, fragte der General.

Der Tisch war voller schmutziger Gläser und abgebrannter Kerzen. Überall lagen leere Flaschen von der nächtlichen Siegesfeier.

„Wir haben gestern Abend auf Ihre Gesundheit angestoßen, Kirill Semjonowitsch“, flunkerte Mark und trat mit einer Kanne Tee aus der Küche.

Ich saß auf der Fensterbank und löffelte meine Buchweizengrütze.

„778 Tage war Kiew unter deutscher Besatzung“, erinnerte sich Oma Mina.

Sie saß im Sessel des Generals und sah den alten Mann forschend an.

„Zum Glück übertrug die Armeeführung die Rückeroberung der Stadt dem General. Kirill Semjonowitsch machte vieles richtig“, kicherte Mark.

„Was wird das, ein absurdes Theaterstück?“, fragte der General.

Er setzte sich zu mir auf die Fensterbank.

„Das ist meine Datsche, Junge. Und ich bekomme weder einen Platz noch eine Tasse angeboten“, beschwerte sich der General.

Ich rutschte ein Stück für ihn zur Seite.

„Eine Tasse mit Tee können Sie haben“, entgegnete Mark.

Er schenkte Oma Mina, mir und dem General aus der Teekanne ein. Der Chauffeur kam den Weg hochgelaufen. Er stellte den Koffer des Generals vor der Veranda ab.

„Möchten Sie auch einen Tee?“, fragte Mark.

Der Chauffeur schüttelte den Kopf und lief den Weg zum Gartentor zurück.

„Ihr Nachbar Mark Solomonowitsch hat mir erzählt, was nach dem Krieg im Ministerium passiert ist. Und wenn Sie möchten, stehe ich auf“, bot Oma an.

„Bleiben Sie ruhig auf meinem Platz sitzen, Mina. Sie sind selbst eine Rentnerin“, gab sich der General generös.

„Offensichtlich musste ich ein hohes Alter erreichen, um die Wahrheit zu erfahren“, entgegnete Mina.

„Wärmen Sie keine alten Kamellen auf. Damit tun Sie sich keinen Gefallen“, merkte der General an und nippte an seiner Tasse.

„Sie haben im März 1937 Isaak vor der Verhaftung gewarnt. Dafür gilt Ihnen noch immer mein Dank“, leitete Oma Mina ein.

„Eben, ohne mich gäbe es weder Sie noch Ihren Enkel. Sie wären 1937 ebenso nach Sibirien deportiert worden. Weil Ihr Mann als Spion entlarvt und als ‚Feind des Volkes‘ zu 20 Jahren Lagerhaft verurteilt wurde“, stellte der General klar.

„Wir wissen alle, dass Issak nie spioniert hat. Er war ein Opfer des ‚Großen Terrors‘, er ist kein Täter gewesen“, erwiderte Mina.

„Ja, inzwischen wissen wir, dass Stalin und der NKWD mit ihren Säuberungen übertrieben haben. Schön, dass wir uns einig sind", befand der General.

Er nickte zufrieden in die Runde und sah zu seinen Blumenbeeten.

„Lag ich zu lange im Krankenhaus? Was ist mit dem Garten passiert?", fragte er.

„Wir hatten das Gefühl, dass es Zeit war für eine Neugestaltung", antwortete Nelli.

Sie war wohl vom Diskurs auf der Veranda geweckt worden. Noch erstaunlicher war, dass Nelli den Säbel aus seiner Haltung über dem Kamin befreit hatte.

„Meine Güte, Kindchen, das ist kein Spielzeug", murrte der General.

„Nicht jeder hat unter Stalins Säuberungen gelitten. Für einige waren sie der Beginn ihrer Karriere. Die Gründe, Menschen zu denunzieren oder Rivalen ans Messer zu liefern, waren vielfältig", fuhr Mina fort.

„Die Listen für die Säuberungen wurden von Jeschow und dem NKWD angefertigt. Jede Liste wurde Stalin zur Abnahme vorgelegt. Todesurteile unterschrieb Stalin höchstpersönlich. Alles interne Vorgänge", wiegelte der General ab.

Nelli drehte den Säbel hin und her. Die Edelstahlklinge blitzte im Sonnenlicht und blendete den General. Der alte Mann nahm schützend die Hand vor sein Gesicht.

„Ich habe meine Tabletten im Wagen liegen lassen. Würden Sie so freundlich sein und sie mir holen?", fragte der General.

Kirill Semjonowitsch versuchte aufzustehen. Nelli schob ihn mit der Hand auf die Fensterbank zurück. Ich stand auf und stellte mich an Oma Minas Seite.

„Noch einen Mucks und ich bekomme einen epileptischen

Anfall. Womöglich treffe ich Sie aus Versehen und mache Alter-Mann-Tartar aus Ihnen", zischte Nelli.

„Schon gut, ich bleibe sitzen", knurrte der General.

„Wer hat ihn 1937 auf die Liste setzen lassen? Und warum wurde Isaak nach dem Krieg nicht begnadigt?", frage Oma Mina.

„Erzählen Sie endlich etwas Interessantes aus Ihrem Leben, bevor es mich in meinen Fingern juckt", drohte Nelli.

„Isaak hatte sich für eine Journalistin eingesetzt. Sie hatte in ihrem Artikel das Versagen der Behörden und die geschönten Zahlen der Hungertoten angeprangert und damit eine Welle der Empörung losgetreten", erinnerte sich der General.

„Kurze Zeit später stand Isaak auf einer Liste. Aber wie hatte das NKWD so schnell Kenntnis von seinem Engagement erlangt?", fragte Oma Mina.

Sie war aufgestanden und lief langsam auf den alten Mann zu.

„Natürlich haben die auf den Vorgang reagiert. Der Artikel stand in der Zeitung. Auch die Leute im Innenministerium konnten lesen", antwortete der General.

„In der Kopie des Protokolls steht, dass Isaak vom NKWD verhört wurde und sie ihn am selben Tag haben gehen lassen", bemerkte Mark.

Der General zog die Schultern hoch und schüttelte den Kopf.

„Die Journalistin wurde schon lange überwacht. Sie war Mitglied in einer Gruppe, die sich für eine unabhängige Ukraine einsetzte."

„Wir haben die Kopien der Anzeigen aus dem Ministerium organisiert. Auf einigen steht Ihre Unterschrift", ergänzte Mark.

Er reichte Mina drei Schwarz-Weiß-Kopien. Oma Mina hielt die Kopien dem General unter die Nase. Kirill Semjonowitsch betrachtete die Dokumente.

„Haben Sie meinen Mann denunziert?", fragte Oma Mina.

Ihre Stimme klang fest. Der General winkte mit den Händen ab.

„Isaak war ein Träumer. Er hat Menschen geholfen, die er gar nicht kannte. Er hätte sich niemals für diese Nationalistin engagieren dürfen. Das wäre das Sicherste für ihn und seine Familie gewesen", erwiderte der General.

„Deswegen haben Sie ihn beim NKWD angezeigt?", fragte Nelli.

„Ich habe nur meine Pflicht erfüllt. Wie jeder andere, der sich im Machtapparat aufhielt. Nicht mehr und nicht weniger", entgegnete der General.

„Und wie einer, der im Apparat weiter nach oben und sich bei Stalin Liebkind machen wollte", vervollständigte Mark.

Nelli schüttelte fassungslos den Kopf: „Mein Vater war nur ein Konkurrent, der Ihrem Aufstieg und Ihrer Karriere im Weg gestanden hat?"

„Sie haben Isaak für Ihren Platz im Zentralkomitee denunziert. Was für ein niederes Motiv für einen Verrat an einem Freund", flüsterte Oma Mina.

„Na und? Was hat mir der Platz im ZK gebracht? Die Genossen haben mich rausgeschmissen. Hinter meinem Rücken haben sie gegen mich gestimmt. Diese Drecksbande von Feiglingen", klagte der General.

„Sie sind menschlicher Abschaum", zischte Mina.

Sie spuckte dem alten Mann ins Gesicht. Der General drehte sich weg.

„Ah-ah-ah", schrie Nelli.

Sie holte mit dem Säbel aus, drehte sich um sich selbst und schlug die Klinge mit voller Wucht in den äußeren Ständer der Veranda.

„Puh, jetzt geht es besser", Nelli atmete aus.

„Mir auch", antwortete Mina.

Sie nahm ihre Tochter in die Arme. Die Frauen trösteten einander.

„Danke, Mama."

Mark stellte mir meinen Rucksack vor die Füße.

„Wir reisen ab, Anton", verkündete er.

„Aber heute fährt kein Bus", merkte ich an.

Mark ging nicht auf meinen Einwand ein. Er trug Minas Koffer und Nellis Tasche aus der Datsche des Generals. Sie hatten schon vorher gepackt. Ich nahm meine Klarinette. „Auf Wiedersehen, Kirill Semjonowitsch", sagte ich und winkte.

„Gibt es keinen Kuchen zum Tee?", fragte der General.

Er wischte sich mit dem Taschentuch sauber und sah fragend in die Runde.

„Den werden Sie sich selbst backen müssen", erwiderte Nelli.

„Hier stinkt es nach Verräter", befand Oma Mina.

„Und wer macht mir die Küche sauber?", fragte der General.

Nelli und Oma Mina lachten. Sie liefen untergehakt über den Weg zum Gartentor. Mark folgte ihnen schwer bepackt. Ich hopste mit Rucksack und Etui hinterher.

„Aber ihr könnt mich nicht allein lassen. Das alles ist über hundert Jahre her. Kommt sofort zurück!", befahl der General.

Er stand da, auf den Stock gestützt vor seiner Datsche. Die Last der Verandadachs leitete sich nicht mehr über alle Ständer gleich gut ab. Das Holz ächzte. Der kaputte Ständer gab nach, die Konstruktion krachte in sich zusammen.

Nelli und Oma Mina durchschritten das Tor. Sie ließen das Grundstück und einen dunklen Teil der Geschichte hinter sich. Sie wirkten beschwingt, fast fröhlich. Der Chauffeur saß in der Limousine und hörte eine Fußball-Übertragung im Radio.

„Wir gehen, hier ist der Rotwein alle", erklärte Mark.

Er überholte die Frauen, setzte das Gepäck vor dem nächsten Tor ab und öffnete.

„Aber wohin gehen wir?", fragte ich.

„Et voila, schon sind wir angekommen", erwiderte Mark.

Er zwinkerte mir zu und trug die Sachen den Weg zu seiner Datsche hoch.

„Wir ziehen zu Ihnen, also nur ein Grundstück weiter?", fragte ich.

„Wir grillen später noch, falls Sie Hunger bekommen", bot Nelli dem Chauffeur an.

Der Mann zeigte auf seine Brotbüchse und die Thermoskanne. Er drehte das Radio wieder lauter, so dass das Gezeter des Generals nicht mehr zu hören war.

Ich sah den sandigen Weg runter. Auf der Kreuzung stand Timur. Auch er hatte seinen Rucksack dabei. Timur winkte zu mir herüber.

„Nimm dir so viel Zeit, wie du brauchst", sagte Oma Mina.

„Das mache ich", antwortete ich.

• *Abschied* •

Timur und ich saßen auf dem Steg. Die Füße baumelten im Wasser. Die Anlegestelle war wieder für alle zugänglich. Der Sommer neigte sich dem Ende. Die Luft hatte sich spürbar abgekühlt. Viele der Urlauber waren abgereist.

„Ich werde heute verschwinden, mein Freund", eröffnete Timur.

„Ich werde weinen und dich vermissen", sagte ich.

„Erst mit der Fähre aufs andere Ufer übersetzen und dann gen Süden."

„Bis nach Cherson ans Schwarze Meer?"

Timur nickte und warf ein Steinchen ins Wasser.

„Ich nehme den Bus und fahre von Stadt zu Stadt", verriet er.

„Das ist auf jeden Fall sicherer als auf dem Fluss."

„Eben, unser Floß ist nicht sehr weit gekommen", kicherte Timur.

„Brauchst du Geld für die Fahrkarte?", fragte ich.

„Hab' mit dem Überspielen ein bisschen was verdient."

„Ich habe noch ein paar Münzen. Die hätte ich dir geschenkt", bot ich an.

Timur winkte ab und zog eine Tüte aus der Hosentasche hervor: „Das hier wollte ich dir noch geben."

„Was ist das?"

„Ein Mixtape mit deinen und meinen Lieblingssongs", antwortete Timur.

Er gab mir die Tüte. Ich nahm das Tape heraus. Es war mit Knochen und Totenköpfen bemalt.

„Das ist stark von dir, Timur. Ich hatte mir so sehr ein Tape von dir gewünscht", gestand ich mit zitternder Stimme.

Timur grinste, die Überraschung war ihm gelungen.

„Hör es dir in Ruhe an und schreib mir, wie dir das Tape gefallen hat", bat er.

„Aber wohin? Hast du eine Adresse?", fragte ich.

„Du kannst Fedor schreiben. Falls die mich vom Jugendamt einfangen, besucht er mich zu Weihnachten im Heim", erwiderte Timur.

„Gut, ich notiere mir seine Adresse."

Timur stand auf, legte seine Hand auf meine Schulter.

„Du hast gesagt, dass du Angst hast, kein richtiger Junge zu sein", erinnerte er.

„Das stimmt", antwortete ich.

„Du bist der echteste Junge, den ich kenne. Du hast Courage für zwei. Und ich werde diesen Sommer nie vergessen", stellte Timur klar.

„Danke, mein Freund."

„Und du hattest Angst, nirgendwo dazu zugehören. Aber jetzt weißt du, dass ich immer für dich da sein werde", erinnerte ich.

„Danke, Anton", sagte Timur leise.

Er hatte Tränen in den Augen. Wir umarmten uns innig. Eine wilde Mischung aus Apfelmarmelade, Schmieröl und Tannenzapfen stieg mir in der Nase. Ein Duft, der mir für immer im Gedächtnis blieb und den ich kein zweites Mal einatmete.

„Wie du die Birke im Moor hochgeklettert bist, unglaublich", bemerkte Timur.

„Meine Finger sind immer noch geschwollen."

Timur tastete meine Hosentaschen ab.

„Hast du kein Geschenk für mich? Hat dir Mina nichts Süßes mitgegeben?", fragte er.

„Ich habe nur die Münzen", behauptete ich.

Timur sah mich enttäuscht an. Ich zuckte mit den Schultern. Ein vertrautes Knattern schallte über das Wasser. Wir sahen zum Kulturhaus. Auf der Promenade rollten die Motoroller heran. Lina führte die Formation mit ihrer schwarzen Vyatka an. Sie steuerte auf die Anlegestelle und winkte mir zu.

„Was wird das?", fragte Timur.

„Keine Ahnung, was die wollen."

Lina und die Jungs stiegen von den Motorollern. Lina lief auf uns zu. Ihre Jungs folgten mit ein paar Meter Abstand. Jeder der Jungs hatte ein Instrument auf dem Rücken.

„Vielleicht kommen sie alle, um sich von dir zu verabschieden", grinste ich.

„Du fantasierst doch", antwortete Timur.

„Wir dachten, wir kommen mal vorbei, um dir Pappnase Lebewohl zu sagen und auf unsere Art eine gute Reise zu wünschen", verriet Lina.

„Ihr seid doch alle verrückt", entgegnete Timur.

„Das wollen wir doch stark hoffen", kicherte Möhre.

Er packte seine Geige aus und klemmte sie unter das Kinn. Speiche nahm eine Gitarre zur Hand und stimmte sie. Stulle brachte die Tomtoms und die beiden Schlegel in Stellung. Lina hustete kräftig ab. Timur hielt sich die Hände vor das Gesicht. Er zitterte vor Aufregung.

„Seid ihr soweit?", fragte ich in die Runde.

Die Jungs nickten mir der Reihe nach zu. Lina zeigte den Daumen nach oben. Ich hob meine Hände. Alle sahen zu mir, ihrem Maestro.

„Drei, zwei, eins", zählte ich rückwärts ein.

Stulle schwang die Schlegel und legte los. Er gab den Viervierteltakt auf den Tomtoms vor. Möhre strich mit dem Bogen über die Geigensaiten. Speiche spielte auf seiner Gitarre. Lina bewegte den Kopf im Takt. Auf mein Zeichen setzte sie mit ihrem Gesang ein.

„Ob Prinzessin oder Punk, komm heraus aus deinem Schrank. Kack dem Bürger ins Gesicht, denn der spürt schon lange nichts", sang Lina.

„Schlangenkot aufs Butterbrot, Schlangenkot aufs Butterbrot,

Schlangenkot aufs Butterbrot, Kotze, kotze, kotze“, sangen die Jungs als Refrain.

„Lebe in den Tag hinein, könnte stets dein letzter sein. Ohne Furcht und mit viel Spaß, machen wir die Bullen nass“, sang Lina.

„Schlangenkot aufs Butterbrot, Schlangenkot aufs Butterbrot, Schlangenkot aufs Butterbrot, Kotze, kotze, kotze“, sangen die Jungs.

Nun startete Möhre sein Solo auf der Geige. Stulle und Speiche wurden leiser. Linas Gesang aber steigerte sich weiter. Sie schrie sich in Ektase. Sie pogte über den Steg und warf den Kopf hin und her. Ich hob die Hände, führte den Vortrag mit einem Durchschneiden der Luft zum Ende.

„Das war *Schlangenkot aufs Butterbrot* unser Geschenk an dich, Timur. Text Möhre, Gesang Lina, Ausführung Stulle und Speiche“, löste ich auf.

„Komponiert und arrangiert von Anton“, fügte Lina hinzu.

Timur liefen die Tränen über die Wangen. Wir hatten sein Herz erweicht.

„So etwas Schönes hat noch nie jemand für mich … danke …“, stotterte Timur.

Seine Stimme versagte. Er schnaubte auf den Boden aus und wischte sich das Gesicht mit dem Unterarm sauber. Nun umarmte er die Jungs und Lina nacheinander und gab ihnen kräftige Knutscher auf die Wangen.

„Ihr seid die Größten überhaupt. Was für ein starker Text! Danke, Möhre! Danke, Speiche! Danke, Stulle! Vielen Dank, Lina!“, gluckste Timur.

„Und ich bekomme keinen Kuss?“, fragte ich.

„Du Verbrecher hast mich schön reingelegt“, antwortete Timur.

Ein tiefer Ton durchbrach die Szenerie. Wir alle sahen zum Wasser. Die Fähre fuhr in die Bucht ein. Es war ein mit Diesel betriebenes Motorboot. Die Kapitänin rangierte die Fähre rückwärts an die Anlegestelle. Ein Matrose vertäute das Boot. Er löste die Winde. Die Landeklappen krachten auf die Anlegestelle.

„Zeit, Abschied zu nehmen“, sagte Möhre.

Timur machte einen Schritt auf mich zu. Er fasste mit den Händen meine Wangen und gab mir einen Kuss auf den Mund. Mir wurde vor Glück schwindelig.

„Du bist schlimmer als deine Oma“, kicherte Timur.

„Ich habe von der Besten gelernt“, antwortete ich.

„Danke dir für die gelungene Überraschung“, bedankte er sich.

„Mach's gut, Timur“, entgegnete ich.

„Pass auf, dass du nicht in den Fluten untergehst“, scherzte Lina.

„Ich bin doch keine Prinzessin“, lachte Timur.

„Die bin dann wohl ich“, sagte ich.

Timur nahm seinen Rucksack und lief über die Landeklappen auf die Fähre. Er zeigte seine Fahrkarte vor und bestieg das Oberdeck. Timur sah zu uns herunter.

„Schreib mir, wie dir das Tape gefallen hat.“

„Mache ich“, erwiderte ich.

Wieder ein tiefes Hupen. Ein Matrose holte das Tau ein. Der Dieselmotor ratterte los. Die Fähre legte ab und fuhr aus der Bucht.

„Gute Reise!“, riefen Möhre, Stulle und Speiche.

„Mach's gut, du Pappnase!“, rief Lina.

Timur winkte. Ich, Lina und die Jungs winkten zurück. Wir sahen dem stetig kleiner werdenden Boot nach, bald schon hatte es der Dnjepr fast verschluckt.

„Mein erster Freund und weg ist er“, heulte ich.

„Man schüttet sein Herz aus und er geht los, Zigaretten holen", scherzte Möhre.

„Der kommt nächsten Sommer wieder", tröstete mich Lina.

Sie nahm mich in ihre Arme und streichelte sanft über meinen Kopf.

„Wir kommen alle wieder nach Bukowo", versprach Speiche.

„Na, hoffentlich", sagte ich und schniefte.

„Ich mache Stulle morgen Nachmittag die Haare. Wenn du magst, komm vorbei, ich schneid' dir einen Iro", bot Lina mir an.

„Mal sehen, wie ich mich fühle", antwortete ich.

Möhre, Stulle und Speiche packten ihre Instrumente ein. Lina startete ihre Vyatka. Singend und lachend fuhr die Gang los. Knatternd bog sie auf die Promenade ein. Lina warf mir einen Luftkuss zu und verschwand in der Menge.

„Wo ist die Flutwelle, wenn man sie braucht?", fragte ich und sah zum Himmel.

Leider gab es keine einzige Wolke. Ein Unwetter zeichnete sich nicht ab. Die Sonne setzte sich auf das dunkle Wasser. Sie hatte keine Lust mehr zu scheinen. Ich stand wie angewachsen auf dem Steg und starrte weiter auf den Dnjepr. Das Motorboot war schon lange nicht mehr zu sehen. Dennoch gelang es mir nicht, mich loszureißen.

„Wenn Liebe immer so weh tut, gehe ich lieber wieder in die Oper", sagte ich leise.

Ich rekapitulierte das Erlebte und versuchte alles Schöne abzuspeichern. Als hätte ich geahnt, dass ich Timur erst Jahre später wiedersehen würde.

• *Oi, Khodyt Son Kolo Vikon.* •

Tante Nelli zog die Stores der Fenster auf. In den Hof des Schewtschenko Bulvars schien die Sonne. Der ganze Schnee war über Nacht weggetaut. Das warme Licht fiel zu uns ins Kinderzimmer herein.

„Im Sommer darauf kehrte ich nach Bukowo zurück. Timur und Lina sah ich erst Jahre später wieder. Aber das ist eine andere Geschichte", mit diesen Worten beendete ich meine Erzählung.

„Das war eine schöne Geschichte, mir geht es etwas besser", flüsterte Oma Mina.

Sie saß auf dem Bett, ihre großen braunen Augen versprühten mädchenhafte Freude.

„Eine wunderschöne und so traurig. Sieh her, ich habe Rotz und Wasser geheult. Jetzt muss ich mein Taschentuch waschen", schniefte Nelli.

Sie trat an mich heran und setzte sich zu ihrer Mutter aufs Bett. Mina huste ab, sah zu ihrer Tochter und griff nach Nellis Hand.

„Ich hatte den Sommer 79 völlig vergessen. Vielleicht, weil wir bei diesem Scheusal von General untergebracht waren", gestand sie.

„Wie du damals die Geheimdienstler an der Nase herum geführt hast, das war eine tolle Nummer. Den ganzen Tag sind sie durch das Moor gestiefelt und falschen Fährten hinterhergelaufen", schwelgte Nelli.

„Diese Parasiten haben wir schön nass gemacht", erinnerte sich Mina.

Die zwei Frauen umarmten sich innig. Sie weinten ohne jede Scham. Sie nahmen zärtlich voneinander Abschied.

„Bald sind wir wiedervereint. Isaak, du und ich“, schluchzte Nelli.

„Lass dir Zeit, Nelli! Ein paar Tage ohne dich halte ich es aus“, entgegnete Mina und zwinkerte mir zu.

„Das geht mir ganz genauso“, kicherte Nelli.

„Mit mir müsst ihr nicht planen. Ich habe mein Leben noch vor mir“, stellte ich klar.

„Ach, Antoscha, schön, dass du nach Kiew gekommen bist“, freute sich Oma.

„Aber wo werden uns wiedersehen?“, fragte Nelli.

„Ich bin eine Atheistin, für mich tut sich kein Himmelstor auf. Es sei denn, ich breche im Himmel ein und lege ein Wegesystem an“, kicherte Oma Mina.

„Dein eigenes Wege- und Wertesystem“, vervollständigte ich.

„Aber du hast dein Parteibuch doch verbrannt?“, fragte Nelli.

„Das ändert nichts an meinen Überzeugungen“, entgegnete Mina.

„Einer alten Partisanin bringst du keine neuen Tricks bei“, sagte ich.

„Du hast noch Zeit, Buße zu tun und zum Glauben zurückzufinden“, erwiderte Nelli.

„Deine Tochter geht in die Podil-Synagoge in der Schtschekawizkyj-Straße. Sie betet dort für dein Seelenheil“, verriet ich.

„Oh, ja, Buße tun und zu Gott finden. Das habe ich mir zum Abschied gewünscht“, kicherte Oma.

„Ich gebe mein Bestes für deine verlorene Seele. Und du, Anton, musst ihr nicht immer alles verraten“, beschwerte sich Nelli.

„Seit dem Sieg beim Referendum hast du in der Ukraine wieder freie Glaubenswahl: orthodox, griechisch-katholisch oder jüdisch“, erklärte ich.

„Schön, dass die Menschen für ihre Unabhängigkeit gestimmt haben“, fand Mina.

„Mit dem Glauben macht man keine Späße“, warnte Nelli und sah mich streng an.

Ich rollte mit den Augen: „Hab’ ich doch gar nicht!“

„Ach, du Schreck, schaut mal schnell unter meinem Kissen nach. Nicht, dass ich da im Wahn einen Talmud versteckt habe“, raunte Oma Mina.

Ich konnte nicht mehr und prustete los. Auch Nelli und Oma Mina schüttelte es durch. Wir drei lachten uns halb tot. Erst als Oma Mina um ein neues Taschentuch bat, um sich die Tränen aus den Augen zu wischen, beruhigten wir uns.

Am Nachmittag stand Oma Mina noch mal aus ihrem Bett auf. Sie schlurfte in ihren Pantoffeln, auf meine Schulter gestützt, ins Wohnzimmer. Sie setzte sich auf ihren Stuhl an die Stirnseite des Tischs. Nelli hatte das gute Porzellanservice aus dem Schrank geholt. Wir tranken schwarzen Tee und naschten Süßigkeiten.

„Diese Pralinen sind so köstlich“, bemerkte Oma Mina.

„Jede eine kleine Sünde“, stimmte Nelli ein.

„Wann warst du denn in Belgien?“, fragte Oma Mina.

„Die Pralinen sind aus dem Supermarkt in meiner Straße. Der bietet jetzt Waren aus ganz Europa an, italienische Pasta, griechischen Wein und französischen Weichkäse. Die Produkte der Proletarier aller Länder, vereint auf dem Tisch des Kunden. Dem freien Handel und dem Konsumrausch sei Dank.“

„Also funktioniert der Kapitalismus besser als die von den Genossen gelenkte Planwirtschaft?“, fragte Oma Mina.

„Alles funktioniert besser als eure Planwirtschaft“, entgegnete ich.

„Und solche Supermärkte machen auch in Kiew auf?", fragte Nelli.

„Ganz bestimmt, die Frage ist nur, ob ihr euch die ganzen schönen Sachen mit eurer Rente leisten könnt."

„Sonst müssen wir wieder Obst und Gemüse im Garten auf der Datsche anbauen, wie nach dem Krieg", erwiderte Oma Mina.

„Ich sehe, ihr seid gegen jede Krise gewappnet", bemerkte ich.

Oma Mina nickte. Sie zog die Luft durch die Nase und sah fragend zu Nelli.

„Mensch, ich habe noch das Brot im Backofen", rief Nelli.

Sie sprang auf und eilte in die Küche.

„Nelli geht nicht nur in der Synagoge. Sie backt Challa-Brot und betet am Tisch. Ich sage dir, deine Tante ist meschugge", kicherte meine Oma.

„Schön, dass ein wenig Tradition ins Haus zurückkommt."

„Aber sie hat die halbe Küche abgefackelt", klagte Oma.

„Wie das denn?", fragte ich.

„Ich hatte ein Stück Brot als Opfergabe in den Ofen geworfen", antwortete Nelli.

Sie war aus der Küche zurück und stand hinter mir. In den Händen hielt sie ein Tablett, darauf lag ein duftender Hefezopf.

„Ich hätte beinahe eine Feuerbestattung bekommen", kicherte Oma Mina.

„Den Zopf hast du gebacken?", fragte ich.

„Das ist mein selbstgemachtes Challa aus Weißmehl, Hefe und Eiern", erklärte Nelli und stellte das Tablett in die Mitte des Tisches.

„Hast du Butter dazugegeben?", fragte Oma.

„Natürlich, ohne Butter ist es kein Challa."

„Und wir werden es essen?", fragte ich.

„Nachdem die Älteste ein Stück an Gott geopfert hat, essen wir es mit ein paar Tröpfle vom Akazienhonig“, verriet Nelli.

Sie nahm das Brot und reichte es ihrer Mutter.

„Brich du es bitte für uns ab“, bat Nelli.

„Wenn du darauf bestehst.“

Mina brach das Challa-Brot für uns und warf ein Stückchen in die Mitte des Tisches.

„Gesegnet seist du, Herr, unser Gott, der uns mit seinen Geboten geheiligt und uns befohlen hat, Challa vom Teig zu brechen …“, murmelte Nelli.

Mina schloss die Augen und ließ ihre Tochter machen. Es war schön zu sehen, wie friedlich die Frauen miteinander umgingen. Als Nelli ihr Gebet beendet hatte, nahm sie den Zopf und zerteilte ihn in drei gleichgroße Teile. Sie beträpfelte das Brot mit Akazienhonig und schob jedem von uns einen Teller hin.

„Dürfen wir anfangen?“, fragte ich.

„Lasst es euch schmecken“, wünschte Nelli.

„Holt mir den Koffer“, forderte Oma Mina.

Ihre Augen waren weit aufgerissen. Offenbar war Mina etwas eingefallen.

„Du willst, dass ich seinen Koffer öffne?“, fragte Nelli.

„Dank euch habe ich meinen Frieden gemacht. Ich habe keine Angst mehr vor der Vergangenheit. Die Geheimdienstler können mir nichts mehr“, sagte Oma Mina.

Sie sah entschlossen aus. Nelli stand auf und watschelte in den Korridor.

„Soll ich dir helfen?“, fragte ich.

„Du kannst die Leiter festhalten“, bat Nelli.

Ich stellte die Leiter im Korridor auf. Nelli stieg die Stufen hoch. Sie öffnete den Vorhang zum Zwischenboden, schob ein paar Sachen beiseite und zog einen uralten Holzkoffer hervor. Ich nahm ihr den Koffer ab und trug ihn ins Wohnzimmer. Vorsichtig legte ich ihn auf der mit grünem Samt bezogenen Couch ab.

„Ist das der Koffer von Opa?", fragte ich.

Oma nickte. Sie war vom Stuhl aufgestanden. Gebannt sahen wir drei auf das Gepäckstück, das Isaak nach Sibirien begleitet hatte. Nelli öffnete das Schloss und hob den Deckel an.

„Sind das Isaaks Sachen?", fragte sie.

„Ja, seine … ", bestätigte Mina.

Tatsächlich lagen im Koffer Sachen aus der Zeit vor dem Krieg. Ein Ledermantel, ein paar Handschuhe und ein Pistolenhalfter.

„Such dir was aus, Anton", bot Oma Mina an.

„Wie ist Opa gestorben?", fragte ich.

„In 19 Jahren ist Isaak elfmal verlegt worden. Bei der letzten Verlegung in ein neues Lager geriet der Transporter in einen Schneesturm. Isaak verunglückte wenige Tage vor seiner Entlassung", sagte Oma.

„Er ist in Sibirien begraben?", fragte ich.

„So ist es", bestätigte Mina, „ich habe nur den Koffer und ein paar Kleidungsstücke zurückbekommen. Das meiste habe ich weggeschmissen. Und das, was mich zu sehr an ihn erinnerte, weggeschlossen."

„Was ist mit dir, Nelli?", fragte ich.

„Isaaks Sachen passen mir nicht. Und ich kann sie mir nicht umnähen. Aber vielleicht richte ich mir den Koffer als Reisekommode her, für meine Wäsche", antwortete sie.

Oma Mina war überrascht: „Wohin willst du verreisen?"

„Wenn ich wieder Zeit hab, besuche ich Anton in Berlin", sagte Nelli und schwelgte: „Wir bummeln über den Ku'damm und kaufen mir einen Schal aus japanischer Seide."

„Das machen wir unbedingt", versprach ich.

„Der Koffer ist doch viel zu schwer für eine moderne Reisende", befand Oma Mina.

Nelli zuckte mit den Schultern. „Ich bin eben nicht modern."

Ich zog den Ledermantel meines Großvaters über und posierte vor dem Spiegel. Der Mantel passte mir wie angegossen.

„Jetzt sieht du aus wie ein Revolutionär", kicherte Oma Mina.

„Das war dein Traum als Junge", stimmte Nelli ein.

„Mit Lenin und Che Guevara habe ich schon lange abgeschlossen", erwiderte ich.

„Aber der Mantel gefällt dir?", fragte Nelli.

„Ja, den nehme ich mit."

Oma Mina holte eine Zeitung aus dem Koffer und legte sie wieder zurück.

„Schade, dass es kein Foto von Isaak mehr gibt", sagte sie.

„Ich habe noch eins", gestand Nelli.

Meine Tante stellte ihre Handtasche auf den Tisch. Sie holte aus ihrem Portemonnaie das Schwarz-Weiß-Foto ihres Vaters heraus und reichte es ihrer Mutter.

„Das ist Isaak mit 21 Jahren vor seiner Indian", erinnerte sich Mina.

Ihre Augen strahlten. Sie freute sich wie ein junges Mädchen.

„Wo ist das Foto entstanden?", fragte ich.

„Das ist in Wladiwostok im Bürgerkrieg. Isaaks Kompanie hatte einen Zug mit amerikanischen Motorrädern abgefangen", führte Oma aus.

„Jetzt erkenne ich den Schriftzug auf dem Tank", bemerkte Nelli.

„Woher hast du das Foto?", fragte Oma Mina.

„Ich hatte den Koffer mal geöffnet", verriet Nelli.

„Hinter meinem Rücken? Wann hast du das geschafft?“, fragte Oma.

„Im Sommer 79, als Anton von seinem Vater bei uns abgegeben wurde. Du bist mit ihm im Taxi auf die Datsche rausgefahren. Ich kam mit dem Bus nach.“

Nelli stellte Isaaks Foto auf den Tisch. Sie holte ihren selbstgemachten Likör aus dem Schrank und stellte drei Gläser auf. Ich nahm ein viertes Glas und platzierte es vor Isaaks Foto. Für einen Moment waren Mina und Isaak wiedervereint.

„Ich hatte den Sommer 79 völlig vergessen. Vielleicht, weil wir bei diesem Scheusal von General untergebracht waren“, erzählte Oma Mina.

Sie merkte nicht, dass sie sich wiederholte. Sie sah starr an mir vorbei. Die Energie wich langsam aus ihrem Körper. Nelli schenkte erst Mina und mir, dann sich vom Likör ein. Auch Isaak bekam einen Schluck ins Gläschen.

„Auf Mina und Isaak“, sagte Nelli.

Sie prostete in die Runde. Wir stießen an.

„Auf meinen Mann und meine wundervollen Töchter und auf dich Anton“, flüsterte Mina.

„Auf euch und die Familie“, erwiderte ich.

Wir tranken die Likörgläschen aus. Das Getränk hatte ein ausgeprägtes Brombeeraroma und haute rein wie ein Schnaps.

„Schenk mir noch mal ein, Nelli“, bat Mina.

„Was ist aus deinen guten Manieren geworden?“, fragte Nelli.

„Nicht, dass du noch eine Hedonistin wirst“, scherzte ich.

„Auf einem Bein man kann nicht stehen“, erwiderte Mina.

„Und tanzen noch weniger“, kicherte Nelli.

Sie schenkte uns eine zweite Runde vom Likör ein. Nun erzählte sie Anekdoten aus ihrer Kindheit. Nelli beschrieb, wie sie mit meiner Mutter heimlich auf dem Stadtpark-Teich Eislaufen üben wollte. Bei der ersten Pirouette brach Nelli ein. Sie steckte im Eis fest. Ihre kleine Schwester schaffte es nicht, sie zu befreien. Eine Frau, die Meisterin im Gewichtheben war, kam ihnen zur Hilfe und zog Nelli an den Zöpfen aus dem kalten Wasser. Mina und ich lauschten und lachten Tränen.

In der Nacht zum Sonntag schlief Oma Mina friedlich ein. Nelli und ich saßen an ihrem Bett im Kinderzimmer. Nelli hielt die Hand ihrer Mutter. Ich summte die Melodie von Omas Lieblingslied. „Oi, Khodyt Son Kolo Vikon …", sang ich leise.

Mina hatte die Augen geschlossen und lächelte wie ein Mädchen. Als würde sie sagen wollen, dass sie gut im Jenseits angekommen ist.

• Nachwort •

Zwischen Juli 1937 und November 1938 wurden in der Sowjetunion 1,5 Millionen Menschen verhaftet. Darunter Angehörige der Eliten aus Politik, Kultur, Militär, Wissenschaft, Wirtschaft und Verwaltung. Die Hälfte von ihnen wurde erschossen, die anderen in Lager des Gulag nach Sibirien verschleppt.

Die Verantwortlichen für den ‚Großen Terror' saßen im Politbüro der Kommunistischen Partei, in der Generalstaatsanwaltschaft und im Geheimdienst NKWD. Sie alle arbeiteten Josef Stalin und Nikolai Jeschow eifrig zu. Niemand von ihnen wurde für diese Verbrechen zur Rechenschaft gezogen. Die Deportationen und die Morde blieben in der Sowjetunion ein Staatsgeheimnis.

Es entstand eine unheilvolle Tradition des Verschweigens und des Lügens. Federführend dabei blieb der Geheimdienst. Wer dem Geheimdienst der Sowjetunion vorstand, hatte stets gute Karten, ganz oben im Staatsapparat mitzumischen.

In den 1980er-Jahren schafften es Juri Andropow und Michail Gorbatschow bis ins höchste Amt des Staatslenkers, beide waren zuvor Chef des KGB gewesen. Und auch Wladimir Putin, seit 2000 Präsident Russlands, war bis 1991 als KGB-Agent tätig und von 1998 bis 1999 Chef des Inlandsgeheimdienstes FSB.

Eine Trennung von Machtapparat und Geheimdienst gelang weder in der Sowjetunion noch im Puntin'schen Russland. Dieser Umstand erklärt sich aus dem Unwillen der staatlichen Behörden, für Mord und Totschlag Verantwortung zu übernehmen. Eine Auseinandersetzung mit den Verbrechen des Stalinismus findet nicht statt. Lediglich die Opfer und deren Nachkommen bemühen sich um Aufklärung.

• *Abkürzungsverzeichnis* •

FSB „Föderaler Dienst für Sicherheit der Russischen Föderation", Inlandsgeheimdienst Russlands (von 1991 bis heute)

Gulag „Hauptverwaltung der Lager", Netz der Straf- und Arbeitslager in der Sowjetunion (1922–1956), zwischen 1930 und 1953 waren über 18 Millionen Menschen inhaftiert.

KGB „Komitee für Staatssicherheit", Geheimdienst der Sowjetunion für In- und Ausland mit Geheimpolizei (1954–1991)

KPdSU „Kommunistische Partei der Sowjetunion"

MGB „Ministerium für Staatssicherheit", sowjetische Staatssicherheitsbehörde mit Geheimpolizei (1946–1954)

NKWD „Nationales Kommissariat für innere Angelegenheiten", Innenministerium der Sowjetunion mit Geheimpolizei (1934–1946)

ZK „Zentralkomitee" der Kommunistischen Partei der Sowjetunion

• Der Autor •

André Bergelt wurde 1970 im Prenzlauer Berg geboren. Er wuchs in Berlin und Weimar als Sohn einer Moskauer Geologin und eines deutschen Architekten auf. Seine Großmutter war eine ukrainische Jüdin und Professorin für Chemie. Die Sommer verbrachte der Junge bei der Großmutter und reiste mit ihr nach Kiew. Ab 1985 begann in der Sowjetunion die Perestroika, kritische Filme kamen aus den Giftschränken in die Kinos, die sich Bergelt ansah. Er erfuhr von der Großmutter, dass sein Großvater deportiert worden war. Als die DDR-Führung 1988 die Zeitschrift *Sputnik* verbot, in der die Stalinistischen Verbrechen thematisiert wurden, trat er aus der Gesellschaft für Deutsch-Sowjetische Freundschaft aus. Man verwarnte ihn. Bergelt organisierte sich eine Kamera und begann zu filmen. Nach dem Abitur baute er das Medienbüro auf. 1994 ging er nach Berlin zurück, um an der Freien Universität Psychologie und Philosophie zu studieren. Parallel jobbte er als Regieassistent im Studio Babelsberg. Eigene Filme und Texte präsentierte er im *Sklavenmarkt*, einer pseudo-utopistischen Künstlergruppe. Sein 2002 gedrehter Kurzfilm *Inas Geburtstag* mit Carmen-Maja Antoni schaffte es auf das Welt-Film-Festival in Montreal, wurde prämiert und ins Ausland verkauft. Von 2004 bis 2008 lehrte Bergelt als Dozent an der Bauhaus-Universität. Sein Drehbuch *Axel der Held* wurde für die ARD verfilmt und kam 2019 in die Kinos. Mit dem Roman *Affentanz – Sternstunden eines schlechten Verlierers* gelang ihm ein viel beachtetes Debüt. Bergelt bringt Lesebühnen zum Beben, schreibt Rezensionen und arbeitet als Selekteur im Berliner Nachtleben.